단테의 신곡
La Divina Commedia

la divina commedia
dante alighieri

단테의 신곡

초판인쇄 | 2022년 08월 25일
지은이 | 단테
편역자 | 유 필
발행인 | 안희숙

펴낸곳 | 밀리언셀러

출판등록 | 2009년 7월 30일 제 2009-12호
주소 | 서울시 마포구 월드컵북로5길 65 주원빌딩 201호
전화 | (010) 9229-1342 팩스/ (070) 8959-1342
E -mail | kjh1341@naver.com

La Divina Commedia

영혼의 구원을 노래하는
단테의 신곡

단테 알리기에리 지음 / 유 필 옮김

밀리언셀러
million seller

단테의 신곡에 대하여

≪신곡神曲≫은 지옥, 연옥, 천국의 3부로 구성되어 있다. 각기 33편의 칸토曲로 구성되어 있고 1편인 지옥편에 서장序章이 달려 있어 총 100칸토이다. 이것은 완벽한 수인 10의 제곱을 나타내는 것으로 작품의 유기적 전체성을 보여준다. 그리고 각 부는 동심원同心圓의 구조를 이루면서 지옥편에서는 사탄이 자리 잡고 있는 지구의 중심을 향하여 점차 내려가는 이야기를, 연옥편에서는 바다 가운데 있는 섬에서의 여행을, 천국편에서는 지구의 외곽에 있는 행성들로부터 지고천至高川에 이르기까지의 행적을 묘사한다.

이처럼 ≪신곡≫은 중세적 이념의 획일적 보편성을 나타내기 위한 치밀한 구성을 가지고 지옥과 연옥, 천국을 여행하는 여행자의 윤리적, 정신적 체험을 추상적인 수준에서 보여 주지만, 그 세부에 있어서는 당대의 사회 현실에 확고한 토대를 가지고 있었다. 거기에서는 온갖 종류의 방종과 범죄를 저지른 자들이 등장하여 생생한 현실의 이야기를 전개하고 있다.

이것은 ≪신곡≫이 거시적인 차원에서는 비통일적이고 첨가적이며 병렬적인 중세의 구성 양식을 따르고 있지만 세부에서는 사실적이고 경제적인 방식으로, 구어체와 유머러스한 문체를 사용하면서 다양한 어조로 현실의 문제를 형상화했다는 것을 의미한다. 그것은 이상과 현실, 역사와 전설이 만나는 마당이 되는 것이다.

인간이 이 세상에서의 목적과 저 세상에서의 목적을 향해 살아가는데 그 목적은 신에 의하여 정해진다고 단테는 생각하였다. 따라서, 현세에서의 행복을 달성하기 위해서는 윤리적이고 지적인 미덕이 명령하는 대로 살아가야 하며, 영원한 행복을 얻으려면 믿음, 소망, 사랑이라는 기독교의 계명에 따라 살아가야 한다고 생각하였다. 현세의 행복으로 안내하는 것은 황제의 의무이며, 천국의 행복으로 안내하는 것은 교황의 의무라는 것이 단테의 생각이었다.≪신곡≫에서는 이러한 사상을 우회적으로 표현하였다. 단테는 정치적, 종교적 문제로 심각하게 고민하면서 영혼의 행복을 찾기 위하여 그 과정을 탐색하는 의미로 이 작품을 썼다고 할 수 있다.

이탈리아의 위대한 시인 단테가 9세 때 첫눈에 반해 (단테는 "그 때부터 사랑이 내 영혼을 압도하였네"라고 썼다.) 1321년 죽을 때까지 자신의 생애 대부분과 시 작품을 바치며 사모한 여인, 베아트리체. 단테는 40년에 걸쳐 완성한 ≪신곡≫에서 베아트리체를 찬미했다.

베아트리체는 피렌체 귀족의 딸인 베아트리체 포르티나리라는 것이 정설로 되어 있다. 그녀는 시모네 데 바르디와 결혼했다가 1290년 6월 8일, 24세의 나이로 죽었다. 단테는 서정시를 덧붙인 산문 <새로운 인생 La vita nuova>에서 베아트리체와 자신의 관계에 대한 연대기를 썼다. 여기서 단테는 베아트리체와의 만남, 그녀의 아름다움과 선량함에 대한 찬미, 베아트리체가 자기에게 상냥하게 대하거나 냉정하게 대할 때 그가 보인 강한 반응, 두 사람의 인생에 일어난 사건에 관해 쓰고 있으며 그녀를 향한 자신의 감정의 본질을 설명한다. 또한 <새로운 인생>은 베아트리체의 죽음을 전해들은 날을 묘사하고 있으며 그 사건이 일어난 뒤 괴로움에 가득 찬 마음으로 쓴 몇 편의 시도 담겨 있다. 이 작품의 마지막 장에서 단테는 '베아트리체에 관해서 아직까지 어떤 여자에 대해서도 씌어진 적이 없는 작품'을 쓸 수 있을 때까지 더 이상 그녀에 대해 아무 것도 쓰지 않겠다고 맹세한다. 이 약속은 ≪신곡≫으로 실현되었다. 오랜 세월이 흐른 뒤에 쓴 ≪신곡≫에서 베아트리체는 지옥편에서 그의 중재자가 되고, 연옥편을 통해서는 그가 닿고자 하는 목표가 되며, 천국편에서 그를 이끌어주는 안내자로 등장한다. 연옥편에서 단테가 베아트리체를 처음 본 순간 9세 때와 같이 압도당하게 되고, 연옥을 여행하는 동안 베아트리체의 존재는 줄곧 눈부시게 그를 비추다가 천국으로 올라간다. 정신적으로 승화한 이러한 사랑의 표현은 단테가 완전히 영적인 존재에 몰입하는 것으로 끝난다.

슬픈 사랑과 시를 승화시켜 지순지고至順至高한 경지까지 끌어올렸던 단테는 ≪신곡≫을 통해 자신이 평생 고민했던 종교 문제와 정치·윤리 문제들을 보여주면서 그 문제의 해답을 상징적으로 제시하고 있다.

이탈리아 중북부 토스카나주의 주도 피렌체를 개척한 로마인의 후손으로 귀족의 혈통을 이어받은 단테는 1265년 5월 피렌체에서 알리기에로 디 벨린치오네의 아들로 태어났다. 우리에게 알려진 단테라는 이름은 성이 아니라 이름이다. 원래 세례명이 드란데였는데 그것이 변해 단테라고 간단히 부르게 되었다.

피렌체는 '꽃의 도시'라는 뜻이다. 그러나 당시 피렌체는 평화와 사랑의 꽃을 피우지 못하고 피비린내 나는 정쟁의 회오리바람 속에서 끝없는 싸움이 전개되던 도시였다. 단테가 태어나 35세에 추방당하기 직전까지 살았던 그의 생가의 주소는 르네상스 문화를 꽃피웠던 피렌체의 중심부에 위치한 산타 마르게르타. 중세풍의 우뚝 솟은 3층 벽돌집인 그의 생가 바깥 벽면에는 청동으로 된 단테의 흉상이 있다. 거기서 불과 50m 떨어진 곳에 단테가 사랑했던 여인 베아트리체의 집이 있었다고 하나 지금은 그 흔적을 찾아볼 수 없다.

단테는 그토록 사랑했던 고향 피렌체에 묻히지 못하고 라벤나의 성 프란체스코 사원에 잠들어 있다. 그는 35세에 추방돼 이곳저곳 유랑생활을 하면서 피렌체 시민들이 자신을 계관시인으로 맞이해 줄 것을 소원했지만 결국 그 꿈을 이루지 못하고 1321년 세상을 떴다.

오늘날 단테 묘소 건물 천장에는 사원을 밝히는 조그마한 등 하나가 인상적으로 달려 있다. 이 등은 피렌체 시가 1908년 달아준 것이다. 피렌체 시민들은 단테가 숨진 뒤에야 그의 위대성을 깨닫고 그의 유골을 고향으로 옮기려 했으나 실패하였다. 대신 이 사원에 등을 달고 해마다 단테가 세상을 뜬 날 불을 밝히고 있다고 한다.

Contents

지옥

연옥

천국

지옥inferno

The Damned in Hell
Luca Signorelli 1499-1502
Chapel of San Brizio, Duomo, Orvieto

어두운 늪, 길고 긴 방황

단테가 인생의 길 중간에서 정도를 벗어나 어두운 숲속을 헤매기 시작한 것은 어느덧 중년의 고갯길에 들어선 서른다섯 살 때의 일이다. 때는 1300년 4월 8일, 봄을 알리는 춘분이 가까워오고 부활절의 기쁨을 사흘 앞둔 성聖 금요일 저녁 무렵, 단테는 자신이 인생의 부질함으로 가득한 가시밭길 중턱에 서있음을 새삼 느끼면서 소스라치게 놀라서 깨어났다.

'어쩌다가 캄캄한 숲 속을 헤매게 되었단 말인가? 혹시 내 스스로 신의 올바른 가르침을 버렸기 때문은 아닐까?'

마음속 깊이 괴로움과 공포로 가득 찬 단테가 계곡을 막 돌아 언덕 기슭에 다다랐을 때, 신의 인도를 알리는 푯말이 한줄기 빛처럼 언덕 위를 감싸고 있는 것을 보았다. 이 음침하기 짝이 없는 골짜기에서 깊은 절망감에 빠져있던 단테는 그 빛으로 인해 마음의 호수에 정착해 있던 두려움을 떨쳐버리고 언덕을 오를 용기를 얻을 수 있었다. 평소였다면 분명히 한 번도 오른 적 없는 이 길을 도망치면서 돌아섰을 것이다. 배가 난파되자 젖 먹던 힘을 다해 간신히 해안에 도착한 후 돌아서서 무서운 파도를 바라보는 것처럼, 단테는 잠시 동안 휴식을 취하고는 곧 지친 몸을 일으켜 황량한 비탈길을 오르기 시작했다.

바로 그때, 홀연 한 마리의 표범이 그의 앞을 막아섰다. 사치스런 유혹과 육욕의 달콤함을 상징하는 표범은 마치 인생의 걸림돌마냥 앞길을 이리저리 가로막으면서 단테를 더 이상 전진하지 못하고 되돌아가게 했다.

단테가 떠오르는 아침 태양을 바라보며 표범에 대한 두려움을 겨우 잊을만하자, 이번에는 그보다 훨씬 크고 사나운 사자가 잡아먹을 듯이 으르렁거리며 나타났다. 권력의 야욕을 상징하는 사자의 포효에 대기大氣조차도 두려워 떠는 것 같아 보였다.

그러자 또 한편에서는 말라빠진 늑대 한 마리가 나타나면서 탐욕스런 욕망의 눈빛으로 그를 삼킬 듯이 노려봤다. 단테는 산마루에서 희열을 만끽하기는커녕 진퇴양난의 위기에 빠져 그만 정신을 잃고 말았다.

얼마나 지났을까, 어렴풋이 정신을 되찾은 그 앞에 환상처럼 모습을 드러내는 무언가가 있었다. 단테는 생각할 겨를도 없이 구원을 간청하며 외쳤다.

"제발 소원입니다. 절 좀 구해 주십시오. 당신은 사람인가요, 아니면 유령인가요?"

무언가가 대답했다.

Milo of Croton
Joseph-Benoît Suvée 1763
Groeninge Museum, Bruges

"지금은 인간이 아니지만 전에는 인간이었네. 내 조상은 롬바르드 가문이며 양친의 고향은 만토바 지방일세. 율리우스 황제가 다스리던 시절에 태어났고 어질고 인자하신 아우구스투스 황제 치하의 로마에서 살았지. 나는 시인으로서 트로이 전쟁의 '아에네이아스'를 노래하기도 하였네. 자랑스러운 나의 트로이 성이 불타버렸기 때문이네. 그런데 그대는 어찌하여 신의 은총으로 충만한 산을 오르려 하지 않고 고통으로 가득 찬 골짜기로 되돌아가려 하는가?"

"그렇다면 당신이 바로 아름답고 수려한 언어들을 넓은 강물처럼 쏟아내셨던 로마 최고의 시인 베르길리우스님이란 말씀인가요?"

단테는 기쁨으로 끓어오르는 마음으로 혼신을 다해 그에게 말했다.

"오, 이럴 수가! 모든 시인들의 명예로움이며 빛이신 분이여, 당신은 평생 저의 스승이십니다. 제게 영예를 안겨준 아름다운 문장들은 모두 당신에게서 끌어온 것이었습니다. 불멸의 성현이시여! 저를 삼키려 하는 사나운 짐승들로부터 저를 구해 주십시오. 저놈들은 저를 위협해 제 혈관과 맥박을 떨게 하고 있습니다."

눈물을 흘리며 간청하는 단테를 보며 위대한 시인이 대답했다.

"그대여, 진정 이 숲을 벗어나고자 한다면 다른 길을 택해야 할 것일세. 저 짐승들은 사악하고 해로워서 사람들을 지나가지 못하게 할뿐 아니라, 길을 방해하고 끝내는 잡아먹을 것이라네. 천성이 본래 흉악하고 잔인하며 피에 굶주려 있어서 먹어도 먹어도 만족할 줄 모르고 먹기 전보다 먹고 난 후에 더 허기를 느끼는 놈들일세. 장차 숫자가 더욱 많아지리니 결국 사냥개 펠트로가 나타나 저놈들을 학대하고 죽일 것일세. 자, 내가 이제 그대를 인도할 터이니 이제부터 그대는 나를 따르라. 그대를 영원한 장소로 안내하겠네. 거기서 그대는 절망의 외침을 듣고 자책으로 고뇌하는 고대인들의 망령을 보리니 모두가 두 번째 죽음을 외쳐 구하고 있는 광경일 것일세. 또한, 연옥의 불꽃에서는 때가 되어 천국에 오르기를 소망하면서 열심히 속죄하는 무리들을 보게 될 것일세. 그 후 그대가 축복받은 영혼들이 살고있는 천국으로 더 오르고자 한다면 그곳에서는 나보다 더 훌륭한 영혼이신 베아트리체가 그대를 직접 맞으러 올 것일세."

"베르길리우스님."

벅찬 가슴을 겨우 가라앉히며 단테가 입을 열었다.

"당신이 세상에서 미처 알지 못하셨던 하느님의 이름으로 간청하오니 저를 이곳에서 벗어나게 해 당신 말씀대로 성 베드로가 지키는 천국의 문과 복되신 분들을 만나게 해 주십시오."

바로 베르길리우스가 움직였기에 단테는 곧 그를 뒤따랐다.

성 금요일인 그날이 저물고 주위에 어둠이 깔리기 시작했을 때, 단테는 다시 한 번 자신을 돌아보며 마음의 준비를 단단히 먹었다. 그리고는 과연 자신에게 이 여정을 나설 자격이 있는지 판단해 달라고 겸허하게 간청했다.

"지극히 높은 지혜의 시성이시여, 지금이야말로 제게 당신의 힘을 주소서."

단테가 계속해서 말을 이었다.

"하지만 스승이시여, 이 험한 길을 따라가기 전에 과연 제게 그

Dante and Virgil at the Entrance to Hell
Edgar Degas - 1857-1858
Private Collection

럴만한 자격이 있는지를 먼저 헤아려 주십시오. 당신이 노래하셨던 '아에네이아스'에서 아에네이아스가 육체를 가진 채 영겁의 세계를 여행했다고 기록하고 있고, 성 바오로도 믿음을 전하기 위해 지옥으로 내려갔다고 하지만 저는 아에네이아스도 성 바오로도 아니지 않습니까? 제게 그만한 자격이 있다고 누가 믿어 주겠습니까? 오히려 제 철없고 어리석은 행위가 아닐지 두렵기만 합니다. 이는 당신께서 저보다 더 잘 알고 계신 일이 아닐는지요?"

"단테여, 그대는 부질없는 두려움에 사로잡혀 있네. 설령 그대가 겁에 질려 연약하게 되었더라도 그림자만 보고 당황하는 짐승마냥 하고자하는 일을 되돌리는 우를 범해서는 안 될 것일세."

너그러운 베르길리우스는 위로의 말을 전하면서 그가 왜 단테에게 나타났는지를 설명하기 시작했다.

베르길리우스는 하느님을 모르던 시대에 살았던 인물이므로 천국도, 지옥도 아닌 림보(죽은 자들의 영혼이 잠시 머무는 장소)에 머물고 있었다. 그때, 하느님의 은총으로 빛나는 베아트리체의 음성이 들려왔다.

"오, 만토바의 고귀한 영혼이시여! 당신의 명성은 아직도 세상에 자자하며 이 세상이 끝날 때까지 이어질 것입니다."

그녀는 별빛보다도 더 빛을 발하는 눈빛과 천사처럼 부드러운 목소리로 베르길리우스에게 말했다.

"제 친한 벗이자 늘 버림받고 불행했던 단테가 인기척도 없는 어두운 산모퉁이에서 길을 잃고 두려운 나머지 왔던 길을 돌아가려하고 있습니다. 제가 천국에서 들으니 그분께서 여태 길이 막혀 헤매고 있다는데 그분을 구하고자 서둘러 달려왔건만 이미 늦었을까 두렵기만 합니다. 자, 어서 저 대신 가셔서 당신의 귀한 말씀과 그분을 구원할 모든 방도를 쓰시어 제게 위안을 베풀어 주십시오. 당신을 보내드리는 저는 베아트리체입니다. 당신이 돌아가고자 열망하는 복된 곳에서 왔답니다. 제가 주님에게로 돌아가면 당신에 대한 찬사를 아끼지 않을 것입니다.”

베아트리체의 눈에 눈물이 이슬방울처럼 맺혔다. 그녀를 진실로 사랑한 단테가 그녀로 하여금 구원받을 수 있도록 배려한 성모께서 성녀 루치아를 통해 그녀에게 자비를 베푸셨음을 눈물로 이야기한

Dante and Virgil
jean-baptiste-camille corot 1796-1875
Museum of Fine Arts, Boston

The Immaculate Conception
Giuseppe Angeli 1765
Santa Maria Gloriosa dei Frari, Venice

것이다. 베르길리우스는 단테에게 이 말을 가감없이 전하면서 용기를 북돋아주었다.

"축복받은 세 여인이 하늘의 궁전에서 그대의 편에 서서 정성을 쏟고 있으며, 또 나의 언어가 그대에게 무한한 행복을 약속하는데 그대는 어찌하여 두려워만 하는가? 왜 겁을 잔뜩 집어 먹고 정작 마음속에 열정과 담대함을 지니지 못하는가?"

스승의 말에 단테는 밤 추위에 움츠렸던 꽃들이 아침햇살을 받아 줄기와 잎이 활짝 피어 곧게 서듯이 용기를 얻었다.

베아트리체!

그가 힘을 얻을 수 있는 이름이 이 말고 또 어디에 있으랴!

용기백배한 단테는 두려움을 떨쳐버리고 베르길리우스에게 말하기 시작했다.

"스승님의 말씀이 제 마음을 바로 잡아 그녀의 뜻을 따르게 하셨습니다. 그럼 가겠습니다. 당신은 저의 인도자이시며 주인이십니다. 스승이시여, 이제 당신과 제 뜻은 오직 하나일 뿐입니다."

단테의 말이 끝나자마자 베르길리우스가 걸음을 옮기기 시작했다. 이제 단테는 황량하고도 깊은 거친 길로 서슴없이 첫 발을 내딛게 된 것이다.

지옥 – 죽음으로 가득 찬 세계

'나를 거쳐 슬픔의 세계로 들어가리라.
나는 영겁의 고통으로 가는 문
나는 영원히 버림받은 자들에게로 가는 문

나보다 먼저 창조된 것은 영원한 존재인 천사 외는 없나니
나는 영원토록 남으리라.
여기 들어오는 너희는 희망을 버릴지어다.

지옥으로 가는 길, 영원한 슬픔의 길,
버림받은 사람들에게로 가는 길.
이곳을 지나는 자는 모든 희망을 버릴지어다.'

지옥문 꼭대기에 적혀있는 퇴색된 문구를 보자마자 단테는 두려
움에 온몸을 벌벌 떨었다. 그러자 베르길리우스가 단테에게 말했

Dante and the Three Kingdoms
Domenico di Michelino 1465
Museo dell'Opera del Duomo, Florence

LVM CCELNT MEDIVM QVE IMVM QVE TRIBVNAL · LVSTRAVIT QVE ANIMO CVNCTA POETA SVO · DOCTVS ADEST DANTES SVA QVEM FLORENTIA SAEPE
CONSILIIS AC PIETATE PATREM · NIL POTVIT TANTO MORS SAEVA NOCERE POETAE · QVEM VIVVM VIRTVS CARMEN IMAGO FACIT·

다.

"앞으로 신의 모습을 잃어버린 고통받는 이들을 수없이 보게 될 것일세. 그러니 그대는 결코 의심하지 말아야 하며 겁쟁이가 되어서도 안 되네. 우리는 그런 장소에 온 것이니까."

스승이 손을 잡아주면서 미소 지었기 때문에 단테는 그제서야 안도감을 느낄 수 있었다. 단테는 베르길리우스의 뒤를 좇아 비밀스런 어둠속으로 발걸음을 옮겼다.

지옥문을 들어서자, 캄캄한 어둠이 감싸면서 한숨과 울음 소리와 뼛속까지 찢는 듯한 통곡 소리가 별 조차 뜨지 않는 지옥의 하늘에 메아리쳐서 단테는 자기도 모르게 눈물을 흘렸다.

저마다 알 수 없는 말들로 외치는 무시무시한 고함소리, 말 못할 고통을 호소하는 신음소리와 성내면서 울부짖는 비명소리, 목쉰 소리, 손바닥을 치며 발을 구르는 저 소리들은 대체 무엇이란 말인가? 개중에는 자신을 때리는 것도 모자라 서로 주먹을 치고 받았다. 흰 손이 캄캄한 하늘에 펄럭이는 것이 보이고 밤낮 구별 없이 어두운 하늘을 떠도는 회오리 바람속의 모래알처럼 망령들이 서로 뒤엉킨 채 나뒹굴고 있었다.

이 빠져나갈 수 없는 공포의 한가운데에서 머리를 감싸쥔 채로 단테가 말했다.

"스승이시여, 이토록 귀청을 괴롭히는 소리들의 정체는 무엇이며 끝없이 고통 속에서 괴로워하는 저 무리들은 대체 누구랍니까?"

스승이 대답했다.

"저들은 선행을 베풀 용기도, 악행을 저지를 배짱도 없이 오직 자기 욕심만을 위해 비겁하고 의미도 없이 살아온 자들이네. 저들 중에는 신을 따른 적도 없고 거역하지도 않은 타락한 천사들도 끼어 있지. 하느님은 천국의 아름다움이 더럽혀질까봐 저들을 내몰았는데, 저들은 이곳에서조차 스스로의 죄를 망각하고 자기보다 죄가 무거운 사람들만 보면 오만불손해지기에 지옥도 받아들이기를 거부하고 있는 것이라네."

"아무리 그렇다 하더라도 어째서 저토록 괴로워한단 말입니까? 저들을 괴롭히고 있는 진짜 이유가 대체 무엇인가요?"

"잘 듣게. 저들에게는 맘대로 죽을 권리도 없네. 저들은 마냥 어둡고 별빛 하나 비추지 않는 곳에서 미로를 헤매기보다는 차라리 지옥의 구멍에라도 틀어박혀 죽고싶은 심정인데, 그마저도 뜻대로 되지 않으니 저토록 괴로워하는 것일세. 죽음의 소망마저 끊겼으니 저들 입장에서는 천국에 있는 사람들은 물론, 지옥으로 떨어지는 자들마저 부러운 게지. 자, 이제 그만 자리를 이동하게나."

스승의 말을 따라서 다시 발걸음을 옮겼을 때, 단테는 장례에 쓰는 만장輓章을 선두로 바람처럼 빠르게 지나가는 행렬과 마주쳤다. 그것은 죽음의 행렬로써 믿을 수 없을 만큼 망자들의 긴 줄이 이어져 있었으며, 걸음의 속도를 푸는 것조차 허용되지 않아 보였다. 그 중에는 단테가 아는 사람도 있었다. 그는 의지의 나약함으로 막중한 교황의 지위를 버린 첼레스티노 5세였다. 단테는 이 행렬이 신에게도, 신의 적에게도 밉보인 사악한 사람들의 무리라는 것을 깨달았다.

평생을 헛되이 보낸 이 불쌍한 영혼들은 아무 것도 걸치지 않은

The Barque of Dante
Eugène Delacroix 1822
Musée du Louvre, Paris

알몸 그대로의 가련한 모습이었다. 그들은 벌떼에게 쫓기면서 눈물과 피를 흘리고 있었는데 얼굴은 흘러내리는 피눈물과 벌떼에게 쏘인 자국을 구더기가 뒤덮어 원래의 모습조차 알아볼 수 없을 만큼 참담한 형상이었다.

어느덧 죽음의 세계로 들어서는 입구의 큰 강, 슬픔과 탄식의 강으로 불리는 아케론강이 보였다. 멀리 강 기슭에 많은 이들이 앉아 있는 것을 보고 단테가 베르길리우스에게 나지막이 물었다.

"스승이시여, 저들은 누구이며, 어째서 강을 건너려 합니까?"

"좀 더 가까이 가보면 저절로 알게 될 걸세."

스승의 대답에 단테는 더 이상 아무 것도 묻지 못하고 묵묵히 뒤를 따랐다. 그때, 아케론강의 뱃사공 카론이 백발을 휘날리며 배를 저어오면서 외치기 시작했다.

"이 저주받을 망령들아! 꿈에라도 하늘을 다시 보리라고는 생각하지 않겠지? 나는 네놈들을 저쪽 강기슭에 있는 불가마와 얼음만이 가득한 곳에 쳐 넣으려고 온 것이니까."

입에서 악마 같은 거품을 뿜어내면서 호통을 치던 카론이 불현듯 단테를 향해 고개를 돌렸다.

"넌 웬 놈이냐? 너는 살아있는 영혼이 아니더냐! 죽은 자들의 무리로부터 냉큼 떠나지 않고 무얼 꾸물대고 있는 게냐?"

단테가 멈칫거리자 카론이 다시금 소리를 내질렀다.

"네놈들은 죽은 자들로부터 떠나서 다른 길을 돌아 딴 나루터에서 건너도록 해라. 거기에는 이보다 가벼운 배가 얼마든지 있단 말이다."

베르길리우스가 단테를 비호하면서 나섰다.

"여보게 카론, 그렇게 성만 내지 마시게. 이 사람은 거룩하신 하느님의 뜻에 따라 이곳을 통과하는 중이네. 더 이상 묻지 말고 지나가게 해주면 고맙겠네."

베르길리우스의 조용한 타이름에 납덩이같은 얼굴에 불꽃을 담고 있던 카론이 겨우 성난 눈길을 가라앉히며 잠잠해졌다.

그러나 카론의 무시무시한 호통소리를 들은 죽음의 무리들은 안색이 변하여 이빨을 부닥치며 저주스런 비명을 토해내기 시작했다. 이 벌거벗은 가여운 무리들은 하느님과 그들의 부모, 또 온 인류와 그들이 태어났던 장소와 시간까지 저주하고 있었다.

지옥의 관문을 지키는 카론은 이글거리는 눈으로 그들을 몰아세우고는 늑장을 부리는 자들을 노로 사정없이 후려치며 가을날 낙엽 날리듯이 아담의 저주받은 후손들을 끌고 가버렸다.

이 죽음의 영혼들이 갈색으로 흐르는 강 물결을 헤치고 미처 강기슭에 닿기도 전에 또 다른 저 편에서 몰려든 새로운 영혼들이 떼로 모여 울부짖기 시작했다.

베르길리우스가 "저길 보게, 하느님을 배반하고 그분의 노여움에 죽음을 맞이한 자들의 한심스런 저 꼬락서니를! 저들이 서둘러 나룻배를 타려는 이유는 이미 구원받을 희망이 없음을 알고 차라리 빨리 지옥으로 가서 형벌이나 받자고 아예 단념했기 때문이네. 이 아케론강을 죄 없는 영혼이 건너는 일은 절대로 일어나지 않네. 그러니 그대도 카론의 잔소리를 괘념치 말길." 하고 말을 마쳤다.

그러자 갑자기 암흑으로 뒤덮인 들판이 심하게 요동치면서 무시무시한 공포가 단테를 짓눌러 정신을 혼미하게 만들었다. 그런 다음, 눈물 젖은 대지에 원망과 한숨의 바람이 일고 번갯불이 내리치자 단테는 그만 정신을 잃고 혼수상태에 빠진 사람처럼 그대로 쓰러져버리고 말았다.

La barca de Caront
José Benlliure Gil 1932
Museu de Belles Arts de València. Valencia

림보 Limbo

별안간 내려친 무시무시한 뇌성벽력이 단테의 깊은 잠을 깨웠다. 잠들어 있던 곳을 천둥소리가 흔들어 일어난 것이다. 단테는 이미 자신이 아케론강을 건너와 있음을 깨달았다. 이곳은 통곡의 골짜기 심연의 가장자리였다. 아비규환의 비명이 끊임없이 들려오는 비탈의 골짜기였으며, 어둡고 깊고 안개까지 자욱해서 애써 밑을 바라보아도 분간할 수 있는 것이 아무 것도 없는 장소였다.

"자, 이제 이 아래, 빛이 들 수 없는 무명無明세계로 내려가 볼까."

스승 베르길리우스가 파리하게 질린 모습으로 말하자, 단테는 온몸이 오그라짐을 느꼈다. 그러나 베르길리우스는 자신의 안색이 변한 것은 두려움 때문이 아니라, 이곳에 머물고 있는 자들의 비탄 때문에 측은함이 앞서서 그런 것이라고 설명하면서 단테를 인도했다.

단테가 묘사하고 있는 지옥계는 원추형을 뒤집어 세워 놓은 깔때기 모양을 이루고 있다. 위에서부터 차례로 제 1옥獄, 제 2옥 식으로 점점 깊어지면서 최후의 9옥에 이른다. 여기서 제 1옥을 '림보'라고 부르는데 이곳은 지옥에 속한 곳은 아니며, 제 2옥에서부터 제 5옥까지를 상부지옥, 제 6옥에서부터 제 9옥까지를 하부지옥이라고 부른다. 죄가 무거울수록 깊은 곳으로 떨어지고 최종 지옥인 제 9옥에는 온 지옥을 관장하는 마왕 루시펠이 군림하고 있다.

"단테여, 그대가 지금 서있는 곳은 림보일세. 세상에서 죄를 짓지 않고 공덕도 쌓았지만 그것만으로는 충분치 못한 경우의 영혼들이 머무는 곳이라네. 이들의 잘못이라면 오직 그리스도가 탄생하기 이전에 태어나서 신앙을 알지 못하고 세례를 받지 못한 것뿐일세. 물론 나도 그 중 하나일세. 세례는 그대가 믿는 신앙으로 들어가는 문이지. 비록 세상에서 훌륭한 삶을 살았다 하더라도 하느님을 믿지 않았거나 우러러 보려고 하지 않던 자들은 곧바로 천국에서 하느님을 대면할 수 없기에 이곳에 머무는 것일세. 이것이 여기 모여 있는 사람들의 슬픔이고, 희망 없이 살아가야 하는 까닭이네."

단지 일찍 태어난 이유로 이곳 림보에서 어쩔 수 없이 살아가야만 하는 사람들의 사정을 깨달은 단테는 무겁게 내려앉는 슬픔을 억누르며 스승에게 물었다.

"그렇다면 그동안 자신의 덕이나 타인의 공덕을 받아 여길 벗어나 축복을 받은 사람은 한사람도 없었단 말씀이신가요?"

"그렇다네. 나 역시 이곳에 오게 된 다음에야 비로소 승리의 왕관을 쓰신 분이 이곳에 임하시는 것을 보았네. 그분은 인류의 조상인 아담과 그의 아들 아벨, 노아, 모세, 아브라함, 다윗, 이스마엘, 그리고 그 후손들과 라헬 등 수많은 영혼들을 구원하셨지. 모두 구세주

The Descent into Hell
Tintoretto 1568
San Cassiano, Venice

가 임하는 것을 확신하면서 기도했기에 구원받은 것인데, 인간의 영혼으로 구원받은 이는 이들 말고 아무도 없네."

이야기를 나누면서 그들이 좀 더 깊숙한 장소로 들어갔을 때, 숲속 아득한 곳에서부터 어둠을 쫓으며 한줄기 빛이 흘러나오는 것이 보였다. 그 빛은 그리스도를 알지는 못했지만 지혜가 충만했던 학자들과 시인들이 발산하는 빛이었다.

"아, 이처럼 어두침침한 곳에서도 학문이 높은 영혼들의 빛은 영원히 사라지지 않고 빛나는 것이로군요!"

단테가 감탄사를 토해내자 스승이 대답했다.

"저들의 명성은 세상뿐 아니라 천상에서조차 은총을 받기에 저토록 돋보이는 것일세."

바로 그때, '위대한 시인을 찬양하라. 이곳을 떠났던 영혼이 다시 돌아왔노라'는 노랫소리가 들려왔다. 잠시 후 주위가 조용해지고 네 개의 그림자가 그들을 향해 다가오는 모습이 보이자, 베르길리우스가 이들이 누구인지를 단테에게 설명했다.

"맨 앞에 서서 손에 칼을 들고 왕자처럼 다가오는 이가 보이는가. 저이가 바로 그리스 최고의 시성 호메로스라네. 그 다음이 풍자시인 호라티우스, 세 번째가 오비디우스 그리고 맨 마지막 분이 루카누스일세."

단테는 호메로스만큼 위대한 시인들을 보고는 주체할 수 없을 정도의 황홀감을 느꼈다. 그들은 잠시 동안 베르길리우스와 환담을 마치고는 단테에게 인사를 건넸다. 네 사람의 시성과 베르길리우스는 영광스럽게도 단테를 자신들의 동료로 인정해주었다. 단테는 세상 모든 시인들의 우상인 이 다섯 영웅에게 예를 갖추고는, 이들이 자신을 그들의 무리에 넣어 여섯 번째 성현이 되는 영광을 부여받았노라고 감격했다.

이윽고 단테는 위대한 시인들과 담소를 나누면서 학문의 성이라고 부르는 커다란 성곽 아래에 도착했다. 높은 성벽이 일곱 겹으로 에워싸고 시냇물이 도도히 흐르는 아름다운 성이었다. 그들은 성벽과 시냇물을 건넌 후 일곱 개의 성문을 지나 깨끗한 초원에 도착했다. 그곳은 눈동자를 움직이는 소리조차 들릴 정도로 고요하면서도 엄숙한 곳이었다. 단테는 스승과 함께 안쪽 깊숙이 들어가 동료들과 담소를 나누고 있는 위대한 영혼들의 모습이 바라보이는 밝고 빛나는 잔디밭에 자리를 잡았다.

헥토르와 아에네이아스, 엘렉트라, 율리우스 카이사르, 카밀라와 펜테실리아 그리고 그의 딸인 라비니아와 함께 앉아있는 라티누스 대왕, 부르투스 등에 이르기까지 많은 위인들이 보였고, 이들과 어울리지 못한 아이유브 왕조의 살라딘이 혼자 멀찍이 떨어져 있었다. 또, 정원 가운데로 눈을 돌리자 철학자들의 모습이 들어왔다. 그 중심에 현자들의 스승이자 철학의 족보에서 최고 권위를 차지하는 아리스토텔레스가 모든 이들의 존경을 받으며 앉아 있었다. 그 옆으로 소크라테스와 플라톤, 데모크리토스, 디오게네스, 아낙사고라스, 탈레스, 엠페도클레스, 헤라클레이토스, 제논, 식물의 특성을 조사한 디오스코리테스, 오르페우스, 키케로, 세네카, 리노스, 기하학자 유클리드, 프톨레미우스, 히포크라테스, 아비첸나, 갈레노스 등 이름을 다 헤아릴 수 없을 만큼 수많은 위인들이 있었다.

가야 할 여정이 길고 아직 끝나지 않았기에 네 명의 시인과 작별 인사를 나눈 후 단테와 베르길리우스는 고요한 성을 빠져나왔다. 그들은 곧 다른 길로 접어들었는데, 그곳은 지금까지와는 달리 빛한 점 통하지 않고 공기마저 부들부들 떠는 게 느껴지는 끔찍한 장소였다.

쾌락에 빠진 망령들

단테는 베르길리우스에게 이끌려 림보인 제 1옥에서 제 2옥으로 내려왔다. 이곳은 림보보다 훨씬 비좁은 장소로, 온통 울부짖는 소리와 고통스런 비명으로 덮여있는 곳이었다.

정문에는 제우스와 에우로페의 아들이자 크레타 섬의 왕이었던 미노스가 무서운 이빨을 드러낸 채 버티고 서 있었다. 미노스는 이곳을 관장하면서 이빨을 드러내며 으르렁거렸는데, 놈은 들어오는 영혼이 벌벌 떨며 죄를 고백할 때마다 꼬리로 제 몸을 감고 감긴 횟수만큼 영혼의 죄를 헤아려 지옥의 자리를 지정해 주고 있었다.

미노스가 하던 일을 멈추고 단테를 향해 입을 열었다.

"이 고통스런 피난처로 들어온 자여! 네놈은 어떻게 이곳을 들어왔으며, 또 누굴 믿고 지나가려 하는가. 문이 넓다고 해서 안심할 수 있을 것 같은가?"

단테의 스승 베르길리우스가 미노스를 막아서며 대답했다.

"미노스여, 무슨 말을 그렇게 하는가? 거룩한 뜻에 따라 여정을 가는 이를 방해하지 말아라. 뜻하시는 대로 이루시는 저 높은 곳에 계신 분께서 원하시는 일이니 더 이상 묻지 말거라."

그때, 단테는 이미 자신이 끝없는 통곡소리가 오장육부를 갈갈이 찢어놓는 비탄의 골짜기에 와 있음을 깨달았다. 이곳은 지옥의 태풍이 오른쪽에서 왼쪽으로 휘몰아치면서 폭풍을 만난 바다와도 같이 굉장한 소리로 울부짖는 곳이었다. 지옥의 태풍은 영원히 계속될 것처럼 죽어도 쉴 수 없는 영혼들을 사정없이 후려치고 있었다. 이 죄 많은 무리들은 허물어진 벼랑 끝에 다다를 때마다 비명과 한탄, 통곡을 쏟아내면서 하느님의 이름을 저주하기 시작했다.

단테는 이들이 욕망에 사로잡혀 이성을 저버리고 사음邪淫을 일삼던 자들임을 한눈에 알아보았다. 이들은 육욕의 죄에 대한 벌을 받고 있는 중이었다. 그래서 이들이 기다란 선으로 날아가는 기러기들처럼 슬피 울면서 폭풍에 휩쓸려 가는 모습을 보고도 그들을 위로해줄 털끝만 한 여유도 없음을 깨달았다.

"스승이시여, 이 캄캄한 질풍 속에서 끊임없이 시달리고 있는 자들은 도대체 누구랍니까?"

"잘 보게, 맨 앞에 있는 여인이 앗시리아의 여왕 세미라미스라네. 그녀는 음욕으로 가득 차 음란이 주는 쾌락을 법으로 허용하기까지 했네. 그 다음이 남편 시케이오스의 시체 위에서 육욕을 불태운 디도, 그 뒤를 따르는 것이 클레오파트라일세. 저기 헬레네의 모습도 보이지 않는가. 또 그녀로 인해 오랜 싸움을 하고 사랑 때문에 몸을 망친 아킬레우스도 보이는군."

베르길리우스는 그밖에도 파리스와 트리스탄 등 사랑 때문에 목숨을 버린 수없이 많은 영혼들의 이름을 들었다.

"스승이시여, 그렇다면 저들과 한마디 말을 나눴으면 합니다. 저기 하나가 되어 가엾고도 슬프게 채찍처럼 매서운 칼바람 속을 헤매는 영혼들과 말입니다."

"저 둘은 프란체스카 리미니와 파올로 말라테스타의 영혼들이네. 자, 저들이 지나가거든 저들을 몰아쳐 지옥으로 떨어뜨린 사랑의 이름으로 부르게. 그러면 멈출 것일세."

그때, 한차례의 거센 바람에 휩쓸려 영혼들이 되돌아오자 단테가 다정하게 말을 건넸다.

"가련한 영혼들이여, 별다른 지장이 없다면 잠시 멈춰 이야기를 나눴으면 좋겠습니다."

마치 한 쌍의 비둘기가 보금자리를 찾아들듯 프란체스카와 파올로의 영혼이 혼탁한 하늘을 가로질러 무리로부터 떨어진 다음 단테에게로 날아왔다.

"오! 고결하고 친절하신 세상의 선한 사람이시여! 어인 일로 세상을 피로 더럽혔던 저희들을 찾아주셨습니까? 당신이 가련한 저희들을 위해 동정을 베푸셨으니 저희도 당신을 위해 사랑의 주님께 평안을 빌겠나이다. 바람이 잠시 잦아드는 동안에는 무엇이든 대화를 나눌 수 있답니다. 그럼 저희들에 대해 먼저 말씀을 드리겠습니다. 제가 나고 자란 고장은 고요한 태양이 길을 따라 흐르는 강기슭이었답니다. 사랑은 다정한 가슴속에 갑작스레 꽃을 피우는 것이기에 사랑의 정열은 곧 제 육체를 사로잡았지요. 사랑이란 원래 주고받

Dante e Virgilio incontrano Paolo e Francesca
Giuseppe Frascheri 1846
Civica Galleria d'Arte Moderna Savona

는 것이라서 그가 기쁨에 못 이겨 저를 사로잡으니 저희는 지옥을 가더라도 한뜻이었답니다. 아마 사랑의 숙명이었겠지요. 결국 사랑이 저희 둘을 죽음으로 이끌었답니다. 저희는 아우 아벨을 살해한 카인과 마찬가지로 이곳에서 저희의 생명을 빼앗은 자를 하염없이 기다리는 중이랍니다. 근친을 살해한 영혼은 가장 고통스러운 제 9옥으로 가게 되어있으니까요."

이 말을 듣고 단테가 고개를 숙이며 괴로워하자 스승이 이유를 물었다.

"그대는 뭘 그리 괴로워하는가?"

"참으로 다정한 사람들 아닙니까? 이들의 사랑은 순수하건만 그 대가로 이런 고통을 감내해야 한다니 너무도 비통스럽습니다."

단테는 다시 한 번 그들을 향해 말했다.

"프란체스카여, 당신이 그토록 슬퍼하는 걸 보니 가슴이 아파 눈물을 참을 길이 없습니다. 하지만 말해 주세요. 사랑이 어떻게 당신을 유혹해 이다지도 치명적인 길로 이끌었는지를..."

담담한 어조로 그녀가 대답했다.

"불행한 때에 행복했던 시절을 되새기는 것만큼 어리석은 일도 없겠지요. 이는 곧 잃어버린 행복에 대한 두 배의 슬픔이 됩니다. 당신의 스승은 그 연유를 알고 계실 겁니다. 당신이 진심으로 저희 사랑의 발단을 아시고자 하니 가슴 아픈 이야기지만 말하겠습니다. 유희를 즐기던 어느 날, 저희는 란슬로트의 시를 읽고 있었습니다. 저희에게는 사심도, 아무 거리낌도 없었지요. 아더 왕의 영웅담을 담은 고상한 이야기를 구절구절 읽어나가는 동안에 서로의 시선이 마주치고 얼굴색이 변해 갔어요. 하지만 일순간에 저희의 참을성과 조심성이 뒤집혀 버렸답니다. 그 책 대목 중 주인공이 애인의 달콤한 키스를 받는 대목에서 저와 함께 있던 분이 생사를 초월한 키스를 퍼부었지요. 오오, 선한 사람이시여, 바로 그 책의 저자가 포주가 된 셈이랍니다! 그날 저희는 더 이상 책을 읽을 수 없었습니다."

그녀 앞에서 파울로의 영혼이 어찌나 애처롭게 우는지 단테는 정신이 혼미하고 괴로움에 짓눌려 잠시 정신을 잃었다.

그가 마음의 안정을 되찾고 정신을 차린 것은 자신이 제 3옥에 와 있음을 깨달은 시점이었다. 그곳은 처음부터 끝까지 장대 같은 비가 퍼붓는 장소였다. 저주스런 빗속에는 커다란 우박덩어리가 섞여 있었으며, 바닥은 오염된 물과 암흑의 대기에서 쏟아지는 물보라가 뒤엉킨 채 견딜 수 없는 악취로 가득 차 있었다.

The Ghosts of Paolo and Francesca Appear to Dante and Virgi
Ary Scheffer 1835
Wallace Collection, London

탐욕과 분노의 늪

제 3옥의 길목은 지옥의 문지기 케르베로스가 지키고 있었다.

머리가 셋이나 달리고 꼬리가 뱀의 모양을 한 개의 형상인 케르베로스는 망령들이 지상으로 탈출하지 못하도록 파수를 보고 있는 중이었다.

케르베로스는 세 개의 목구멍을 크게 벌려 개처럼 짖으면서 날카롭게 기른 손톱으로 찢고, 할퀴고, 물어뜯어 영혼들을 토막내거나 갈기갈기 찢어놓기도 했다. 억수같이 쏟아붓는 빗줄기와 개처럼 울부짖는 케르베로스의 소리가 단테와 베르길리우스의 여정을 혼란스럽게 막아섰다.

베르길리우스는 시뻘건 눈을 부라리면서 단테를 향해 침으로 범벅된 덧니를 드러낸 채 입을 벌리고 있는 케르베로스를 향해 흙을 한 움큼 쥐어 처넣었다. 그러자 굶주려 짖어대던 사나운 개가 먹이를 급하게 삼켜버리기 위해 잠잠해지듯 케르베로스는 꼬리를 흔들며 금세 조용해졌다.

바로 그때, 무거운 빗줄기를 맞아 엎어져 있는 망령들 가운데 하나가 몸을 일으키려 애쓰며 말을 걸어왔다.

"지옥을 여행하시는 분들이여! 나를 알아보겠소? 그대는 내가 죽기 전, 피렌체에 살고 계셨던 분이 아니던가요?"

단테는 그 말을 듣고 깜짝 놀라 발걸음을 멈췄다.

"그렇기는 합니다만, 나는 도통 기억이 나지 않습니다. 하지만 당신이 누구인지 왜 모진 형벌 속에 있는지 말씀해주시겠습니까?"

자신의 이름을 자코모라고 밝힌 망령이 "그대의 고향인 피렌체 사람들은 나를 치아코(돼지라는 뜻)라고 불렀다오. 보다시피 이 빗속에서 시달리고 있는 이유는 내 줄기찬 탐욕 때문이오. 여기 있는 다른 자들도 모조리 탐욕으로 인해 똑같은 벌을 받고 있는 중이고요."라고 말하고는 입을 다물어 버렸다.

단테는 치아코의 고통을 함께 슬퍼하면서 피렌체 사람들이 서로 갈라져 싸우는 이유와 종국에는 어찌 될 것인지를 물어 보았다.

그는 피비린내 나는 내전이 3년 동안이나 계속될 것임을 언질하면서 사람들 마음속에 있는 교만과 사기, 그리고 탐욕이라는 세 개의 불꽃이 전쟁의 불길을 타오르게 할 것이라고 대답했다.

곧이어 단테가 기벨리니당의 파라나타와 겔프당의 텍기아이오드가 지금은 어디에 있느냐고 물었다. 치아코는 그들은 자기보다 더 깊은 지옥에 처박혀 있다고 알려 주고는 만약 세상으로 다시 나가게 된다면 이 소식을 사람들에게 전해 줄 것을 부탁하며 더 이상 말할 기운을 잃고 곧장 쓰러져 버렸다.

Fall of the Damned
Peter Paul Rubens 1620
Alte Pinakothek, Kunstareal, Munich

그런 치아코의 모습을 보며 베르길리우스가 말했다.

"천사의 나팔소리가 울려 퍼지는 최후의 심판까지 저들은 일어서지 못하고 고통 속에 쓰러져 있어야 하네. 그러나 마침내 그날이 오면 누구나 자기의 슬픈 무덤을 찾아가 육체와 몰골을 되찾고 영원한 심판을 받게 될 것일세."

베르길리우스는 말을 마치고 망령들의 신음소리와 비가 뒤섞여 질퍽거리는 더러운 늪을 천천히 헤쳐 나갔다.

"그렇다면 여쭙겠습니다. 최후의 심판 이후에 저들의 고통은 더 커질까요 작아질까요, 아니면 지금처럼 줄곧 마찬가지겠습니까?"

단테의 질문에 스승이 대답했다.

"완전해지면 모든 것이 더 뚜렷해지는 것과 같은 이치일세. 최후의 심판 때가 되면 기쁜 일에는 더욱 더 희열을 느낄 것이요, 괴로운 일에는 더더욱 고통스러움이 가혹해질 테지."

다시 내리막길로 막 들어섰을 때, 두 사람은 거기에서 탐욕의 상징인 플루톤을 발견했다. 인색한 수전노들과 무엇이든 아끼지 않고 낭비를 일삼던 무리들이 있는 제4옥의 길목에서 플루톤은 쉰 목소리로 "오, 사탄이여, 아버지 마왕이여!"를 반복해서 부르짖고 있었다. 베르길리우스는 단테가 겁먹지 않도록 다독이면서 노기에 찬 목소리로 놈의 얼굴에 대고 소리쳤다.

"닥쳐라, 이 저주스런 늑대야! 분노로 다시 몸을 불태우고 싶은 게냐? 네 놈이 지옥의 밑바닥까지 내려온 데에는 까닭이 없지 않을 터! 대천사 미카엘로 하여금 주께 거스른 자인 사탄을 물리치게 한 하늘에 계신 분의 섭리대로로다!"

그 말을 듣자마자 잔인하고 사나운 맹수인 플루톤은 마치 바다에 떠 있던 배가 거센 바람을 맞아 돛대가 부러지고 돛폭이 휘말려 배 위로 떨어지듯 힘없이 고꾸라지고 말았다.

단테는 지금까지 보았던 고통과 벌을 통해 인간을 파멸로 이끄는 하느님의 정의를 떠올리고는 몸서리치게 두려워하며 제 4옥의 골짜기로 접어들었다. 단테는 그곳에서도 또다시 경악을 금치 못할 광경을 목격했다. 거기에는 헤아릴 수 없을 만큼 많은 무리들이 카리타의 세찬 물결과도 같은 소용돌이에 휘말린 채 고함을 질러대며 우글거리고 있었다.

그들은 서로 두 패(저축과 낭비)로 나뉘어져 제 몸보다 무거운 짐(금화 주머니)을 가슴으로 굴려대고 있었다.

왼쪽에서는 인색한 자들이, 오른쪽에서는 방탕한 자들이 서로 다가와 맞부딪힐 때마다 "야, 이 망할 노랭이들아! 모으기만 해서 어쩌자는 게냐?" "웃기지 마라, 이 놈팡이들아! 낭비만 일삼더니 꼴 좋다!"라고 서로 욕지거리를 퍼붓고는 다시 육중한 짐들을 가슴으로 굴렸다. 이들은 이러한 행위를 끝없이 되풀이하고 있었는데, 육중한 짐이란 다름 아닌 세상에서 그들이 그토록 아끼던 재물이었다.

단테는 속이 뒤집힐 듯 슬퍼져서 스승에게 물었다.

"스승이시여, 저들은 어떤 사람들입니까? 왼편에는 성직자들의 모습도 보이는군요. 도대체 왜 여기에 와 있는 것입니까?"

"저들 모두는 살아생전 재물을 지나치게 낭비했거나 너무도 인색해 베풀기를 주저했던 자들일세. 영원히 저 구덩이에서 서로 부딪히다가 결국 심판을 받기 위해 풀어헤친 머리로 무덤에서 일어날

Inferno Canto 07
Jan Van der Straet 1587
Avari e prodighi

것이네."

그리고 나서 베르길리우스는 단테를 향해 인간의 운명과 재화는 순간적 헛됨에 지나지 않는 것이라고 말했다.

그의 말에 따르면, 전능의 신께서 일찍이 세상의 영화를 다스릴 자를 세우셨다고 한다. 그런데 그가 재화를 헛되이 이리저리로 옮기는 바람에 한 나라가 흥하면 다른 민족이 망하게 되는 법칙이 생겼으며, 인간은 결코 운명을 알지 못하는 존재라서 결국 하느님의 천사가 모든 걸 관장하고 판단한다는 것이었다.

베르길리우스는 어느덧 성 토요일이 되었음을 깨닫고 단테에게 갈길을 재촉했다. 제 4옥을 가로질러 다섯 번째 지옥이 있는 골짜기로 들어서자 기슭의 샘터로부터 물줄기가 용솟음치고 있는 광경이 나타났다. 샘터의 물빛은 시뻘겋다 못해 거무스름해 보였다.

두 사람이 검붉은 물줄기를 따라 험준한 길을 내려가자 슬프디슬픈 음색의 물소리는 잿빛으로 변해 벼랑 아래로 떨어지면서 스틱스(저승을 흐르는 다섯개 강 중의 하나)라고 불리는 늪속으로 삼켜져버렸다. 그 늪속에는 온통 흙투성이가 되어버린 인간들이 알몸으로 꿈틀거렸는데 그들은 분노의 표정으로 일그러진 채 서로 치고받다가 그것으로는 성이 안 차는지 서로의 살점을 물어뜯고 있었다.

"저기 분노로 자기 자신을 집어삼키고 있는 군상을 보게! 이 늪속에는 분노를 못 참는 자들로 가득 채워져 있어서 그로 인해 물거품이 부글부글 끓고 있는 것일세. 저들은 제 몸 하나 간수하지도 못하는 주제에 계속해서 중얼거리지만 목소리는 목구멍까지 가득 찬 진흙 때문에 그르렁 소리만 날뿐 밖으로 새어 나오지는 못하지."

곧 베르길리우스가 단테에게 그들이 중얼거리는 소리를 해석해서 들려 줬는데 그들이 내뱉는 탄식의 소리는 이런 내용이었다.

'햇빛 부드럽고 향기로운 하늘 밑에서도
우리 마음속에서 분노의 불길이 타올라 죄스러웠거늘
이젠 검은 늪속에서조차 슬퍼하고 있어야 하는 신세란 말인가'

이들을 지나쳐 단테와 베르길리우스는 커다란 활처럼 휘어진 늪과 그 주위를 돌아 성 위로 높이 치솟은 탑 밑에 다다르게 되었다. 그들이 가까이 가자 탑 꼭대기에서 두 개의 불꽃이 지펴지면서 서로에게 신호를 보내는 장면이 보였다. 단테가 무슨 표시인가를 묻자 베르길리우스는 우리의 등장을 알리는 표식이라고 일렀다.

그와 동시에 조그만 나룻배 한 척이 안개로 덮인 물살을 헤치며 두 사람을 향해 다가오는 것이 보였다. 그것은 시위를 떠난 화살이 창공을 가르고 날아가는 것보다 빠른 모습이었다.

배를 젓는 뱃사공의 이름은 플레기아스라고 했다.

사공이 단테들을 향해 소리치기 시작했다.

"이 못된 망령들아, 뭘 하다가 이제서야 온 게냐?"

베르길리우스가 바로 "플레기아스야, 쓸데없이 소리지르지 말아라. 우리는 단지 건너가기 위해 신세지려는 것뿐이니."라고 응수했다.

플레기아스는 크게 속기라도 한 것처럼 화를 내면서 그들을 배에 태웠다. 그들이 타자 배가 물에 잠길 듯 가라앉는 것처럼 보였는데

Divine Comedy, Inferno
Sandro Botticelli1480
Biblioteca Apostolica Vaticana, Rome

그것은 이제까지 체중이 없는 죽은 망령들만 실어 나르다가 살아있는 사람을 태웠기 때문이었다.

그들을 태운 배가 수면을 깊이 가르면서 죽음의 늪을 지나고 있을 때, 갑자기 뱃머리에서 진흙투성이의 그림자 하나가 솟아오르더니 이렇게 소리쳤다.

"죽을 때도 아닌데 이곳에 온 너는 뭐하는 놈이냐?"

단테가 애써 침착함을 유지하며 말했다.

"내가 이곳에 있다고 해서 오래 머물 사람은 아니오. 대체 그토록 흉측한 몰골로 묻는 당신은 누구요?"

"그래? 그렇다면 이 어두컴컴한 어둠 속에서 울부짖고 있는 나를 자세히 보라."

흉측한 물체가 손을 뻗어 단테의 배를 움켜잡으려 하자, 속셈을 간파한 베르길리우스가 재빨리 그를 밀쳐버렸다. 그는 다름 아닌 피렌체에서 심술궂기로 악명 높았던 포아르젠티의 망령이었다.

망령은 의도를 충족시키기도 전에 다시금 늪 속으로 굴러 떨어졌고, 그와 동시에 진흙투성이의 다른 무리들이 갈기갈기 찢어놓으려고 그에게 달려들었다. 포아르젠티의 망령 역시 분노에 짓눌려 제 몸을 스스로 이빨로 물어뜯었다.

베르길리우스는 사나운 백성들의 땅 '디테'가 가까웠음을 단테에게 알렸다. 이 버림받은 땅을 에워싸고 우뚝 선 디테의 성벽은 마치 철벽으로 둘러 싸여있는 듯 삼엄하기 그지없었다.

강을 한 바퀴 크게 돌더니 "이곳이 입구요, 어서 내리시오."라는 뱃사공 플레기아스의 소리가 들렸다.

단테는 그때 성벽 위에 있는 수천마리의 악마들을 보았다. 아니, 그들은 마왕 루시펠과 함께 천국에서 쫓겨나온 타락한 천사들이었다. 그들은 저마다 화가 단단히 난 상태에서 소리를 질러대기 시작했다.

"죽지도 않았는데 죽은 자들의 왕국을 지나려는 저놈은 대체 누구냐?"

베르길리우스가 단테를 잠시 기다리게 한 후에 성문 앞으로 걸어가 사연을 설명하고 설득하려 했지만, 악마들은 베르길리우스의 가슴팍 앞에서 성문을 거칠게 닫아버렸다.

느린 걸음으로 돌아온 베르길리우스가 한숨을 내쉬며 한탄하기 시작했다.

"어느 누가 감히 비탄의 장소로 향하는 우리를 막는단 말인가!"

그러나 그는 곧 단테를 안심시키면서 말했다.

"내가 화통을 터뜨린다고 해서 여정이 끝났다고 생각하지 말게. 어떤 시련이 닥친다 해도 우리는 이겨낼 수 있을 테니까. 저놈들이 저토록 불손하게 구는 것도 사실 처음 있는 일이 아닐세. 하지만 길잡이 없이 우리가 지나온 골짜기를 지나 이곳에 오시는 분이 계실 터이니 그분의 능력으로 곧 성문이 열리게 될 것일세."

베르길리우스의 위로에도 불구하고 단테는 겁에 질려 파리하게 떨었다.

"여하튼 우리는 이 시련을 견뎌내야만 하네. 그런데 약속하신 하늘의 사자는 어찌 이리도 더디게 오신단 말인가?"

단테가 두려움에 휩싸인 몰골로 덜덜 떨면서 말했다.

The Remorse of Orestes
William-Adolphe Bouguereau 1862
Norfolk, Virginia

"어느 누가 하늘의 꼭대기로부터 이 더러운 곳까지 내려오신단 말씀입니까?"

"여태 그런 일은 없었지만 내가 에리톤의 요술에 걸려 우연히 이 곳에 한번 와 본 일이 있네. 예수를 배반한 유다가 갇힌 제 9옥, 즉 지옥의 가장 깊은 곳에 있다는 불쌍한 영혼을 구하기 위한 여정이 었지. 그때에도 이 같은 시련 없이 성문을 통과할 수는 없었네."

베르길리우스가 답을 주었지만 단테는 무슨 말인지 잘 알아듣지 못했다. 갑자기 타오른 탑 꼭대기의 불길에 정신이 팔려 있었기 때문이었다.

바로 그때, 불길을 뚫고 복수의 여신이라고 불리는 피철갑을 두른 세 악녀가 모습을 드러냈다. 그들은 영락없는 여인의 형상이었지만 푸른 물뱀의 띠를 두르고, 실뱀과 뿔뱀으로 이루어진 머리카락을 늘어뜨려 그것들이 관자놀이를 무섭게 칭칭 휘감고 있었다.

베르길리우스는 저것들이 바로 탄식의 여왕 페르세포네의 시녀들이라고 단테에게 설명했다.

"저 표독스런 악녀들을 보게. 왼편에 있는 것이 메두사, 오른쪽이 알렉토, 그리고 가운데에서 울고 있는 것이 티시포네라네."

악녀들은 저마다 손톱으로 가슴팍을 쥐어뜯고 제 몸뚱아리를 주먹으로 두들기면서 큰 소리로 외쳐댔으므로, 단테는 두려운 나머지 몸서리치며 스승의 뒤로 숨었다.

그러자 그 중 하나가 아래를 내려다보며 "메두사, 저놈을 돌로 만들어 버리면 어떻겠냐. 테세우스의 습격에 복수하지 못했던 것이 원통하지 않느냐?"라고 소리쳤다. 그 말과 동시에 베르길리우스가

Archangel Michael Hurls the Rebellious Angels into the Abyss
Luca Giordano 1666
Kunsthistorisches Museum, Vienna

재빨리 단테의 눈을 손으로 가려 메두사를 보고 돌로 변하지 않도록 도왔다.

잠시 후, 베르길리우스는 단테의 눈을 풀어 주면서 "저 앞에 안개 자욱한 수면과 물거품이 일어나는 강변을 자세히 보게."라고 일렀다.

그 순간, 큰 지진과 세찬 폭풍우가 함께 몰아쳐 오는 것처럼 귀청이 떨어질 듯한 굉음이 들리면서 땅이 흔들렸고 저주받은 무리들은 독사 앞의 개구리마냥 서둘러 도망치기에 바빴다. 표독스런 무리들을 바람에 흩날리게 하면서 한 천사가 다가오고 있었다. 그는 스틱스의 늪에 발바닥도 적시지 않고 건너오고 있었다. 단테는 그가 천국에서 온 사자使者라는 사실을 금세 알아보았다.

베르길리우스가 천사에게 공손하게 인사를 올렸다.

천사의 신성한 모습에는 분노가 가득했다. 노여움이 가득한 얼굴로 천사가 성문 앞에 다가가 지팡이를 쿵쿵 내리치자 문은 거짓말처럼 아무런 저항도 없이 순순히 열렸다.

"이 천상에서 버림받은 더러운 자들아!"

천사는 문지방 위에 서서 무시무시한 톤으로 입을 열었다.

"천국에서 쫓겨난 자들아, 타락한 영혼들아! 어찌하여 너희는 이토록 교만한 마음이더냐? 어찌하여 너희는 신의 뜻에 저항하려는 게냐? 그분의 뜻이 성취되지 않았던 예는 한번도 없었거늘, 수차례 혼난 너희들이 잘 알고 있을 터인데 운명을 거슬러 무슨 이득을 보려는 게냐? 분명히 기억하고 있으리니, 너희 동료인 케르베로스는 그 때문에 턱에서 목에 걸쳐 한 올의 털도 없는 것이다."

Dantes Hölle
Wilhelm Trübner 1880
Museumslandschaft Hessen Kassel, Kassel

　천사는 말을 마치고는 일에 몰두하느라 정신이 팔려 눈앞의 사람
은 보이지 않는 것처럼 아무 일도 없었다는 듯이 흙탕물을 걸어서
되돌아갔다. 이윽고 두 사람은 천사의 거룩한 말씀에 확신을 얻어
한 발 한 발 아무런 방해 없이 성 안으로 들어갈 수 있었다.

　성채에 에워 싸여있던 내부의 광경을 한번 보았으면 좋겠다고 생
각하던 단테는 그제서야 주위를 살펴볼 여유를 가졌다.

　그의 오른편에도 왼편에도 고뇌와 가책으로 가득 찬 광장이 론강

의 물이 잠겨 늪을 이룬 아를르의 모습처럼 끝없이 펼쳐져 있었다. 이탈리아의 북쪽 끝 국경을 씻어주는 카바넬만湾에 가까운 폴라 근방처럼, 이곳 또한 도처가 울퉁불퉁한 곳 투성이였으며 특히 무덤의 모습이 그러했다.

무덤과 무덤 사이로 불꽃이 펄럭거리고 그로 인해 무덤이 모두 불타고 있었는데, 피렌체의 유명한 대장간에서조차 쇠를 이토록 달구지는 못하리라. 무덤 뚜껑은 모조리 들려져 있어 그곳에서 비참하게 상처받은 망령들의 목소리가 쉴 새 없이 흘러나왔다.

"스승이시여, 무덤에서 소리를 내는 자들의 정체는 무엇입니까?"

"이단에 빠진 자들과 그를 추종하던 제자들일세. 저들은 종파에 상관없이 이곳에 모이게 되어있네. 무덤에 갇힌 자들의 수는 그대가 상상하는 그 이상일 걸. 이곳엔 서로 비슷한 자들끼리 묻혀 있으며 정도의 차이는 있을지언정 종국엔 불에 타 없어질 운명들이지."

말을 마친 스승이 오른쪽 길로 방향을 잡았으므로 단테는 불을 뿜어대는 무덤과 높은 성벽 사이를 조심스럽게 지나갔다.

우상과 이교도들의 성城

거룩한 천사의 도움으로 단테와 베르길리우스는 무사히 이교도들의 성인 디테의 성문을 통과해 마을로 들어설 수 있었다.

마을 양편으로 넓은 벌판이 장관을 이루었으나 단테는 이곳이 온통 무수한 고통과 혹독한 형벌로 가득 찬 곳임을 짐작할 수 있었다. 이곳은 론강의 공동묘지와 같은 형상이었다. 무덤들은 모두 뜨겁게 달구어진 채 뚜껑 째 열려 있었고 안에서는 슬픈 통곡소리가 그치지 않고 새어나왔다. 단테는 베르길리우스에게 뜨거운 불가마 속에서 탄식소리를 쉴 틈 없이 내뱉는 자들의 정체를 물었다. 그의 스승은 그들이 이교도들과 이단자들이라고 대답하면서 그들이 겪는 고통은 단테가 상상하는 것보다 훨씬 무겁다고 말했다. 두 사람은 다시 오른편으로 돌아 탄식의 무덤과 높은 성벽 사이를 지나갔다. 단테는 그 좁은 길을 지나가면서 스승에게 재차 물었다.

"무덤에서 통곡하는 자들에 대해서 좀 더 상세히 설명해 주십시오. 또 무덤의 뚜껑이 언제까지 열려있는 것인지도…”

"무덤의 뚜껑은 최후의 심판이 끝나고 육신 부활을 위해 되돌아 갈 때에야 비로소 닫힐 것일세. 이곳에 묻힌 자들은 육신과 함께 영혼도 죽는 것이라고 믿었던 에피큐로스와 그 추종자들이네. 자, 좀 더 지나다보면 그대의 궁금증도 햇살처럼 밝아질 게야."

그때, 홀연히 무덤에서 상반신을 일으키며 말을 걸어오는 자가 있었다.

"오, 피렌체와 가까운 토스카나 출신인 자여! 당신의 억양이 억압 받는 고귀한 피렌체 태생인 것을 알려주고 있으나 그곳은 나를 너무도 괴롭게 했던 곳이 아닐 수 없군요. 살아있는 몸으로 지옥의 도시를 의연하게 지나고 계신 분이여, 잠시라도 좋으니 이곳에 머물러 주시지 않으시렵니까?"

이 소리에 깜짝 놀란 단테가 부들부들 떨면서 베르길리우스의 옆으로 숨자, 베르길리우스가 "두려워 말게. 그저 정중하게 대답해주면 되네. 저 자가 바로 파리나타일세."라고 가르쳐주며 위로했다.

단테가 무덤 속의 그를 향해 지옥 따위는 아무 것도 아니라는 듯 가슴을 곧게 펴고 머리를 반듯하게 세우자 그런 단테를 힐끗 쳐다보면서 파리나타가 말했다.

"당신의 조상은 누구신가요?"

단테는 이 질문에 숨김없이 대답해 주면서 자신은 파리나타가 속했던 기벨리니당의 반대파인 겔프당의 일원이었다는 사실도 밝혔다. 그러자 같은 무덤에서 그들의 이야기를 옆에서 듣고 있던 한 영혼이 턱까지 얼굴을 내밀며 일어나더니 울면서 외쳤다.

Last Judgment
Michelangelo Lodovico Buonarroti 1537-41
Cappella Sistina, Vatican

"오, 피렌체의 지성인 단테여! 오직 그대만이 이 암흑의 지옥을 지나가고 있구려. 그래, 그대와 어울렸던 내 아들 구이도는 어디 있소, 왜 그대와 함께 있지 않단 말이오?"

"저는 스스로 이곳에 온 것이 아닙니다. 바로 하늘에 계신 위대하신 분이 인도해주신 덕분입니다. 당신의 아들 구이도의 행방은 아마도 제 스승이자 구이도가 살아생전 멸시했던 베르길리우스님께서 알고 계실지 모르겠군요."

그는 단테의 친구 시인 구이도 카발칸퍼의 부친이었다.

"아, 그렇다면 내 아들은 이미 죽었단 말이오? 아름다운 햇빛은 더 이상 아들의 눈에서 빛나지 않는다는 말이오?"

단테가 대답을 하기도 전에 구이도의 부친은 무덤에 쓰러져 다시는 모습을 드러내지 않았다. 그런 후에도 단테는 한참동안 파리나타와 대화를 나눴다. 파리나타는 단테와 대화를 나누고 싶어 한 이유를 설명했다. 그는 죽음으로 미래의 문이 닫히는 순간부터 인간의 지혜는 종말을 고하며 인간의 지성은 헛된 것이 되어 한치 앞을 볼 수 없게 될 뿐 아니라, 세상사 모든 것이 알 수 없는 의문투성이가 되는 것이라고 하소연했다. 파리나타의 긴 이야기가 끝나자 미처 구이도의 부친에게 아들의 생존여부를 알려주지 못한 것을 깨달은 단테가 가슴 아파하며 입을 열었다.

"좀 전의 영혼에게 당신의 아들은 아직 살아있다고 전해 주시겠습니까? 아까 확실하게 대답을 하지 못한 이유는 죽은 자의 영혼은 현재나 미래에 대해서 잘 알고 있으리라 착각했기 때문입니다."

베르길리우스가 단테 옆으로 다가오면서 조용히 말했다.

Inferno, Canto XVIII
Sandro Botticelli 1480
Staatliche Museen, Berlin

"그대여, 아직도 당황하고 있는가? 베아트리체의 맑은 눈이 그대를 보호하고, 그녀로 인해 그대 삶의 나아갈 길이 열릴 터인데..."

두 사람은 곧 파리나타에게서 멀어져 으스러진 커다란 돌로 이루어진 둑 가장자리에 이르렀다. 그곳은 뱃속까지 뒤집어 놓는 지독한 냄새로 가득 찬 곳이었다. 두 사람은 애써 냄새를 참으며 좁은 길을 따라 제 7옥의 골짜기로 들어섰다. 그들이 골짜기의 벼랑에 서서 밑을 바라보자, 또 다시 처참한 몰골의 영혼들이 우글거리고 있는 모습이 보였다. 단테가 치솟아 오르는 고약한 썩은 냄새에 몸서리치며 커다란 무덤의 뚜껑 뒤로 몸을 피하자 '포티누스에게 이끌려 올바른 길 정교正敎를 버린 교황 아나스타시우스, 여기에 묻히다'라는 묘비명이 눈에 들어왔다.

단테가 역겨운 냄새에 익숙해질 동안 베르길리우스는 제 7옥 이하의 하부지옥에 대해서 설명하기 시작했다. 그에 의하면, 하부지옥은 커다란 돌무덤 형태로 세 개의 원圓을 이루고 있는데 그 원들은 내려갈수록 조금씩 작아지면서 좁아진다는 것이었다.

베르길리우스는 그 속에서 저주받은 영혼들이 고통을 받고 있으며, 신의 노여움을 산 악한 행위 중에서도 남을 속이는 기만행위를 가장 사악하게 보기 때문에 더욱 큰 고통을 받는 것이라고 일갈했다.

"제 7옥은 온갖 폭력배들이 갇혀있는 장소로 각각 세 개의 작은 권곡(오목하게 파인 특이한 골짜기)들이 층층이 존재하고 있네. 첫 번째 권곡은 이웃에게 폭력으로 인한 죽음과 쓰라린 상처를 안기고 재산을 약탈하고 파괴한 자, 또 살인자와 중상모략자, 불한당, 날강

도들이 벌을 받는 곳이고, 두 번째 권곡은 자살하거나 자해행위를 한 자들과 놀음으로 재산을 탕진한 자들이 슬프게 지내고 있으며, 마지막으로 제 7옥의 가장 깊은 곳에 위치한 세 번째 권곡은 소돔과 카오르사의 고리대금업자들처럼 하느님을 속으로 깔보거나 남을 등쳐먹은 자들을 낙인찍어 벌을 내리는 곳일세. 이어서 제 8옥은 양심을 거역하고 사랑의 매듭조차 풀어 없애는 기만행위를 일삼은 자들 즉 위선자들, 그리고 이기주의자들, 홍등가의 포주들이 웅크리고 있는 곳이고, 마지막 지옥인 제 9옥은 모든 반역자들의 무리가 모여있는 장소일세.”

베르길리우스는 다시 단테를 재촉해 제 7옥의 험준한 벼랑을 내려갔다. 그들이 벼랑을 거의 내려갈 즈음 한눈에 보기에도 끔찍한 우두인신牛頭人身의 괴물이 모습을 드러냈다.

머리는 소의 모양인데 인간 몸뚱이를 한 미노타우로스는 두 사람을 발견하자 분노한 나머지 자신의 몸을 상처내며 씹어대기 시작했다. 동시에 베르길리우스의 벼락같은 호통이 내리쳤다.

　"이놈아! 네놈은 이 상황이 네게 죽음을 안겨준 아테네의 테세우스를 조우한 것쯤으로 파악되는 모양이로구나? 어서 길을 비켜라! 이분은 네 누이 아리아드네의 도움을 받고자 온 것이 아니라, 네놈들의 고통을 알고자 지나가고 있을 뿐이란 말이다."

　그 말을 들은 미노타우로스는 고삐가 풀렸어도 도망갈 줄 모르고 허우적대는 황소처럼 바닥에 나뒹굴기 시작했다.

　미노타우로스가 분노를 못 참고 괴로워하는 동안에 서둘러 빠져나와 계곡을 지나가자, 이번에는 둥글고 큰 구덩이 속에서 활과 화살을 가진 반인반마半人半馬의 켄타우로스들이 사냥을 하기 위해 모인 것처럼 한 떼가 되어 날뛰고 있었다.

　벼랑을 타고 내려오는 두 사람을 보자마자 무리 중 세 마리가 활과 화살을 치켜들면서 외쳤다.

　"이놈들아! 네놈들은 무슨 벌을 받기 위해 여기로 온 게냐? 냉큼 그 자리에 멈춰 서서 대답해 보거라! 그렇지 않으면 당장 고슴도치 신세가 될 게야."

　그러자 베르길리우스가 나서서 "대답은 네 곁의 케이론에게 할 것이니 성급하게 나서지 말아라."라고 쏘아붙이고는 단테에게 말했다.

　"잘 봐 두게, 저놈이 바로 네소스인데 헤라클레스의 아내인 데이아네이라 때문에 죽임을 당하고 결국 제 원수마저 갚던 놈일세. 그리고 한 가운데서 제 가슴을 들여다보고 있는 것이 케이론이란 놈이네. 현명하고 여러가지 예도에 통달해서 아킬레우스를 교육시키기도 했네. 분명 이놈들의 수령임에 틀림없네. 또 그 옆에 있는 놈은 포로스란 놈인데 구덩이 주위를 맴돌면서 죄가 정해준 경계를 넘어 피의 강물 위로 몸을 내미는 영혼이 있으면 무자비하게 화살을 당기는 거친 놈일세."

단테와 베르길리우스가 그들에게 다가가자 우두머리 격인 케이론이 제 떼거리를 향해 소리쳤다.

"너희들도 알아보겠냐, 저놈이 건드리는 바위가 움직이는 걸. 만약 죽은 놈의 발이라면 움직일 수가 없을 텐데 말이지."

베르길리우스가 재빠르게 케이론 앞으로 가서 말했다.

"그래, 네가 본 것이 옳다. 저분은 살아있는 사람이 분명하고, 나는 그에게 이 암흑의 골짜기를 보여줘야 한다. 그를 인도하는 것이 나의 임무인즉, 이는 바로 할렐루야의 노랫소리가 울려 퍼지는 천국에서 우리를 보내신 베아트리체가 맡기신 일이다. 이토록 험난한 길로 발길을 움직이게 하신 하느님의 존귀하신 이름으로 청하노니, 너희 중 하나가 길잡이로서 저분을 업고 갔으면 한다. 너희도 알다시피 살아있는 몸이기에 공중으로 날 수 있는 혼이 아니니까 말이다."

케이론이 오른편에 있는 네소스에게 즉시 명령을 내렸다.

"네가 저분들을 안내하고, 혹 다른 놈이 방해하거든 흠씬 두들겨서 쫓아버려라."

이렇게 해서 단테 일행은 듬직한 호위병을 얻었다.

Pallas and the Centaur
Sandro Botticelli 1482
Galleria degli Uffizi, Florence

피의 강, 비탄의 숲

두 사람은 네소스와 함께 벌겋게 끓어오르는 언덕을 따라 피의 강 속에서 삶아지고 태워지는 무리들의 비명소리가 진동하는 곳으로 아무 걱정 없이 나아갈 수 있었다.

단테는 핏물이 끓어오르는 강 속에서 눈썹 언저리까지 잠겨있는 무리들을 보았다. 네소스가 그들을 가리키며 "저놈들은 살아있을 때 학살과 약탈을 일삼던 폭군들이라오. 그래서 자신들이 저지른 죄악의 응보를 받고 저렇게 울고 있는 거랍니다. 저기 알렉산더 대왕이 보이시지요? 그리고 시칠리아의 폭군 디오뉘시오스, 새까만 머리털에 이마빡만 보이는 건 잔인하기로 소문난 에첼리노, 그 옆에 보이는 금발의 주인공은 제 의붓자식에게 살해된 페라라의 폭군 오빗쵸입죠."라고 설명했다.

그들이 조금 더 앞으로 나가자 시뻘건 핏물에 목만 내민 자들이 보였고 그 다음에 보이는 자들은 가슴까지 내놓고 있었다. 이처럼 피의 강은 점점 얕아져 발목만을 뜨겁게 할 정도로 낮아졌다. 안내자인 네소스에 따르면, 이쪽에서 점점 낮아진 피의 강물은 저편에서 다시 깊어지기 시작해 폭군들이 슬피 우는 제 9옥의 심연 속으로 미끄러져 들어간다는 것이었다.

신의 채찍이라 일컫던 흉노족의 우두머리 아틸라와 알렉산더 대왕의 후계자를 자처하고 신흥 로마제국을 괴롭힌 마케도니아의 왕 피로스, 시칠리아를 근거지로 이탈리아 해안을 협박한 섹스투스, 해적 라니엘, 그리고 실벤세 주교를 살해하고 파문을 당한 강도 파초 등이 고통을 당하면서 영원히 눈물을 흘리고 있다는 설명을 들려준 후, 네소스는 다시 여울목을 건너 제 자리로 되돌아갔다.

단테와 베르길리우스는 이제 제 7옥의 두 번째 원 안으로 접어들게 되었다. 그들은 길도 없는 숲으로 들어갔는데, 그 숲의 나뭇잎은 검붉은 색을 띠고 있었으며 가지들은 온통 매듭 투성이인 채 뒤틀어져 있었다. 열매도 달지 않은 가지들은 저마다 독을 품고 있는 가시로 덮여 있는 상태였다. 이토록 거칠고 삭막한 숲속은 미생물조차 살 수 없는 불모지였지만 오직 몰골이 섬뜩한 하르피아만이 존재하고 있었다.

괴조怪鳥는 여인의 얼굴에 새의 몸뚱이를 하고 날카로운 발톱을 감춘 채 뒤틀어진 나무 위에서 불길하게 울었다. 동시에 숲속 깊숙한 곳에서 끊이지 않고 비통한 통곡소리가 들려 왔지만, 소리의 주인공인 영혼의 모습이 보이지 않아 단테를 적잖이 당황케 했다.

새파랗게 질린 단테에게 그의 스승이 작은 나뭇가지 하나를 꺾어보면 금방 알 수 있을 것이라고 말했다. 단테가 그의 말대로 가시

Hell
Dieric Bouts 1450
Musée des Beaux-Arts, Lille

있는 나뭇가지를 꺾자, 나뭇가지가 밑둥 거리에서부터 울부짖으며 "왜 나를 쥐어 뜯는 거냐?"라고 고함을 질렀다. 그와 동시에 꺾어진 나뭇가지에서 검붉은 피가 철철 흘러 나왔다.

"왜 나를 찢어발기는 게냐? 네게는 연민의 마음이 한톨도 없단 말이냐? 지금은 비록 나무로 변한 신세지만 나 또한 옛날에는 인간이었노라. 설령 우리가 뱀의 혼이라 할지라도 살아있는 네놈의 손은 더욱더 자비로워야 하는 것이 아니냐?"

나뭇가지가 꺾일 때마다 다른 한쪽 끝에서 거품처럼 파직파직하고 열기를 뿜어내듯 말소리와 함께 피가 솟구쳐 나왔으므로 단테는 그만 하얗게 굳어 주저앉아버리고 말았다.

그런 단테를 보고는 베르길리우스가 앞으로 나서서 피 흘리는 나무를 향해 입을 열었다.

"상처받은 영혼이여, 화를 푸시게. 이분이 내가 쓴 아이네이아스의 시구절을 기억했더라면 그대에게 손을 대지 않았을 것이지만 일이 생각지도 않게 되어 나로서도 가슴 아프네. 하지만 이분은 세상으로 다시 돌아갈 몸이니 명예가 새롭게 평가받을 수 있도록 그대가 생전에 누구였는지 말해주면 좋지 않겠는가?"

그말을 듣고 피 흘리는 나무가 대답했다.

"그토록 달콤하게 나를 구슬리시니 어찌 입을 다물고만 있겠소. 보다시피 입을 통해서 나오는 말은 아니니 언짢게 생각지는 마시오. 나는 신성 로마의 황제 프리드리히 2세를 위해 살았던 사람이라오. 모든 사람들을 황제의 비밀로부터 떼어놓는 영예로운 임무를 맡았지요. 평생 신의로써 황제의 마음을 사로잡았다고 자부하오.

그걸 수행하느라 한동안 잠을 자지 못할 정도였으니까요. 그러나 나의 충성스러운 마음과는 달리, 이를 시기한 궁중의 음탕한 여인 네들이 증오의 불길로 황제에게 이간질하는 바람에 내 영예로운 임무는 슬픈 탄식으로 끝나버리고 말았소. 해서 죽음으로써 모멸감을 씻고자 자살을 시도했건만, 이는 도리어 나를 불행하게 만든 결과를 초래했다오. 그러나 내가 이 나무의 뿌리를 대고 맹세하건대, 절대로 황제의 선의를 배반한 적은 없소이다. 그러니 당신들 가운데 누가 세상에 다시 돌아가게 되더라도 아직도 회자되는 질투의 불길 속에 묻힌 나의 명예를 되찾아주시길 바랍니다."

이윽고 베르길리우스가 단테에게 더 알고 싶은 것이 있으면 물어보라고 권했다.

"궁금한 것을 묻기에는 저사람이 너무도 측은해 차마 입이 떨어지지 않습니다. 대신 스승께서 여쭈어주십시오."

단테의 부탁으로 베르길리우스가 다시 그에게 물었다.

"가엾게도 갇혀버린 영혼이여, 그대가 간청한 일은 이분이 기꺼이 이루어 줄 것이니 걱정 마시게. 그러니 그대도 좀 더 자세히 말해주기를 바라네. 어찌해서 이 마디 투성이에 갇혀있게 되었는가를. 또한 이곳에서 벗어난 영혼이 하나라도 있었는지도..."

베르길리우스가 말하는 동안에도 가지에서 쉬지 않고 출혈이 일어나 불쌍한 영혼의 발성을 방해했기 때문에 나무줄기는 말을 하기 위해 거칠게 숨을 토해냈다. 그 한숨소리는 곧 가벼운 바람을 일으킨 다음, 소리로 변해 단테의 귀에 들려왔다.

"그럼 짤막하게나마 대답을 올리리다. 제 영혼을 스스로 몸으로

Triptych of Garden of Earthly Delights
Hieronymus Bosch 1500
Museo del Prado, Madrid

부터 떠나보내면 지옥을 지키는 개 미노스가 제 7옥으로 보낸답니다. 그래서 종국에는 이 숲속으로 떨어지게 되는데 자리가 정해진 것은 아니고, 다만 운명처럼 한 알의 밀알이 움트는 것이지요. 그럼 떨어진 곳에서 새순이 돋고 야생초로 자라나면 그때마다 하르피아가 나타나서 잎새를 쪼아 먹으면서 고통을 안겨주니 하염없이 괴로움이 반복되는 것이라오. 남들처럼 우리도 육신의 부활을 기다리고 있다지만 사실 우리들은 스스로 버린 육신을 되찾을 길이 없습니다. 그 때문에 저주받은 육신을 이곳으로 끌고 와 너나할 것 없이 슬픈 고통의 숲을 이루고 있는 것이랍니다."

단테가 이 끔찍한 말을 들으면서 다른 나무들의 영혼과도 이야기할지 모른다는 기대를 갖고 귀 기울이고 있을 때, 갑자기 격렬한 소리가 나면서 그를 혼란에 빠뜨려버렸다. 그 소리는 흡사 퇴로에 몰린 멧돼지가 사냥개에게 쫓긴 나머지 난폭하게 울부짖는 소리처럼 들렸다. 단테가 소리가 나는 곳으로 고개를 돌리자마자 정체모를 두 망령이 벌거벗은 채 상처투성이가 되어 숲속을 휘저으며 나타났다. 어찌나 황급하게 달아나는지 숲의 나뭇가지를 모조리 부러뜨릴 기세였다. 앞에서 달려가는 자가 외쳤다.

"자, 어서 오라, 죽음이여!"

뒤쳐진 자가 그 말에 화답하듯 소리치면서 쫓아갔다.

"오, 라노여! 그대는 토포에서 싸울 때에도 이처럼 빨리 달리진 못하지 않았던가?"

얼마 안 가서 그들은 숨이 멎어버린 듯 덤불속에 쓰러져버렸다.

이번에는 뒤쪽의 숲속에 숨어있던 검은 암캐들이 떼 지어 나타나

피의 냄새를 맡고는 곧장 달려들었다. 검은 개들은 사슬이 풀린 사냥개들처럼 지쳐 쓰러진 그들을 사정없이 물어뜯고는 갈기갈기 찢겨진 사지를 물고 어둠속으로 사라져버렸다.

순식간에 끝나버린 광경에 경악하며 베르길리우스는 단테와 함께 다시 숲으로 들어갔다. 그 전에 두 사람은 비통한 한숨을 내쉬며 피 흘리던 가엾은 피렌체 출신의 꺾어진 가지들을 나무 발치에 가지런히 모아주었다. 하지만 단테는 피렌체에 대한 연민의 정이 벅차 오른 나머지 하마터면 가지들을 밟을뻔했다.

두 사람은 서둘러 제 7옥의 두 번째 권곡과 세 번째 권곡의 경계를 이루는 숲에 이르렀다. 거기에서 단테는 정의의 심판이 펼쳐지는 두려운 광경을 목격할 수 있었다.

그 앞은 풀잎 하나 자라지 않는 메마른 사막과 같은 벌판이었다. 벌판 둘레는 자살자들로 가득한 비탄의 숲이 에워싸고 있었지만 마치 음침한 운하가 성을 둘러싼 모습처럼 보였다. 바짝 마른 모래땅은 먼 옛날 카론의 발에 짓눌렸던 리비아 사막과 다름없었다.

단테는 이같이 삭막하고 음침한 기운이 있는 곳에서 펼쳐지는 신의 응징을 바라보면서 신의 형벌이 얼마나 무서운 것인가를 새삼스레 깨닫고는 몸서리쳤다.

수많은 영혼들은 벌거벗은 채 흐느껴 울면서 저마다 다른 형태로 벌을 받고 있었다. 신을 모독했던 자들은 경멸스런 눈을 하늘을 향해 치켜뜨고 벌렁 나자빠진 채 누워있었으며, 신과 인간에게 포악했던 고리대금업자들은 그 옆에 웅크린 채 앉아 있었다. 또한 정욕에 사로 잡혀 혼음과 동성애에 빠졌던 자들은 방랑자 신세가 되어

The Hell
Coppo di Marcovaldo 1301
Baptistry, Florence

쉬지 못하고 줄곧 서성대는 모습이었다. 이들은 모두 모래펄이 부풀어 오르도록 뜨거운 불덩이가 떨어져 내리는 속에 있었다. 불의 빗줄기는 바람이 없는 날 내리는 알프스의 눈처럼 끊임없이 퍼부어 내렸다. 이 때문에 모래밭은 아궁이처럼 불붙고 있었고, 그 안에서 불쌍한 영혼들이 저마다 머리 위로 쏟아지는 불 꽃송이들을 손으로 떨쳐버리려 안간힘을 쓰고 있었다.

단테는 그 안에서도 꼼짝 않고 누워있는 거인을 발견하고는 의아한 나머지 베르길리우스에게 물었다.

"스승이시여, 끔찍한 광경 속에서 불길을 마다하지 않고 눈을 흘기며 거만한 얼굴로 시체처럼 누워있는 저 거인은 누구인가요?"

그의 스승이 대답하기 전에 단테의 말을 듣던 장본인이 말했다.

"나는 카파네우스요. 나에게 이 고통쯤은 아무것도 아니요. 비록 죽었어도 나는 살았을 때와 다름없는 몸이니까. 성난 제우스가 대장장이 불카누스를 통해 벼락으로 또 한 번 나를 죽인다 해도, 테살리아의 골짜기에서 화산이 폭발해 내게 쏟아진다 해도 그것으로 신이 충분한 벌을 내렸다고는 할 수 없을 거요."

그러자 베르길리우스가 그동안 듣지 못한 큰소리로 꾸짖었다.

"카파네우스여, 네놈의 오만방자함은 여태 수그러들지 않았단 말이냐? 네 흉악한 교만함과 못된 분노에 이만큼 어울릴 곳도 없을 게다."

스승의 난데없이 성난 얼굴을 바라보는 단테에게 베르길리우스가 카파네우스에 대해 설명하기 시작했다.

"저놈은 테베를 공격했던 일곱 왕 중 하나일세. 보다시피 예나 지

The Colossus
Francisco de Goya 1808
Museo del Prado, Madrid

금이나 하느님을 섬기기는커녕 모멸하는 놈이지. 그래봤자 신의 형벌은 더욱더 커지고 놈은 점점 괴로워하게 될 걸. 방금 말한 것처럼, 경멸에 찬 놈의 분노는 제 가슴에 가장 어울리는 장식일 뿐이야. 자, 이제 나를 따라오면서 더욱더 정신을 바짝 차리도록 하게. 불구덩이 모래밭에 발을 들여놓지 않도록 특별히 조심하고 가능한 한 숲 언저리를 벗어나지 않도록 주의하게."

단테는 베르길리우스의 뒤를 조심스럽게 따라갔다. 그들은 곧 숲속의 냇물이 흘러내리는 곳에 이르렀다. 냇물은 자살자의 숲속에서 솟구쳐 이곳까지 흐르는 물줄기로써 온통 핏빛으로 물들어 있었다.

"그대가 지옥문을 통과한 이후 이 냇물처럼 진기한 것은 본 적이 없을 걸세. 이 냇물은 모든 불꽃을 집어삼키고 꺼트리는 능력이 있다네."

단테가 사뭇 다른 광경에 취해 안도의 한숨을 내쉬자 베르길리우스는 좀 더 자세하게 설명하기 시작했다.

"지중해 한 가운데에 크레타라고 부르던 나라가 있었다는 건 잘 알고 있겠지. 크레타는 레아가 크로노스 왕과의 사이에서 제우스를 낳은 유서 깊은 섬이라네. 크로노스 왕이 다스리던 시절은 평화로운 나날의 연속이었지. 이곳에는 이다라고 부르는 산이 하나 있는데, 비록 작은 산이지만 맑은 샘물과 울창한 초목을 뿜어내던 산이었네. 크로노스가 자신의 아이에게 왕좌를 빼앗기고 살해된다는 예언이 두려워 아들을 죽이려고 하자, 레아가 제우스를 숨기기 위한 안전한 요람으로 선택했던 산이기도 하네. 그래서 레아는 아이가 울 때마다 하인에게 명하여 큰 소리로 고함을 지르게 하여 아이의 존재를 감추곤 했지. 한편, 이다 산속에는 나이 먹은 거인이 버티고 서서 이집트의 옛 도시인 다미에타에 등을 돌리고 거울로 관찰하듯 로마를 바라보고 있었네. 머리는 순금이었으며, 양팔과 가슴은 은, 하체는 무릎까지 동, 그리고 그 밑으로는 모두 쇠붙이로 되어 있으나 오른발만은 진흙으로 이루어진 거인이었네. 그럼에도 그는 온몸의 무게를 오른발에만 실어 지탱하고 있었지. 결국 순금 외 모든 부분이 모조리 부서져 버렸고, 그 갈라진 틈새로 거인이 흘린 눈물이 방울져 모아져서는 저 바위를 꿰뚫게 된 걸세. 물줄기는 바위를 돌고 돌아 이 계곡까지 이르러 아케론, 스틱스, 그리고 플레게톤의 강물이 되고 계속해서 좁은 물길을 따라 내려가다가 더 이상 내려갈 수 없는 지점에서 지옥 맨 바닥의 연못인 코치토의 늪을 이룬 거라네. 자, 머지않아 그대의 눈으로 직접 확인할 수 있으니 코치토의 늪에 대한 설명은 생략하겠네."

단테는 베르길리우스의 장황한 설명을 듣고서도 "스승께서 말씀하신 것처럼 이 냇물이 세상으로부터 연결된 것이라면 어찌하여 이 숲 근처에서 우리에게 나타난 것입니까?"라고 물었다. 베르길리우스가 단테에게 대답했다.

"그대는 이곳이 동굴인 것처럼 느끼겠지만 지옥은 원래 둥근 것일세. 그대와 내가 지옥을 향해 온 여정을 상기해보게. 내려오는 것은 언제나 왼쪽이었잖은가. 우린 아직도 그 둘레를 다 돌지 못한 게야. 그러니 새로운 것이 나타났다고 해서 놀랄 일은 못되지."

다시 한 번 단테가 물었다.

"그렇다면 스승께서 말씀하신 플레게톤강과 망각의 강이라고 불

리는 레테의 강은 어디에 있습니까? 물론 스승께서는 플레게톤강이 거인의 눈물 비로 만들어졌다고 말씀하셨지요. 하지만 레테의 강에 대해선 한 마디 말씀조차 없으십니다."

베르길리우스가 단테를 향해 지긋한 미소를 띠우며 대답했다.

"그대의 물음이 퍽 마음에 드는군. 끓어오르는 붉은 핏물이 앞선 내용에 대한 답과 상치하겠지만, 그 다음 질문인 레테의 강은 지옥 밖에 있는 것이기에 차차 보게 될 걸세. 그곳은 죄를 뉘우친 자들이 죄 사함을 받는 날, 그들의 영혼을 씻으러 가는 심연이니까."

그러면서 베르길리우스가 계속해서 말을 이었다.

"자, 이제 숲을 빠져나갈 때가 되었으니 정신 차려서 내 뒤를 따르도록 하게. 불에 타지 않는 강기슭이 바로 저 앞에 있네. 그곳은 모든 불꽃이 꺼지게 되어있는 곳일세."

베르길리우스의 뒤를 좇아 숲에서 상당히 떨어진 뚝길을 걸어가면서 단테는 또 다른 무리의 영혼들을 만났다. 그들은 어스름한 달밤에 상대방의 얼굴을 확인하려는 것처럼 단테를 뚫어지도록 쳐다보았다. 그 모습은 마치 늙은 재봉사가 바늘의 눈에 실을 꿸 때와 같아 보였다. 그때, 무리 중 한 사람이 단테의 옷자락을 부여잡으며 소리쳤다.

"아! 이게 누구란 말인가!"

비록 불에 탄 얼굴이긴 해도 단테는 그의 모습을 금세 알아볼 수 있었다. 단테 역시 깜짝 놀라며 부르짖었다.

"아니, 부르네토 선생님! 선생님이 이곳에 계시다니, 이게 대체 어떻게 된 일이란 말입니까?"

"오, 나의 아들이여, 나 부르네토가 그대와 함께 잠시라도 이야기를 나누고 싶으니 제발 꺼려하지 말기를."

단테가 허락을 구하고자 시선을 돌리자 베르길리우스가 가볍게 고개를 끄덕였다.

"아주 잠깐이라도 걸음을 멈출라 치면 사정없이 쏟아지는 불길 속에 또 다시 백년 동안 몸을 눕히고 있어야 하네. 그러니 걸음을 멈추지 말고 계속해서 걸어가게. 나는 그대의 곁을 따라가다가 동료들과 합류할 테니."

단테가 경의를 표하며 고개를 숙이고는 같이 걸어가기 위해 발걸음을 옮기자 브루네토가 말했다.

"아직 종말의 때가 많이 남았는데도 자네를 이곳으로 이끌어 내린 것은 운명의 힘에 의해서인가, 아니면 신의 노여움 탓인가. 도대체 자네에게 길을 인도하고 있는 저 사람은 누구란 말인가?"

"저 위의 세상에서 나이가 차기도 전에 저는 어느 골짜기에서 길을 잃고 말았습니다. 그때 제 곁에 계신 귀하신 분께서 저를 구해주셨습니다. 그후 여태껏 저를 인도하고 계신 것이지요."

단테의 따뜻한 설명을 듣자, 부르네토는 감격에 북받쳐 옛일을 꺼내 기억하면서 앞날에 대한 예언까지 곁들였다.

"우리가 보냈던 아름다운 삶을 알고 있기에 나는 그대가 운명의 별자리를 따라 영광스런 항구에 꼭 도달할 수 있을 것임을 믿어 의심치 않네. 내가 일찍 죽지만 않았어도 신의 가호를 목격한 이상 그대의 앞날을 격려해주었을 텐데... 하지만 그 옛날 피에솔레에서 내려와 아직도 산과 바위에 웅크리고 있는 저 비열하고도 사악한 피렌체 백성들은 그대의 선행을 알고도 도리어 그대의 원수가 될 테지. 오, 고매한 그대여, 절대 저들처럼 오염돼서는 안 될 것이네. 운명은 그대에게 명성을 가져다 주겠지만 오히려 그대를 파멸시킬 것이니, 반드시 그들의 행위로부터 벗어나 자신을 지켜야만 하네. 비록 양쪽에서 그대를 끌어들이려 애를 쓰겠지만 달콤한 무화과는 시어 빠진 딸기밭에서 열리지 않는다는 오래된 격언처럼 초목은 산양에게서 멀리 떨어져 있어야 하는 법일세.”

단테는 지난날 스승의 충고를 고맙게 받아들이면서 대답했다.

“제 소망이 일찍이 이루어졌다면 선생님은 아직도 세상에서 이곳으로 나오지 않으셨을 테지요. 영원히 사는 인간의 도리를 가르쳐 주시던 아버이 같은 모습이 제 마음에 아로새겨져 지금도 제 가슴을 쥐어뜯고 있습니다. 선생님께 배웠던 모든 것과 선생님에 대한 감사의 마음은 마음속 깊이 새겨두었다가 베아트리체의 곁에 갔을 때 말하렵니다. 바로 이 순간, 선생님께 제가 드리고 싶은 말씀은 양심의 가책을 받지 않는 한, 운명의 뜻을 따를 각오가 되어있다는 것입니다. 선생님의 충고와 고언이 비록 새롭다 할 것은 아니더라도 아무튼 운명의 바퀴를 마음껏 돌리는 것이 농부가 쇠스랑을 힘껏 휘두르는 것이나 다름없는 것이 아닐런지요.”

베르길리우스가 단테의 오른쪽에서 뒤를 돌아보며 말했다.

“잘 듣는다는 것은 마음 깊이 새겨 놓는 것과 같은 이치일세.”

단테는 한동안 부르네토와 걸으면서 함께 있는 영혼 중에서 이름이 알려진 사람이 또 있는가를 물었다.

"많은 것을 말하기엔 시간이 너무 짧지만 이들 가운데 몇몇에 대해서는 이야기해도 좋겠지. 간단히 말하자면, 여기 있는 모두가 살아생전 성직자이거나 위대했던 문인, 학자로서 명성을 떨쳤던 인물들일세. 하지만 사는 동안 혼음과 동성애 등의 죄를 범했네. 문법학자 프리시아누스와 법률학자 프란체스코 코르소도 마찬가지일세. 모두가 가정과 나라에 해를 끼치는 못된 악습에 젖어있던 자들이야. 자네와 좀 더 이야기하고 싶지만 저 앞에서 김이 솟아오르는 것이 보여 더 갈 수도 없고, 지체할 수도 없겠군. 대신에 내가 저술했던 태소레토를 권하겠으니 나와 이야기하듯 그 책을 읽어주길 바라네. 그 외 달리 할 말은 없네."

부르네토는 말을 마치자 육상선수가 베로나의 들녘으로 달음질치는 것처럼 뛰어 갔다. 마치 우승을 하기 위해 달리는 것처럼 힘찬 모습이었다. 그는 지는 게 아니라 이기는 사람 같아 보였다.

The Triumph of Death
Lorenzo Costa 1490
San Giacomo Maggiore, Bologna

괴물 게리온과 열 개의 구덩이

단테는 스승을 따라 제 7옥의 세 번째 권곡에 이르렀다.

이곳은 피의 강물이 끓는 소리를 내며 깎아지른 절벽 밑으로 떨어져 폭포수를 만들어내는 장관이 펼쳐지는 곳이었다.

마치 포우강 상류에 있는 몬테베소 산으로부터 동쪽으로 흘러 이탈리아 반도를 양편으로 갈라놓는 아펜니노 산맥의 강물과도 같았다. 강물은 로마 평원까지 흘러가지만 상류는 아콰퀘타, 즉 '조용히 흐르는 강'이라는 이름으로 불려지다가 마침내 포를리에 이르러 그 명칭이 자취를 감추게 된다. 자그마치 천 명이나 수용할 수 있는 알프스의 성 베네틱토 수도원이 자리 잡고 있는 몬테네 가家 근처에서 거대한 폭포를 이루게 되기 때문이다.

폭포는 험준한 벼랑 아래로 한꺼번에 내리지르며 소리쳐 울듯이 떨어졌는데, 단테는 지옥의 저주를 담은 핏빛 물줄기가 쏟아내는 소리에 귀가 떨어져 나가는듯한 고통을 느꼈다.

그는 매고 있던 수도승들이 사용하는 절제의 허리띠를 풀어서 둘둘 말아가지고는 베르길리우스에게 건넸다. 그러자 베르길리우스가 오른편 벼랑 건너편의 깊은 골짜기로 그것을 던져버렸다. 단테는 그 행동에 의아심을 품었으나 스승이 어떤 신호를 보내 새로운 일이 벌어지게 되는 것이려니 하고 믿었다.

베르길리우스가 말했다.

"내가 기대하는 것이 곧 나타날 것이고, 또 그대가 생각하는 것이 떠오를 테니 각오하고 있게."

베르길리우스의 말이 그치기가 무섭게 무겁고 어두침침한 허공을 향해 헤엄쳐 거슬러 오르는 괴물의 형체가 보였다. 제 아무리 강심장인 사람이라 할지라도 놀라 자빠질 만큼 무서운 형상의 괴물이었다.

괴물체는 마치 암초에 걸린 닻을 풀기 위해 이따금씩 바다 속에 들어갔다가 떠오르듯이 팔을 벌리고 다리를 웅크린 요상한 모습을 취했다.

"잘 보게, 저 뾰족한 꼬리를 가진 괴물을. 저놈은 산과 들을 짓밟고 성벽을 무너뜨리며, 온 세상에 악취를 퍼뜨리는 놈일세."

베르길리우스가 그렇게 말하고는 괴물에게 눈짓하여 그들이 서있는 벼랑 가까이 다가오도록 명했다. 그러자 더럽고 비겁한 기만을 상징하는 괴물이 성큼 다가와 제 머리와 가슴패기를 언덕위에 걸쳤다. 하지만 꼬리만은 그 위까지 올려놓지 않았다.

자세히 보니 상판대기는 틀림없이 사람의 얼굴 모양을 하고 무던히도 의젓한 모습이었지만 얼굴 외의 나머지는 뱀의 형상과 흡사했

The Damned Being Cast into Hell
Frans Francken II 1605-10
Residenzgalerie, Salzburg

다. 베르길리우스는 괴물을 피해 뜨거운 모래와 불꽃의 오른쪽으로 돌면서 단테와 함께 언덕 밑으로 걸어 내려갔다.

"지금까지와 마찬가지로 이곳에 있는 자들의 동태를 살펴보도록 하게. 단, 되도록 짧게 이야기해야 할 것인즉, 나는 그동안 이놈의 강인한 어깨를 빌릴 수 있도록 부탁해 놓겠네."

베르길리우스의 말대로 단테는 혼자서 제 7옥의 맨 끝 가장자리로 걸어 들어갔다. 그곳 역시 혹심한 고통에 시달리는 자들이 무리 지어 있었다. 고통과 괴로움은 그들의 눈물이 되어 쏟아졌고 저마다 퍼붓는 불똥과 타들어가는 모래를 피하는데 여념이 없었다. 그 모습은 여름날 강아지가 주둥이와 발목을 벼룩이나 모기에 물려 쩔쩔매는 모습과 다름없어 보였다.

단테가 그들 중 몇몇을 살펴보았지만 아는 영혼은 없었다. 그들은 하나같이 돈주머니를 목에 매달고 있었으며 주머니는 신분의 구분이라도 되듯 각각의 색깔로 표시되어 있었다. 돈주머니의 정체는 고리대금업자들이 세상에서 갖고 있던 것으로써 저마다 가문의 문장을 새긴 것들이었다.

단테는 좀 더 가까이 그들 사이를 지나다가 하늘색 사자머리가 새겨진 노란 주머니를 발견했다. 그것은 겔프당 잔필리아치 가문의 문장이었다. 다시 그 옆으로 눈을 돌리자, 이번에는 핏빛보다 더 붉은 진홍 바탕에 버터보다도 흰 거위가 새겨진 문양이 보였다. 그것은 피렌체의 남부 지역에 있는 우부리아키 가문의 문장이었다.

바로 그때, 흰 바탕에 살찐 암퇘지를 그려 넣은 돈주머니를 목에 맨 사내가 큰 소리로 단테를 향해 외쳤다. 그 문장은 그가 파도바 지방 스크로베니 가문의 사람임을 증명하는 주머니였다. 스크로베니는 사채업으로 파도바에서 막대한 부를 축재한 가문이었다.

"여기에서 뭘 하고 있는 겐가? 어서 물러가라. 그대는 아직 살아 있는 몸이지 않은가. 반드시 기억해둘 것이니, 촌뜨기 비탈리아노는 여기에서도 나의 왼쪽에 앉게 될 것이다. 잘 들어라. 여기에 있는 망령들 모두 피렌체 사람이지만 나는 파도바 사람이다. 저놈들은 고막이 찢어질 만큼 큰소리로 나를 부르고는 '주둥이 셋 달린 주머니를 가져올 지엄하신 기사여, 어서 오시라'고 외쳐대곤 했지. 자, 머잖아 그놈들 역시 내 옆 자리로 올 것임을 믿어 의심치 않는다."

단테는 이곳에 오래 머물러 있으면 스승이 걱정할 것 같아 서둘러 베르길리우스 곁으로 되돌아갔다.

그의 옆으로 다가온 단테를 보자 스승이 말했다.

"자, 용기를 갖고 마음을 강하게 먹게. 이제 우리는 이 무서운 짐승을 사다리 삼아 저 밑으로 내려가야만 하네. 그대가 타면 내가 뒤에서 괴물의 꼬리가 그대에게 닿지 못하도록 조치하겠네."

단테는 그 말을 믿고 두려움에 덜덜 떨면서 괴물의 등에 올라탔다. 곧바로 베르길리우스가 단테를 꼭 껴안아 안심시키면서 게리온에게 명령을 내렸다.

"어서 움직여라, 게리온! 그러나 네가 등에 태운 고귀하신 분을 생각해서 천천히 내려가도록 해라."

게리온은 뱀장어처럼 몸을 꿈틀거리면서 움직이기 시작했다. 앞발로 공중의 대기를 움켜쥐듯 빙그르 돌면서 천천히 지옥의 바닥을 향해 내려갔다. 단테는 공포에 질려 밑에서 올라오는 바람만을 간

The last judgement
Frans Floris 1565
Kunsthistorisches Museum, Vienna

신히 느낄 수 있었을 뿐, 거의 정신을 잃을 지경이었다. 오른쪽 밑의 깊은 수렁에서 요란하게 떨어지는 물소리를 듣고 간신히 정신을 차렸다가, 그곳에서 타오르는 불꽃과 탄식의 신음소리를 듣고 하마터면 떨어질 뻔하기도 했다.

게리온은 먹을 것이 없어 울화가 치민 새처럼 허공을 떠돌다가 골짜기 밑 깎아지른 바위틈에 그들을 내팽개치고는 쏜살같이 달아나버렸다.

이곳은 제 8옥에 해당하며 '말레볼제', 즉 악의 주머니라고 불리는 장소였다. 주위를 에워싼 원형의 언덕과 무쇠 빛의 바위 한가운데 넓고 깊은 구멍이 크게 입을 벌리고 있었고, 그 안에 열 개의 작은 연못들이 자리잡고 있었다. 괴물 게리온의 등에서 내려오자마자 베르길리우스는 왼쪽으로 방향을 잡았다.

그들이 발길을 서둘러 내려가는 첫 번째 길목에 제 1 연못이 있었다. 항상 새로운 비탄과 형벌, 그리고 새로운 매질의 고통으로 가득 채워진 곳이었다. 그 연못의 밑바닥으로부터 죄 많은 영혼들이 벌거벗은 채 떼 지어 걸어오고 있었다. 동시에 시커먼 바위 위에서 나타난 뿔 달린 마귀들이 잔혹하게 기뻐하면서 영혼들의 등에 사정없이 채찍질을 가했다. 채찍에 맞은 영혼은 일격에 뒤집어져 버렸고 두 번, 세 번 채찍질을 당하는 영혼은 없었다. 단테는 채찍질을 피하기 위해 발뒤꿈치를 들고 달아나는 영혼들의 불쌍한 모습을 보고는 깊은 탄식을 내뱉지 않을 수 없었다. 그러다가 채찍을 맞고 바닥에 누워있는 한 영혼과 눈이 마주쳤다.

"스승님, 잠시만 멈춰주십시오. 저이는 어디선가 본 듯합니다."

A. DORIA

Portrait of Andrea Doria as Neptune
Agnolo Bronzino 1540-50
Pinacoteca di Brera, Milan

단테가 좀 더 자세히 확인하기 위해 걸음을 멈추자 베르길리우스도 같이 걸음을 멈춘 다음 잠시 떨어져 이야기할 수 있도록 허락했다. 채찍질을 당한 사내는 고개를 숙여 얼굴을 감추려 했지만 아무 소용이 없었다. 단테가 그에게 소리쳐 말했다.

"땅에 머리를 처박고 신분을 감추려 애쓰지만 분명 베네디코 카치네미코가 맞겠구나. 그래, 넌 어쩌다가 이런 몹쓸 고통을 받게 된 것이란 말이냐?"

사내가 자신 없는 목소리로 대답했다.

"솔직히 말하고 싶지 않소. 하지만 그대가 자비를 베풀었으니 그 배려에 힘입어 옛일을 말하리다. 추잡한 이야기로 들릴지 모르겠으나, 나는 후작의 환심을 사기 위해 아름다운 여동생을 팔아 사욕을 채우려 했던 자요. 부끄러운 이야기를 해봤자 무슨 소용이 있겠소만 사실대로 밝히는 바요. 세상에서 이 비열한 이야기가 어떻게 다뤄지는지 모르겠소. 그러나 여기서 울부짖는 볼로냐 사람은 나뿐이 아니오."

두 사람이 이야기하는 동안, 멀리 떨어져 있던 악마가 다시 사내에게 다가와 채찍질을 해대면서 소리쳤다.

"꺼져라, 이 뚜쟁이 놈아. 네 놈에게 돈을 줄 계집도 이젠 여기에 없단 말이다!"

단테는 서둘러 베르길리우스에게로 되돌아왔다. 그들이 몇 걸음 앞으로 나가자 돌다리 하나가 불쑥 나타났다. 그 돌다리를 딛고 언덕을 올라 자갈이 깔린 윗길로 들어서니 영겁의 동굴은 더이상 보이지 않았다. 두 사람은 비좁은 길을 지나 지옥에서도 가장 악취가

Last Judgment
Giotto di Bondone 1306
Cappella Scrovegni (Arena Chapel), Padua

심한 장소인 제 2 연못에 도착했다.

제 2 연못은 좁은 능선이 두번째 제방과 교차하는 곳, 즉 활꼴 문의 어깨가 되는 지점에 있었다. 거기서 그들은 영혼들의 신음소리와 거칠게 숨을 몰아쉬며 제 몸을 두들기는 소리, 훌쩍훌쩍 흐느끼는 소리를 들었다. 제 2 연못 밑바닥에서부터 치솟아 오르는 악취는 끈적끈적한 곰팡이가 김처럼 붙어있어 끔찍하고 냄새도 심했다. 또한 바닥이 얼마나 깊은지 돌다리가 솟아있는 활꼴 문 꼭대기에 올라서서 보지 않으면 그 속이 들여다보이지도 않았다. 수많은 영혼들은 변소에서 건져 올린 배설물과 똑같은 똥물 속에 가득히 잠겨 있었다. 단테는 눈을 부릅뜨고 아래쪽을 내려보다가 한 영혼을 발견했다. 머리가 온통 대소변으로 범벅이 되어 있어서 겉모습만으로는 그가 속인인지 성직자인지 쉽게 구별조차 할 수 없었다. 그때 영혼이 단테에게 외쳤다.

"너는 어째서 다른 놈들보다 나를 더 유심히 살펴보는 것이냐?"

단테가 대답했다.

"왜냐고? 내 기억이 맞다면 네 머리칼이 오물 같은 똥물에 젖어 있지 않을 때, 너를 한두 번 본 적이 있기 때문이다. 분명히 너는 루카의 자제이며, 백장미 당원인 알레시오 인텔미네이가 아니더냐?"

똥물 속 영혼이 제 머리통을 후려치며 탄식의 한숨을 쏟아내기 시작했다.

"맞네. 나를 이 지경으로 만들어 지옥으로 떨어뜨린 것은 바로 입에서 끊임없이 나오던 아첨하는 습관 때문이었네. 하지만 그걸 알고도 내 혓바닥은 지칠 줄 몰랐다네."

베르길리우스가 단테에게 조용한 어조로 말했다.

"눈을 들어 좀 더 앞을 바라보게. 저기 머리카락을 헝클어뜨린 더러운 형색의 여인을 볼 수 있을 걸세. 똥 묻은 손톱으로 몸을 긁적거리다가 몸을 비틀어 갑자기 일어났다 앉았다 반복하는 저 계집이 바로 창녀 타이스라네. 자, 눈요기는 이쯤에서 마치도록 할까."

단테와 베르길리우스가 제 2 연못을 빠져나온 시간은 성 토요일 아침 6시 경이었다. 그들은 곧 제 3 연못에 도착하게 됐는데, 이곳은 마술사 시몬에서 이름을 딴 고초의 장소로 자신의 이익을 위해 교회를 악용하거나 성직이나 성물을 매매, 또 신성모독을 한 사이비 신자들이 벌을 받고 있는 장소였다.

단테는 괴로운 마음을 억누르기 위해 시 한 수를 노래했다.

'오, 마술사 시몬아,

오, 측은한 추종자들아,

그대들은 늘 미덕과 연결되어야 할진대

물욕으로 인해 하느님의 거룩하신 성물을

금과 은으로 바꾸어 더럽히고 말았으니

이제 이곳 세 번째 연못에 빠져버린 너희를 향해

심판의 나팔소리가 마땅히 울려 퍼지리다.'

그들은 벌써 연못 한복판 위에 솟아있는 건너편 돌다리로 올라서 제 4 연못에 도착했다. 단테는 다시 한 번 시를 노래했다.

'오, 높으신 지혜여,

하늘과 땅, 또 사악한 세상에 나타내 시는

그 권능이야말로 얼마나 크옵시고

또한 그분은 당신의 능력을 얼마나

의롭게 드러내시는지!'

제 4 연못의 바닥에는 수많은 구멍이 뚫려있었는데 모두 똑같은 크기로, 피렌체의 조반니 성당에 있는 세례용 그릇과 겉보기에는 큰 차이가 없어 보였다. 구멍들은 저마다 불이 타오르는 돌덩이로 가득 채워져 있었다. 그 불길 사이로 죄 많은 영혼들의 발과 정강이, 때로는 넓적다리가 솟아나 있었고 다른 부분은 그 안에 감춰져 있는 듯했다. 그들 모두 발바닥에 불이 붙어 있었기에 구멍 사이로 빠져나온 사지의 격렬함은 쇠사슬이나 밧줄이라도 끊어낼 것 같이 심하게 요동치고 있었다. 기름덩어리에 불이 붙으면 불길이 표면을 에워싸고 펄럭거리며 치오르듯이 망령들의 발뒤꿈치에서 정강이로 번지는 불길의 모습도 그러했다.

"스승이시여, 저들의 죄가 무엇이길래 다른 영혼들보다 훨씬 더 큰 고통을 당하고 있으며, 시뻘건 불길이 발바닥을 저토록 잔인하게 핥아대고 있는 것입니까?"

"여기보다 좀 더 낮은 곳으로 내려가 보면 저들의 입을 통해 그 실상이 낱낱이 드러날 걸세."

베르길리우스는 단테를 이끌어 제 4 연못이 있는 언덕으로 올라 왼쪽으로 꼬부라진 채 좁은 구멍이 수없이 뚫려진 골짜기 아래로

The Fall of the Rebel Angels
BRUEGEL, Pieter the Elder 1562
Musées Royaux des Beaux-Arts, Brussels

내려갔다.

그런 후에 다리를 심하게 요동치며 울부짖는 한 영혼 곁으로 단테를 인도했다.

"오, 말뚝처럼 곤두박질쳐 있는 슬픈 영혼이여, 그대가 누구인지 내게 말해 줄 수 있겠소? 가능하다면 어서 말해 보시오."

단테가 정중한 어조로 말을 건넸다.

단테의 모습은 살인자의 죽음을 조금이라도 늦추기 위해 참회의 변을 들어주는 사제의 모습과도 같았다. 불쌍한 영혼은 두 발을 비틀어대며 온통 울음섞인 목소리로 대답했다.

"그대가 원하는 것이 무엇인가? 내가 누구인지 알고 싶어서 찾아온 것인가? 그렇다면 숨김없이 가르쳐주리라. 나는 법왕이었노라. 니콜라스 3세인 나는 오르시니 가문의 아들로서 가문의 번영을 위해 재물을 모았으나 그 죄를 물어 여기 처박힌 채 형벌을 받는 것이로다. 내 밑에는 나보다 앞서 성직을 모독한 법왕들이 불길 사이마다 숨어 있노라. 나 역시 저 아래로 떨어질 것인즉, 이미 내가 거꾸로 매달려 발바닥을 태우는 고통을 받기 시작한 것도 꽤 오래되었기 때문이로다."

단테는 어쩌면 어리석은 짓일지도 모를 질문을 그에게 던졌다.

"그렇다면 당신은 주께서 베드로에게 천국의 열쇠를 맡기신 사실을 이용했단 말이오? 정말 주님은 성 베드로에게 천국 열쇠를 맡기 전에 돈을 요구했단 말이오? 과연 대가 없는 주님의 은총을 빌미로 재물을 요구했는지 말해 보시오. 주님은 '나를 따르라'고 하신 것 외에 요구하신 것이 없음이 분명하지 않소. 죗값을 치러야 할 유다

이스가리옷의 후임으로 '주님의 선물'인 마티아가 사도 직분으로 결정했을 때에도 베드로나 다른 제자들이 결코 금이나 은을 갈취하지 않음을 모른단 말이오? 그러니 당신은 벌 받아 마땅하오. 당신은 샤를르 왕을 속여 부정하게 갈취한 재물이나 잘 간수하는 게 좋았을 게요. 당신이 즐겼던 세상에서 간직하던 신성한 열쇠에 대해 내가 지금까지 존경심을 품지 않았다면 아마도 더 혹심한 말을 했을지 모르오. 이 형벌은 당신들의 탐욕이 선한 사람들을 짓밟고 악한 인간들의 영화를 위한 세상을 만든 당연한 업보요."

단테가 이처럼 저주스런 말을 퍼붓는 동안 그는 분노에 의해선지 아니면 양심의 가책 때문인지 두 발을 몹시 떨었다. 베르길리우스는 단테의 말에 귀를 기울이면서 만족스런 미소를 지어보였다. 그는 단테를 다시 꼭 껴안듯 붙들고 내려왔던 벼랑길을 다시 올라가 제 4 연못 가장자리와 제 5 연못의 구덩이가 걸쳐있는 활꼴 모양의 다리 꼭대기까지 데리고 갔다. 그런 다음, 산양들조차 지나기 어려운 험준하고 좁은 길을 지나 단테를 살며시 내려놓았다. 그 덕택에 단테는 그 앞에 펼쳐진 깊은 골짜기를 멀리 내다볼 수 있었다.

Dante e Virgilio all'Inferno
Rutilio di Lorenzo Manetti 1618
Galleria degli Uffizi, Florence

슬픔의 세상, 망령의 도시

　단테는 이미 탄식의 눈물로 멱을 감는 처절한 영혼들이 훤히 들여다 보이는 곳에 와 있었다. 그는 이 둥근 골짜기에서 눈물을 흘리며 묵묵히 지나가는 영혼들의 무리를 발견했다. 그들의 행렬은 세상에서 성지를 순례하는 기도자의 모습과 비슷했다.

　단테가 자세히 관찰하기 위해 몸을 기울였다가 그들의 기괴한 형상을 보고는 섬뜩함에 놀라 하마터면 뒤로 자빠질 뻔했다.

　놀랍게도 그들은 모두 턱에서 앞가슴까지 비틀어 꼬아놓은 형상이었다. 턱은 가슴 쪽에 있는 것이 아니라 목이 뒤틀렸기에 허리를 내려다 보고 있었고, 얼굴은 항문에 달라붙어 앞을 바라볼 수도 없었다. 중풍에 걸리거나 전신마비로 목이 뒤틀린 환자라도 이보다 기괴하게 생기지는 않을 정도로 상상조차 하기 어려운 끔찍한 모습이었다.

　단테는 그들의 눈에서 쏟아진 눈물이 앞 쪽으로 흘러내리는 것이 아니라, 뒤틀린 몸뚱이 때문에 등줄기를 타고 엉덩이를 적시는 참상을 목격하고는 그 처절한 모습에 흐르는 눈물을 참을 수 없었다.

그가 딱딱한 바위 모서리에 기대어 진심으로 울고 있을 때, 베르길리우스가 다가와 그를 책망하기 시작했다.

"어리석음을 벗어나지 못한 멍청이마냥 무엇 때문에 눈물을 흘리는 겐가? 신의 심판에 동정을 표하는 것만큼 큰 불경죄가 없다는 걸 그대는 진정 모르는가? 머리를 꼿꼿이 들고 앞의 저 사내를 보게. 저자는 눈앞에서 대지가 입을 열어 삼켜버렸기에 갑자기 사라졌던 테베의 인물이네. 테베인들이 진심으로 '어디로 떨어지려는가, 암파라오스여! 진정 싸움터를 버릴 참인가?'라고 외쳐댔지만, 끝내 땅에서 떨어지는 것을 모조리 잡아들이는 미노스에게서 벗어날 수는 없었네. 다른 자들의 위로나 동정으로 신의 섭리를 바꿀 수 있다고 믿는 건 아닐 테지? 저자는 너무도 앞일을 내다보고 싶어 했기에 이제는 뒤를 쳐다보며 뒷걸음을 칠 수 밖에 없는 신세가 되어버린 것일 뿐, 동정할 필요가 없다는 걸 반드시 명심하게."

베르길리우스는 계속해서 이곳에 있는 몇몇 점쟁이들의 신원을 밝히면서 말을 이어나갔다.

교미 중인 두 마리 뱀을 회초리로 후려친 대가로 여성으로 둔갑했다가 7년 만에 남성으로 되돌아오기 위해 또 다시 두 마리 뱀을 지팡이로 후려쳐야 했던 테베의 점쟁이 테이레시아스, 루나 산 위에 있는 동굴을 거처로 삼아 별들과 바다를 자유롭게 바라보면서 점성술에 막힐 것이 없었던 에트루이아의 점쟁이 아론타, 또 흩어진 머리칼을 가슴까지 치렁치렁 늘어뜨린 채 세상을 떠돌아 다니다

Dante and Virgil on the Ice of Kocythos
Henry Fuseli 1774
Kunsthaus, Zürich

가 만토바에 와서 거처를 마련한 테이레시아스가 여자로 변신했던 동안에 낳은 만토에 이르기까지 베르길리우스의 설명은 계속됐다.

베르길리우스의 설명에 등장하는 만토바는 바로 단테의 고향으로, 알프스의 호숫가에 자리 잡은 아름다운 이탈리아의 도시 이름이다.

베르길리우스는 이밖에도 그리스의 점쟁이 칼카스, 스코틀랜드의 마술사 미켈레 스코토, 이탈리아 포를리에의 점성술사 귀도 보나티, 풀잎의 즙을 내어 제 아비를 젊게 하려 했던 마술사 메데이아 등을 열거하면서 한 번도 걸음을 멈추는 일 없이 앞으로 나아갔다.

그 사이에 그들은 제 5 연못에 이르는 다리 꼭대기에 다가가 구덩이 속을 쳐다보았다. 악의 주머니인 '말레볼제'의 틈바구니에서 끊임없이 신음소리가 흘러나오긴 했지만 거의 아무 것도 보이지 않을 정도로 캄캄하고 기분 나쁜 어둠이 깔려 있었다. 오직 짙은 역청이 부글부글 끓고 있을 뿐, 악마의 모습도 망령들의 모습도 보이지 않았다. 그것은 마치 베네치아의 선창가에서 배를 수선하고 칠을 하기 위해 역청을 끓여내는 장면과 같은 모습이었다. 불길은 보이지 않았지만 하느님의 힘으로 진한 역청이 깊은 바닥에서부터 부글부글 끓어올라 굴 양편을 새까맣게 칠해 놓고 있었다. 단테는 베르길리우스가 "위험하니 정신차리게."하면서 끌어당길 때까지 부풀어 오르다가 사그라지는 거품들을 넋을 잃고 바라보았다.

베르길리우스의 도움으로 단테가 몸을 일으키면서 위를 올려다보았을 때, 시커먼 마귀 한놈이 돌다리 위를 넘어 단테에게로 달려오고 있었다. 놈의 얼굴이 어찌나 무섭고 공포스러웠던지 단테는

그만 겁에 질려 그 자리에서 오그라들고 말았다. 고약한 마귀는 어느 죄 많은 영혼의 발목을 꽉 잡고 부풀어 오른 제 어깨통 위에 가볍게 둘러메고는 날개를 펼쳐 가혹한 느낌을 한층 더하게 만들었다. 그런 다음, 다리 위에 멈춰 서더니 다른 마귀를 향해 소리쳤다.

"말레브란케야, 보려무나. 이놈은 루카에 있는 성 지타(루카의 거리 이름)를 다스리던 장로 중 한 놈이란다. 어서 역청 속에 처박아버리렴. 난 이런 놈들만 잔뜩 모여 있는 루카로 다시 돌아갈 거야. 본투로 뿐만 아니라, 거기도 너 나 할 것 없이 더러운 도둑놈들만 득실거리지 뭐니. 그놈들은 모두 돈만 주면 '네'를 '아니오'라고 내뱉는 아주 고약한 놈들이란 말야."

마귀는 말을 마치자마자 영혼을 앞으로 툭 던져놓고는 돌아가 버렸다. 불쌍한 영혼이 물에 풍덩하고 잠겼다가 다시 떠오르자 기다렸다는 듯이 다리에 숨어있던 다른 마귀들이 외쳐대기 시작했다.

"여기선 위대한 얼굴도 소용없고 토스카나의 강처럼 헤엄칠 수도 없다. 그러니 우리들의 쇠갈퀴를 원치 않거든 역청 속에서 춤이나 추거라."

놈들은 곧 백 개도 넘는 작살로 그를 찔러대기 시작했다. 마치 요리사가 고기를 요리하기 위해 칼집을 넣는 것과 같은 광경이었다.

베르길리우스가 단테에게 "그대의 모습이 드러나지 않도록 바위를 방패 삼아 숨어있게. 그리고 나에게 어떠한 공격이 가해져도 무서워하지 말게. 나는 전에도 이와 같은 일을 많이 겪어 잘 알고 있으니 안심하고."라고 말하고는 다리 반대쪽을 향해 앞으로 나아갔다.

베르길리우스가 다리 반대쪽에 있는 언덕에 이르자마자 악마들이 때 지어 뛰쳐나와 작살을 휘둘러대기 시작했다.

그와 동시에 베르길리우스의 천둥 같은 일갈이 떨어졌다.

"네놈들 중에 누구도 내게 행패를 부릴 생각일랑 말거라. 나를 작살로 찌를 양이면 먼저 네놈들 중 하나가 앞으로 나와 내 말을 듣고 난 후에 찌르든지 말든지 결정하도록 해라."

마귀 떼 중 하나가 소리쳐 외쳤다.

"말라코다여, 네가 나가거라."

모두에서 추천된 말라코다가 마지 못해 베르길리우스에게 접근하자 베르길리우스가 말했다.

"말라코다야, 너희들 모두가 우리의 여정을 방해하는 것이 분명함에도 내가 이곳을 통과하고자 함은 거룩하신 하느님의 뜻과 섭리 없이 가능하다고 생각하는 게냐? 내가 저기 계신 분께 길을 인도하는 것은 바로 하늘의 뜻이니 우리를 그냥 내버려 두려무나."

말라코다의 면상에 만연했던 교활한 모습이 갑자기 사라지면서 손에 들고 있던 작살을 땅에 떨어뜨리고는 그의 동료들을 만류하기 시작했다.

그제서야 베르길리우스가 "바위에 숨어있는 그대여! 이제는 괜찮으니 마음 놓고 이쪽으로 오시게."라고 말했다.

단테가 스승의 말을 듣고 재빨리 다가가기가 무섭게 숨어있던 마귀들이 용수철처럼 튀어나왔다. 단테는 혹시라도 마귀들이 다른 마음을 먹고 약속을 지키지 않으면 어쩌나 걱정이 되어 놈들의 얼굴에서 눈을 떼지 못했다.

마귀들은 하나같이 작살을 거두면서도 "저이의 궁둥이에 이걸

꽂으면 어떨까?" "그래, 한 번 맛을 보여주자."라며 중얼거렸다.

베르길리우스와 얘기했던 말라코다가 재빨리 몸을 돌려 그들을 만류하기 시작했다.

"그만둬라, 스칼밀리오네!"라고 소리치고는 베르길리우스와 단테를 향해 말했다.

"여섯 번째 연못으로 통하는 굴다리의 바닥이 무너졌으니 이 위로는 더 이상 갈 수 없습니다. 그래도 가시고자 한다면 이 길을 지나서 위로 올라가십시오. 근처에 굴다리가 하나 더 있습니다. 어제 이맘 때 보다 다섯 시간 후가 바로 굴다리가 무너진 지 일천이백육십육 년이 되는 시간이었답니다. 내가 우선 그쪽으로 애들 몇을 보내별 탈은 없는지 살펴보도록 할 테니 당신들은 저희와 함께 가십시오. 약속하건대, 절대로 버릇없는 짓은 하지 않을 겁니다."

그리고는 계속해서 그의 동료들에게 명령을 내렸다.

"알리키노와 칼카브리나는 앞으로 나오렴. 그리고 카냐초와 바르바리치아도 한 열 놈쯤 데리고 가거라. 너희들이 앞으로 가면서 끓어오르는 저 둘레를 잘 살펴보고, 이 굴을 가로지르도록 놓여 있는 돌다리까지 이분들을 무사히 모셔다 드리도록 해라."

그럼에도 불구하고 단테는 꺼림칙한 기분이 들어 베르길리우스에게 심각한 표정으로 말했다.

"저 앞에 보이는 것이 무엇인지 아시잖습니까. 길을 아시니 안내자 없이 저희끼리 가면 안될까요? 전 아무것도 원하는 바가 없사온데, 스승님은 저들이 부득부득 이를 갈면서 위협하는 것을 보지 못하십니까?"

베르길리우스가 단테의 어깨를 다독이며 "걱정 말게. 저들이 이빨을 가는 이유는 역청에 잠겨 괴로워하는 영혼들 때문이니 더 이상 신경쓰지 말게."라고 안심시켰다. 그리하여 단테는 그의 스승과 함께 열 마리의 마귀들을 따라서 다섯 번째 굴을 지나가게 되었다.

그들은 역청의 늪 가장자리를 따라 걸었다. 단테는 마귀들과 동행하는 것이 무서웠다. 하지만 그런 와중에서도 그는 역청이 부글부글 끓어오르는 연못 속에서 눈을 떼지 못했다. 단테는 연못의 모양뿐 아니라, 그 안에서 불타고 있는 무리들의 모습을 하나라도 놓치지 않으려고 조바심을 냈다.

돌고래들이 수면 위로 고개를 내밀어 뱃사공에게 태풍을 암시해주는 것처럼, 영혼들은 조금이라도 고통을 덜기 위해 등을 내보였다가 이내 번갯불이 번쩍이는 것과 같이 한 대 얻어 맞고는 순식간에 그 모습을 감추곤 했다.

연못의 한쪽 끄트머리에서는 개구리들이 코끝만 바깥에 내놓고 발목과 몸뚱아리는 물속에 감추고 있는 것과 마찬가지로 영혼들이 그와 같은 꼬락서니로 뭉쳐있었다. 하지만 바르바리치아가 가까이 가기만 해도 그들은 부글부글 끓는 늪속으로 숨기에 바쁜 모습이었다.

단테는 그 가운데에서도 혼자 우물쭈물하는 한 사내를 발견했다. 그는 다른 개구리들이 모조리 물속에 뛰어들었는데도 혼자 남아 눈을 껌뻑거리는 개구리나 다름없었다.

그때, 단테 바로 앞에 걸어가던 그라피아카네가 역청에 절어있는 그의 머리칼을 움켜쥐어 끌어내버렸다. 사내는 어부에게 사로잡힌

수달마냥 처량한 신세가 되었다. 그걸 보고 다른 마귀들이 신이 나서 합창하듯 외쳤다.

"야, 루이칸테, 그놈의 등줄기에 갈퀴를 꽂아 껍질째 벗겨내렴."

이 광경을 보고 있던 단테는 마귀들이 두려워 베르길리우스에게 직접 저 불쌍한 사내의 정체를 물어봐 달라고 간청했다.

베르길리우스가 사내에게 다가가 어디 출신인지 묻자 사내는 피레네의 나바르 왕국 출신이라고 대답했다. 그러고는 자기의 모친이 정부와 결혼한 후 재산을 흥청망청 탕진하였기에 어느 귀족의 하인으로 들어가게 됐으며, 필사적인 노력으로 테오발도 왕의 재산 관리인까지 신분이 올랐다가 횡령을 일삼은 대가로 이토록 뜨거운 형벌을 당하는 것이라고 자조 섞인 어투로 읊조렸다. 사내는 자기 이름을 치암플로라고 밝혔다. 베르길리우스가 다시 물었다.

"역청으로 끓어오르는 연못 속의 사람들 가운데 이탈리아 사람이 또 누가 있는지 혹시 알고 있다면 알려 주거라."

치암플로가 일어서서 대답하려고 하자, 리비콕토가 쇠갈퀴로 그의 팔을 찍어 살점을 떼어내고 다른 마귀도 덩달아 그의 정강이를 힘껏 후려쳤다. 놈들이 치암플로를 거꾸러뜨리려 미친 듯이 날뛰는 모습을 바르바리치아가 겨우 진정시키고 나서야 단테는 답변을 들을 수 있었다. 치암플로는 자기 말고 이탈리아 사람으로 역청에 잠겨있는 자는 사르데냐의 수도사 고미타라고 말했다. 고미타는 갈루라의 영주 미스콘티의 신임을 얻었으나 뇌물을 먹고 포로들을 놓아준 자였다.

그런데, 치암플로는 베르길리우스와 대화를 하면서도 계속해서 성급한 마귀들에게서 빠져나갈 궁리를 꾀하고 있었다. 만약 마귀들이 자기에게서 조금이라도 떨어지면 휘파람을 불어 다른 영혼들이 역청 속에서 얼굴을 내밀고 나오게 할 수 있다고 믿었다. 그러나 카냐초는 역청 속으로 다시 도망치려는 치암플로의 잔꾀를 이미 간파하고는 모두에게 주의를 당부했다. 하지만 그의 동료 알리키노가 놈이 역청으로 뛰어들기 전에 충분히 낚아챌 수 있다고 장담하면서 카냐초에게 뒤로 물러 서있으라고 말했다. 그것은 치암플로를 갖고 노는 사냥꾼의 장난 같은 것이었다.

바로 그때, 마귀들의 장난을 비웃기라도 하듯이 치암플로가 순식간에 역청 속으로 뛰어 들었다. 갑작스런 치암플로의 탈출극에 당황한 마귀들이 분노를 토하고, 특히 뒤통수를 얻어맞은 알리키노는 누구보다 더 분개하며 날개를 퍼덕이며 치암플로의 뒤를 쫓았다.

그러나 치암플로는 진작에 매가 먹잇감을 노리고 하강하는 알리키노의 동작을 알아차리고는 마치 물오리의 몸짓처럼 역청 속으로 가볍게 사라져버렸다. 졸지에 바보 꼴이 된 바르바리치아가 불같이 화를 내면서 알리키노에게 대드니, 우습게도 마귀들끼리 싸우는 형국이 되어 버렸다.

결국, 단테와 베르길리우스는 역겨운 역청으로 뒤범벅이 되어버린 마귀들을 내버려 두고 서둘러 여섯 번째 연못을 향해 걷기 시작했다.

Fall of the Rebel Angels
Domenico di Pace Beccafumi 1528
San Niccolo al Carmine, Siena

위선자의 갑옷

단테가 당도한 제 6 연못은 위선자들의 영혼으로 가득 찬 곳이었다. 영혼들은 매우 지친 모습으로 눈물을 흘리며 아주 천천히 걷고 있었는데 모두가 한 여름의 긴긴 하루해를 힘겹게 넘기듯 피로하고 지친 모습이었다.

이 위선자들의 영혼은 저마다 눈 위까지 드리워진 외투에 달린 모자를 눌러쓰고 소매 없는 외투를 걸치고 있었다. 그들의 외투는 클뤼니 수도원의 수도승들이 입던 화려한 수도복과 같은 모양이었지만, 겉의 찬란한 금빛에 반해 속은 납으로 이루어져 프리드리히 2세가 반역자들에게 입혔던 갑옷보다 훨씬 무거워 보였다.

위선자의 영혼들이 걸치고 있어야 하는 이 옷도 알고 보면 영원토록 이들을 고달프게 할 굴레일 것이며, 다른 사람을 속이고 자신을 지키기 위해 애쓰던 제 손으로 마련한 영원한 구속이었다.

단테와 그의 스승은 여느 때처럼 왼쪽으로 걷는 영혼들의 탄식을 들으면서 그들과 함께 걸었다. 그러나 보조를 맞추기 위해 일부러 천천히 걷는 두 사람의 걸음도 영혼들이 보기엔 순식간에 스쳐 지나가는 것처럼 빠른 걸음이었다.

단테가 그들을 바라보다가 베르길리우스에게 요청했다.

"스승이시여, 이들 중에서 그 행실이나 이름으로 인하여 알 만한 사람이 있는지 찾아 주셨으면 합니다."

그때, 단테의 토스카나 특유의 억양을 알아듣고 등 뒤에서 소리쳐 외치는 자가 있었다.

"어둠의 지옥길을 빠르게 지나는 당신들은 대체 누구시오? 마치 하늘을 나는 것 같구려. 부탁컨대, 제발 발걸음을 조금만 늦춰 주시오. 당신들이 알고자 하는 바가 있다면 내게 들려주면 좋지 않겠소?"

이 말을 듣고 베르길리우스가 단테에게 "그럼 잠시 기다렸다가 저들과 맞춰 걷도록 하세."라면서 걸음의 속도를 늦췄다. 단테 역시 그 말을 듣고 우뚝 멈춰 섰다. 뒤에서 쫓아오던 영혼들이 단테에게 다가오기 위해 서둘렀지만 무거운 갑옷과 좁은 길 때문에 도통 여의치 않았다. 그들은 단테 곁으로 겨우 다가온 후 한 동안 말없이 서로를 응시하다가 말을 주고받기 시작했다.

"보게나, 저들의 목이 움직이는 걸 보니 분명히 살아있는 자들일세. 게다가 죽은 자들이라면 어찌 이곳에 있으면서 무슨 특권으로 무거운 갑옷을 입지 않을 수 있단 말인가?"

그리고는 곧바로 한 영혼이 단테를 향해 외쳤다.

"오, 토스카나 친구여, 그대 비록 이 불쌍한 위선자들 사이에 있

Christ in Limbo
Friedrich Pacher 1460
Szépművészeti Múzeum, Budapest

으나 우린 그대를 알 수 없소. 바라건대, 그대가 누구신지 거리낌 없이 말해주시면 고맙겠소."

"내가 태어나 자란 곳은 아르노강이 흐르는 아름다운 도시 피렌체이며 그때나 지금이나 변함없이 살아있는 몸이오. 헌데, 그렇게 묻는 당신들은 누구신가? 보아하니 그대들의 볼엔 고통이 눈물 되어 하염없이 흘러내리고 있구려. 그런데도 그대들의 겉모습은 금빛 옷으로 빛나고 있으니 이 어찌된 영문인가?"

단테의 진지한 물음에 다른 영혼이 대답했다.

"황금빛 외투는 사실 납이라서 저울에 달면 바늘이 날아가 버릴 정도로 무겁답니다. 저희들은 볼로냐 태생으로 '성모 마리아 기사단'의 수사들이었습니다. 제 이름은 카탈라노이고, 이 사람은 로데린고인데 우린 모두 피렌체의 평화를 수호하기 위해 도움의 요청을 받던 자들이었으며, 지금도 가르딘고에서는 이를 잘 기억하고 있을 것입니다."

"아니, 그렇다면 그대들의 죄목은...?"하면서 단테가 말을 꺼내려다가 입을 다물어 버렸다. 바로 그들 앞으로 세 개의 말뚝에 매인 채 십자가형을 받는 자가 나타났기 때문이었다. 말뚝에 묶여있는 자는 단테를 보자마자 가벼운 탄식을 토해내며 몸을 비틀어대기 시작했다. 그러자 그 꼴을 보고 있던 카탈라노가 단테를 향해 말했다.

"저자가 바로 바리새인들에게 온 민족이 멸망하는 것보다 한 사람이 대신해서 죽어야 한다고 강조하던 대사제 가야바랍니다. 저 모양으로 십자가형으로 묶인 채 땅바닥을 기어다니니 그를 딛고 지나가는 영혼들이 얼마나 고통스럽고 힘이 드는지 아시겠지요? 그런데도 천연덕스럽게 가장 힘든 표정을 짓는답니다. 아무튼 저 모양으로 그리스도를 결박했던 저자의 장인 안나스와 유대인들에게 죄악을 안겨준 공화당의 모든 영혼들이 이곳 구덩이에서 같은 형벌을 받고 있지요."

곧바로 베르길리우스가 이곳을 빠져나갈 출구가 어디 있는지 묻자 카탈라노는 "당신들이 생각하는 것보다 가까운 곳에 바위 능선이 있습니다. 바로 그 바위가 무시무시한 지옥의 다리입니다. 이 계곡에서는 그 다리를 건너지 않고는 어디든 지나갈 수 없습니다. 하지만 이 기슭을 등지고 왼쪽으로 오르면 쉽게 찾을 수 있을 것입니다."라고 말했다. 분노로 얼굴이 일그러진 베르길리우스가 분통을 터트리며 말했다.

"말라코다가 나한테 거짓말을 했군."

그런 베르길리우스에게 카탈라노가 말했다.

"예전에 볼로냐에서 들었습니다만, 악마는 수많은 나쁜 짓을 서슴없이 저지르며 그 중 가장 고약한 것이 거짓말이라고 합니다. 그들은 거짓말쟁이들의 아버지 같은 존재입니다."

베르길리우스는 영혼들과 헤어진 후, 단테와 함께 돌다리가 허물어진 바위 틈 사이로 올라가 제 7 연못이 있는 구덩이에 도착했다. 천신만고 끝에 벼랑 꼭대기의 활꼴 문에 이르자, 내부로부터 알아듣지도 못할 함성이 들려왔다. 단테는 소리가 나는 구덩이 속을 들여다봤지만 잘 보이지 않아 스승에게 간청한 후 여덟 번째 연못과 이어져 있는 다리 사이로 내려갔다.

단테는 그 안에서 무시무시한 뱀의 무리를 보았다. 그 무서운 형

Dante et Virgile aux Enfers
Eugène Auguste Francois Deully 1897
Salon Paris, as Françoise de Rimini

상과 수없이 많고 기괴한 종류의 뱀들을 보면서 단테는 몸속의 피가 한 방울도 남김없이 얼어붙는 느낌을 받았다. 뱀들은 생김새도 각각 다르고 지독한 악취를 내뿜기도 했는데 리비아 사막이나 에디오피아 사막, 그리고 아라비아 사막에 이르기까지 그 어디에서도 이처럼 흉측한 뱀들은 찾아볼 수 없을 정도였다.

그런데 이 냉혹하고 끔찍한 뱀의 군집 속을 실오라기 하나 걸치지 않은 영혼들이 몸 숨길 곳을 찾지 못한 채 이리저리 도망치고 있었다. 불쌍한 영혼들의 양손은 뱀들이 달려들어 묶고 있었으며 허리를 조이는 뱀의 꼬리와 대가리가 배꼽 앞에 엉켜 붙어있었다.

그때, 단테의 눈앞에 있는 한 사내에게 뱀 한 마리가 달려들어 목줄기를 물어뜯어버리자, 순식간에 사내의 몸에 불이 붙어버리고는 이내 재가 되어버리고 말았다. 하지만 한 줌의 재는 금세 제 모습을 되찾았다. 마치 불사조가 되살아나는 것과 같은 광경이었다. 더욱이 망령의 고통은 계속되고 있었다. 복원된 망령은 공포만이 기억에 남아 바로 전에 겪었던 고통과 또 다시 겪게 될 고통을 생각하면서 하염없이 탄식의 눈물을 쏟아내고 있었다.

이처럼 끝없이 반복되는 형벌을 보면서 단테는 신의 위엄과 그 권능이 얼마나 크고 지엄하신 것인가를 새삼 깨닫지 않을 수 없었다.

베르길리우스가 사내에게 어디 출신의 누구냐고 물었다.

그러자 한줌의 재였던 망령이 처량한 목소리로 대답했다.

"나는 얼마 전에 토스카나에서 빗방울이 떨어지는 것처럼 이 구덩이 속으로 떨어진 몸이오. 어차피 노새처럼 서자로 태어났으니 짐승 반니 푸치란 말이 나를 정확하게 일컫는 표현일 게요. 피스토이아가 내게 알맞는 굴이었단 사실이 이를 증명해주고 있잖소.”

단테가 그의 스승 베르길리우스에게 간청했다.

“부탁드립니다. 그에게 도망치지 말라고 명하십시오. 내가 그를 본 기억이 있으니, 그가 어떤 죄로 이곳에 오게 된 것인지 물어보고 싶습니다.”

반니 푸치가 단테의 말을 듣고 단테를 눈여겨보다가 부끄러움으로 낯빛을 붉히면서 말했다.

“나는 당신이 세상에서보다 이곳에서 비참한 모습으로 있는 나를 알아보는 것이 더욱 괴롭기 짝이 없소. 내가 지옥의 밑바닥에 떨어진 것은 성구 보관실의 성물을 훔치고 그 죄를 남에게 덮어씌웠기 때문이외다. 혹, 당신이 이곳을 벗어나더라도 내 꼴을 보고 기뻐하지 않도록 한 가지 일을 예언할 테니 귀를 씻고 잘 들어두시오. 먼저, 피스토이아에서 흑당이 망할 것이오. 그리고 피렌체도 망해 그곳 사람들은 물론, 법률까지 모조리 불에 탈 것이오. 전쟁의 신 마르스가 어둠에 휩싸인 마그라 계곡에서 불을 내 뿜으면 그것이 맹렬한 태풍을 동반해 피체노 벌판에서 큰 전투가 벌어질 것이오. 그때 마르스가 안개를 거두면 백당이 상처를 입게 되겠지만 그럴 일은 일어나지 않을 게요. 내가 이 말을 들려주는 이유는 오직 한 가지, 당신에게 고통을 주기 위해서요.”

이야기를 끝내면서 좀도둑 놈 반니 푸치는 손가락을 무화과 모양으로 끼고 양손을 하늘로 치켜 들어 허공을 향해 더러운 주먹질을 해대며 이렇게 외쳤다.

The Damned
Luca Signorelli 1499-1502
Chapel of San Brizio, Duomo, Orvieto

"하느님아, 이거나 먹어라!"

그러자 '이제 더 이상 지껄이지 못하게 하겠다'라고 말하듯 뱀 한 마리가 날아와 그의 목을 휘감았다. 뒤이어 또 한 마리가 그의 팔을 물고 늘어졌고, 서로 꼬리와 대가리를 맞붙여 그의 양팔을 분지르기라도 하듯이 조여버렸다. 단테는 이런 푸치의 모습을 목격한 후 탄식해마지 않았다.

"아아, 피스토이아여! 더 이상 죄악이 계속되지 못하도록 어째서 재로 돌아가지 못했는가? 이 암흑의 골짜기, 지옥의 어느 장소에서도 이처럼 신을 모독하며 거역하는 영혼을 본 적이 없거늘. 테베 성벽에서 떨어진 자 조차도 이와 같지는 않거늘."

단테가 피스토이아를 저주하는 사이, 반니 푸치는 뱀을 피해 도망치고 말았다. 그러자 갑자기 켄타우로스가 나타나서는 "시건방을 떨며 혀를 나불거리는 놈이 누구냐?"고 외쳐대기 시작했다. 켄타우로스의 등짝을 보니 마렘마 늪의 물뱀보다 많은 뱀들이 뒤덮여 있었으며, 양 어깨와 뒷목덜미에는 두 날개를 활짝 펼친 용 두 마리가 앞으로 다가오는 영혼들을 향해 사정없이 불을 내뿜고 있었다.

베르길리우스가 단테에게 말했다.

"보이는가? 저놈이 바로 악명 높은 카쿠스일세. 헤라클레스의 가축들을 훔친 부정한 행위 때문에 결국 헤라클레스에게 몽둥이 세례를 맞아 죽은 놈이지. 그 이유로 다른 켄타우로스들과 어울리지 못하고 이곳에 나타난 것이네."

베르길리우스가 손으로 가리킨 곳에는 카쿠스 말고도 발이 여섯 달린 뱀의 형상인 치안파도나티가 도둑질을 한 영혼들에게 무섭게

Last Judgment
Michelangelo di Lodovico Buonarroti 1537-41
Cappella Sistina, Vatican

달려들고 있었다. 한심스럽고 불쌍한 영혼들은 치안파도나티가 휘감기가 무섭게 촛농이 녹아 사라지는 것처럼 순식간에 끔찍한 모습으로 변해버렸다. 뿐만 아니라, 마른 하늘에 번갯불이 내려치는 것처럼 동작이 재빠른 도마뱀 형상의 괴물도 모습을 드러냈다.

카발칸티라고 불리는 이 파충류는 다짜고짜 악명 높은 도둑 부소도나티의 배꼽을 물고 늘어졌다. 부소는 놈이 물어뜯자마자 다리가 굳어지고 열병이 걸린 것처럼 연신 하품을 해댔다. 둘은 곧 서로 마주 보았고 부소는 뱀을, 뱀은 부소를 향해 연기를 내뿜기 시작했다. 그러면서 부소는 물린 상처에서, 뱀은 아가리에서 연기를 내뿜어 그 연기가 서로 섞여 버리는 현상이 발생했다. 바로 그때, 뱀과 사람이 서로의 모습을 바꾸어 버리는 무서운 변형의 탈바꿈이 이루어졌다. 뱀은 두 갈래로 나뉘고 사람은 양다리가 꼬아졌다. 뱀의 껍질은 사람처럼 반반해지고 앞발이 길어졌다. 이어서 연기가 새로운 빛깔로 서로를 뒤덮자, 뱀에서 털이 자라 사람의 모양이 되고 사람은 뱀으로 변해 서로를 마주 보았다. 그러자 뱀은 사람처럼 두 발로 서고 사람은 뱀처럼 땅에 엎드려 누웠다. 사람이 된 뱀은 관자놀이와 콧부리, 귀와 입의 형태를 이루고, 뱀으로 변한 사람은 두 갈래로 나뉜 혀를 쉬지않고 날름거렸다.

단테는 이 광경이 물질을 뒤바꿔버리는 도둑질의 끔찍한 본질임을 이해했다. 타인의 재산을 탐해 제 것으로 바꾸었으면 그에 대한 보속을 받는 것이 마땅한 것이다. 제 몸뚱이를 뱀에게 끊임없이 도둑맞는 형벌이 두렵지만 지나친 형벌로 보이진 않았다. 결국 도둑질이란 인간의 성품과 뱀의 본성이 바뀌는 것임을 깨달았다.

기만과 모략의 불덩이

　단테는 제 몸 하나 제대로 간수하지 못하는 도둑들의 소굴에 피렌체 사람이 다섯이나 있음을 인지하고는, 크게 실망하면서 조국을 걱정한 나머지 괴로움을 감추지 못하고 깊은 탄식을 토해냈다.

　그는 다시 베르길리우스를 따라 험난한 바위투성이 길을 올라가 여덟 번째 연못의 가장자리에 도달했다. 이곳은 사기와 모략을 일삼던 영웅들과 왕자들이 형벌을 받고 있는 장소였다.

　단테가 제방 위에 올라서서 밑바닥을 들여다보자 굴 속에서 수없이 많은 불꽃이 꿈틀거리고 있었다. 그것은 반딧불들이 여름철의 숲속을 날아다니는 장면과도 같았다. 움직이는 불꽃 속에서 각각의 영혼들이 통째로 태워지고 있었다. 바위 모서리를 따라 좀 더 내려가자 불꽃이 점점 커지면서 화염 속에서 구워지는 영혼들의 모습이 선명하게 보였다. 불꽃은 저마다 영혼들을 감춰 조금도 밖으로 드러내지 않은 채 피어오르는 연기처럼 하늘로 솟아 올랐다. 단테는

The Last Judgment
Stefan Lochner 1435
Wallraf-Richartz Museum, Cologne

그 모습에서 불 수레에 이끌려 올라가는 엘리야를 바라보는 엘리사의 처지를 떠올렸다. 그때, 끝이 둘로 갈라진 불꽃이 곁으로 다가왔다. 단테는 이들이 형제 간에 전쟁을 일으켰던 테베의 왕 오이디푸스의 아들 에테오클레스와 폴리에이케스라는 것을 한눈에 알아보았다.

"저들 뿐 아니라, 불길 속에는 트로이 전쟁의 영웅 오디세우스와 디오메데스도 있네. 상인으로 변장해 아킬레우스의 연인 데이다메아를 가로채고, 아킬레우스를 트로이 전쟁에 출전시켰으며, 트로이인들의 보물인 팔라디움을 훔쳐낸 죄로 두 사람 모두 응분의 벌을 받고 있는 걸세. 트로이를 약탈한 목마의 계략에 대한 신의 노여움은 예상보다 크시지."

단테는 오디세우스와 디오메데스라는 대영웅의 이름을 듣고는 두 사람과 이야기를 나누고 싶어 발을 동동 굴렸다. 그래서 천 번의 가치가 있는 한 번의 부탁으로 오디세우스와 대화할 수 있게 해달라고 베르길리우스에게 간청했다.

"그대의 소망은 칭찬할 만한 것일세. 나 역시 그대와 같은 입장이었다면 똑같은 행동을 취했을 게야. 하지만 이번에는 바라보고만 있게. 대화는 내가 하겠네. 왜냐하면 저 둘은 그리스인이기 때문에 그대의 말을 깊이 이해할 수 없을 테니까."

얼마 후, 불꽃 하나가 가까이 다가오자 베르길리우스가 단테를 대신해서 입을 열었다.

"하나의 화염 속에서 두 개의 불기둥이 되어 타고 있는 그대들이여, 내 살아생전에 그대들에게 도움이 된 고귀한 시를 썼음을 알고 있다면 바로 멈춰 서서 이분께 그대들의 사연을 말해주었으면 좋겠소이다."

그러자 오디세우스의 불길이 뭐라고 중얼거리면서 펄럭거렸는데, 아마도 인간의 혀처럼 소리를 내려는 모양이었다.

"나는 정복자이자 위대한 탐험가였소. 세상의 처음부터 끝까지 안 가 본 땅이 없을 정도로 돌아다녔지요. 그러던 중 아에네이아스가 가에타라고 명명한 이태리 남쪽 땅에서 1년을 지내고는 부모와 처자에 대한 애정이 그리워 여간 괴로운 심정이 아니었다오. 그래서 동료 몇 명을 데리고 한 척의 배에 몸을 실어 지중해로 나섰던 게요. 우리는 멀리 스페인과 모로코에 이르기까지 이편저편의 언덕이며 북 아프리카의 아빌라 곶과 사르디니아의 섬, 그리고 광활한 바다가 감싸주는 크고 작은 섬들을 두루 돌아보았소이다. 그런 다음 우리는 그 누구도 넘어갈 수 없게 헤라클레스가 표시해 놓은 저 비좁은 지브롤타 해구에 도달하게 되었소. 그때, 나는 동료들에게 말했소이다. '모든 위험을 무릅쓰고 이곳 서녘 끝에 다다른 형제들이여! 우리에게 남아있는 생명이 많은 것은 아니지만 태양의 뒤를 쫓아서 인적도 없는 세계를 찾아가는 용기 있는 마음만은 잊지 말아주시오. 우리는 짐승처럼 살기 위해 창조된 것이 아니고, 지혜와 덕을 따르기 위해 태어난 것이 아니겠소?' 비록 짧은 연설이었지만 동료들의 멈추지 않고 불타오르는 욕망을 잠시나마 누그려뜨릴 수는 있었다오. 우리는 배 끝을 동쪽으로 향하고 계속해서 남쪽으로 방향을 잡았소. 밤이 되자 남극의 모든 별들은 북극보다 낮아져 바다 아래쪽에 가라앉았소이다. 우리들은 좁은 항로의 노선을 계속 연

Triptych of Temptation of St Anthony
Hieronymus Bosch 1505-06
Museu Nacional de Arte Antiga, Lisbon

장하면서 다섯 번의 멋진 보름달을 보았지요. 바로 그때, 멀리서 하나의 검고 뾰족한 산이 나타났습니다. 그것은 아무도 가 본 적이 없는 높은 산, 즉 연옥의 정죄산이었다오. 우리는 일제히 환호성을 터뜨리며 하선할 준비에 들떠 있었지만 환호성은 곧 비탄으로 변하고 말았지요. 왜냐하면 정죄산이 있는 낯선 땅으로부터 회오리바람이 불어와 뱃머리를 냅다 들이쳐 바닷물이 세 번이나 덮쳐 왔고, 더욱이 네 번째는 하느님 좋으실 대로 뱃머리를 치켜 올렸다가 물속에 처박아버려 결국 우리는 바다 속에 휩쓸려버리고 말았으니까요. 아아, 우리는 신의 허락 없이 연옥의 땅을 밟지 못한다는 하늘의 법칙을 미처 몰랐던 거요.”

오디세우스는 말을 마치자마자 더 이상 할 말이 없었는지 곧장 불길을 치솟았다가 잠잠해졌다. 그러다가 베르길리우스의 허락을 얻고는 조용히 두 사람 곁에서 떠나갔다.

단테가 오디세우스의 불꽃과 헤어져 조금 앞으로 갔을 때, 이탈리아 동북부 지방을 다스리던 기벨리니당의 총수 귀도 문테펠트로의 불꽃을 만났다. 그는 이탈리아 사람이었으므로 이번에는 단테가 상대를 하게 되었다. 여러 가지 질문을 던지는 단테에게 귀도가 대답했다.

“나는 살아있을 때, 당의 상징인 사자를 닮기보다는 여우와 같이 행동했습니다. 온갖 꾀와 술수를 모조리 구사할 수 있었기에 내 소문은 땅 끝까지 퍼져나갔지요. 마침내 수명이 다할 즈음에 프란체스코 수도회의 수사가 되었는데 미련스럽게도 나는 수도복을 입고 허리띠만 매면 속죄가 될 것으로 생각하였답니다. 그래서 금욕과 고행을 내팽개치고 종국에는 허리띠마저 버렸던 것입니다. 내가 죽자 프란체스코 성인께서 날 구하기 위해 오셨지만, 검은 악마가 내 인생을 고해바치며 용서할 수 없다고 완강하게 버텼지요. 아아, 나는 왜 그리도 운이 없을까요? 검은 악마는 결국 나를 미노스에게 끌고 갔고 미노스는 나를 보더니 여덟 번이나 꼬리를 몸에 감아 내가 제 8 연못의 구덩이에서 불을 뒤집어써야 할 도둑놈이라고 판결을 내렸습니다. 그로 인해 이곳에 떨어진 팔자가 된 것이랍니다."

살아 있을 때에 이탈리아를 좌지우지했던 그는 말을 마치고는 괴로운 듯 탄식을 토해내다가 가느다란 불꽃을 남기면서 슬그머니 사라져 갔다.

단테와 베르길리우스는 다시 돌다리 위를 지나 또 다른 활꼴 문 부근에 이르렀다. 돌다리는 제 9 연못으로 향하는 입구를 덮고 있었다. 이곳엔 생전에 사람들을 중상모략하거나 이간질로 불화의 씨앗을 퍼뜨린 영혼들이 제각기 기묘한 형벌을 받고 있는 장소였다. 영혼들은 저마다 다리에 몸속의 내장을 달고 있었으며, 발과 다리 사이에 주렁주렁 매달린 창자를 흔들거나 항문 쪽에 달려 악취를 풍기는 위장을 달랑거렸다. 단테는 이들이 피범벅이 되어 형벌을 감수하는 무시무시한 광경을 목격하고 나서 '인간의 언어로 저 무서운 모습을 묘사하기란 너무도 힘든 일'이라고 고백했다. 그러면서 산니티와 피에로의 싸움, 포에니 전쟁 등이 한꺼번에 벌어진다고 하더라도 이곳 제 9 연못의 구덩이가 보여주는 두려운 광경보다 참혹하지는 못할 것이라고 탄식했다.

바로 그때, 턱주가리로부터 항문까지 쫙 갈라진 망령 하나가 단

St Andrea Avel
Giovanni Lanfranco 1
Sant'Andrea della Valle, Ro

테 앞에 모습을 드러냈다. 그는 두 다리 사이에 창자를 매달고 내장을 통째로 드러낸 채 심장의 안쪽 주머니까지 덜렁거리고 있었다. 단테가 깜짝 놀란 얼굴로 뚫어지게 쳐다보자, 망령은 단테를 피하기는커녕 같이 뚫어져라 쳐다보고는 두 손으로 제 가슴팍을 활짝 열어 제치면서 말했다.

"나를 봐라. 위대한 마호메트가 어떤 꼴로 찢겨있는지 잘 봐 두도록 해라. 내 앞에 울면서 걸어가고 있는 자는 사랑하는 나의 사위다. 분파를 만들었던 알리라고 부르는데, 그는 턱에서부터 이마의 털까지 모조리 찢겨졌도다. 그대가 여기서 목격한 자들은 살았을 때 온갖 물의와 분열의 씨를 뿌린 자들이기에 이토록 찢겨진 게다. 바로 뒤에서 마귀 한놈이 노려보다가 우리가 이 거리를 빙빙 돌기 시작하면 또 다시 무자비하게 칼로 갈기갈기 찢어놓지. 왜냐, 그놈 앞을 지나기 전에 이미 상처가 아물어 버리거든. 아무튼 그건 그거고, 돌다리 위에서 느긋하게 앉아 우릴 바라보는 그대는 누구인가?"

마호메트가 이렇게 묻고 바로 사라지자 곧바로 다른 영혼이 다가왔다. 그는 목 줄기가 크게 찢겨졌고, 코는 입술에 이르도록 잘린데다가 귀는 한 쪽만 지니고 있는 망령이었다. 그의 이름은 피에르 메디치나, 즉 카이사르로 하여금 루비콘 강을 건너도록 조장했던 인물이었다. 그는 턱을 받쳐 들고는 벌려진 입 속으로 목 줄기도, 혀도 없는 끔찍한 제 모습을 보게 했다.

이어서 또 하나의 저주받은 망령이 모습을 드러냈다. 그는 모스가데이 람베르토라고 부르는 인물로서, 양 손이 다 잘린 채 짤막하게 남은 팔을 어두운 하늘로 치켜들고 피투성이인 몸뚱아리로 고함

Inferno
John Flaxman 1793
Bibliothèque Nationale, Paris

치고 있었다. 그러나 이 같은 살벌한 모습에도 침착함을 놓치지 않던 단테 앞으로 입이 다물어지지 않을 만큼 처참한 광경이 펼쳐졌다. 바로 목 없는 몸뚱이의 흉상 하나가 다른 무리에 섞여 걸어오고 있었다. 망령은 떨어진 제 대가리의 머리채를 쥔 채 그것을 초롱불인양 양 손에 받쳐 들고 있었던 것이다.

그는 단테와 베르길리우스를 보자마자 탄식의 신음소리를 토해놓았다. 제 몸 스스로 등불을 만든 것이었지만 그것은 둘이면서 하나요, 하나이면서 둘인 셈이었다. 망령은 돌다리 밑에 이르러 대가리를 받치고 있는 양팔을 높이 쳐들고는 자신의 목소리가 단테에게 들리게 하려고 했다.

"자, 나의 흉측한 몰골과 끈질긴 형벌을 보시라. 그대, 숨 쉬며 죽은 이들을 찾아다니는 자여, 이보다 더 끔찍스런 모습을 본 일이 있는가? 나는 보르니오의 벨트란드 보론이노로서 젊은 헨리 왕에게 사악한 암시를 주어 제 아비를 모반케 했던 자요, 아비와 아들을 서로 반목케 한 자로다. 제 아무리 능숙한 아히도벨이라 하더라도 압살롬과 다윗의 사이를 이보다 더 고약하게 만들지는 못했을 테지. 부자지간으로 결합된 자들을 갈라놓았기에 내 몸뚱아리도 나의 머리를 떼어놓아 이렇게 고달픈 인과응보를 받고 있는 것이지."

이토록 수많은 망령들과 그들의 끔찍한 형벌을 목격하자, 단테는 눈이 흐려지고 곧 울음이라도 터뜨릴 지경이 되었다. 그러나 베르길리우스는 아직도 둘러 보아야할 것은 많고, 시간은 촉박하다는 사실을 상기시키면서 단테에게 서두르라고 재촉했다. 그들은 곧 제 8옥의 마지막 구덩이인 열 번째 굴에 이르는 다리 위에 도달했다.

제 10 연못 구덩이에서는 심하게 부패한 시체들이 풍기는 악취가 피어오르고 있었다. 이탈리아의 습지에서 발병하는 말라리아 환자라 하더라도 이곳에서 겪는 영혼들의 고통엔 비할 바가 아니었다. 장마철, 피렌체 사람들이 모조리 역병으로 쓰러지고, 몸이 썩어 피고름 냄새가 진동하며, 독기로 뒤덮여 작은 생명조차 살지 못하는 곳으로 변한다 하더라도 이 끔찍한 고통을 넘어설 수는 없었다.

이곳은 하느님의 정의가 위조범들을 벌주는 장소였다.

영혼의 무리 중에는 금돈을 위조했던 연금술사의 망령들이 페스트나 문둥병에 걸려 신음하고 있기도 했는데, 특히 돈을 위조했던 자들과 남을 속인 자들이 심한 열병을 함께 앓고 있었으며 재판석에서 위증했던 사람들은 격노한 채 울부짖으며 서로 물어뜯고 나뒹굴고 있었다. 단테와 베르길리우스가 그곳을 빠져나와 밤도 낮도 아닌 처참한 계곡을 지나 제 9옥에 이르는 길을 찾아 나섰을 때, 어디선가 뿔 나팔소리가 울려 퍼지기 시작했다. 천둥의 굉음이라도 이에 비하면 모기가 왱왱거리는 소리로 들릴 정도로 굉장한 소리였다. 마치 프랑스 왕 샤를마뉴가 성전에서 패하고 비통하게 패주할 때, 혼신의 힘을 다해 불던 롤랑의 나팔소리인 것처럼 연상되어 단테는 시선을 소리가 나는 곳으로 돌렸다. 그러자 어슴푸레한 어둠을 뚫고 높은 탑들이 시야에 들어왔다. 단테가 "여러 개의 탑이 보이는데 이곳은 무슨 땅인가요?"라고 묻자, 베르길리우스는 단테가 놀라지 않도록 부드럽게 손을 잡고는 '저것은 탑이 아니라 거인들이며, 거인들의 배꼽 아래 부분이 모두 언덕의 웅덩이 속에 있기 때문에 탑처럼 보이는 것'이라고 대답했다.

조금씩 거리를 좁혀 가자 안개 속에 숨어있던 거인들의 모습이 선명하게 눈에 들어왔다. 그와 동시에 단테의 두려움은 더욱 커질 수 밖에 없었다. 거인들의 모습이 마치 견고한 성에 우뚝 솟은 망루와도 같이 거대했기 때문이었다. 거인들은 모두가 로마의 성 베드로 대성전에 있는 청동으로 만들어진 솔방울과 같이 길고 통통한 얼굴을 하고 있었다. 바로 그때, 한 거인이 히브리어와 그리스어, 라틴어가 혼합된 목소리로 두 사람을 향해 외쳐대기 시작했다.

"라펠 마이 아메체 자비 알미(Raphèl maì amècche zabì almi)"

그러자 베르길리우스가 거인에게 화가 치밀어 오르거든 나팔이나 열심히 불어 화를 가라앉히라고 말한 후에 단테에게 설명했다.

Tower of Babel
Pieter Bruegel the Elder 1563
Kunsthistorisches Museum, Vienna

"저놈은 양심의 가책에 휩싸여 온종일 나팔만 불어대는 니므롯이라는 자일세. 저놈의 심술 때문에 하나였던 세상의 언어가 수 만개로 갈라지게 된 것이지. 자, 그냥 하고 싶은 대로 내버려두세. 저놈에게는 아무 말도 소용없네. 놈이 하는 말을 타인이 전혀 이해할 수 없는 것처럼, 저놈도 남의 말을 전혀 이해할 수 없을 테니까."

그들은 다시 왼쪽으로 나아가다가 니므롯보다 사납게 생겼고 더 거대한 거인을 보았다. 이 거인을 누가 붙잡아 꽁꽁 묶었는지는 모르지만, 거인의 팔과 상체는 다섯 번이나 쇠사슬에 휘감겨 묶여 있었다. 그는 제우스의 뜻을 거역해 하늘에 오르려 했던 안타이오스로, 지금은 쇠사슬에 팔이 묶여 옴짝달싹 못하게 된 모습이었다.

베르길리우스는 사자 천 마리를 잡아먹었다는 거인에게 다가가 운명의 골짜기보다 더 무서운 코키투스의 연못으로 떨어지지 않으려면 자기들을 안전하게 데려다 달라고 엄포를 놓으면서 한편으론 달랬다.

그러자 거인은 헤라클레스에 의해서 땅으로 떨어졌던 자기의 손을 내밀어 베르길리우스를 붙잡아 안았다. 그와 동시에 베르길리우스가 단테에게 "자, 어서 오게. 그대는 내가 품에 안으면 될 것이니."라고 말하면서 손을 뻗었고, 단테는 그의 품에 안겨 무사히 옮겨질 수 있었다. 안타이오스는 그들을 지옥의 맨 끝 바닥, 즉 악마들의 대왕 루시펠과 유다를 함께 삼키는 장소에 사뿐히 내려놓고는 구부렸던 몸을 일으켜 다시금 자기가 있던 자리로 돌아가버렸다. 단테가 보기에 그 모습은 마치 커다란 배의 돛대가 펼쳐지는 모습과도 같은 광경이었다.

유다의 나라
악마들의 대왕 루시펠의 장소

지옥의 가장 깊은 곳.

더 이상 아래로 내려갈 수 없는 장소.

'코지토의 늪' 또는 '루시펠의 연못'이라고도 부르는 제 9옥은 얼음연못인 '코키투스'가 흐르며 거인들이 삼엄한 경계를 서고 있는 곳이었다. 망령들은 각각 네 개의 원圓속에 나뉘어져 수면 아래가 보이지도 않는 두꺼운 얼음 속에 채워져 있었다. 이곳은 카인을 효시로 친족을 배신했거나, 신의와 조국을 배반한 영혼들이 벌 받고 있는 장소로써 단테가 가장 혐오한 배신행위를 한 자들이 모여있는 지옥이었다.

거인 안타이오스의 도움을 받고 베르길리우스의 인도에 따라 지옥 최후의 골짜기인 제 9옥에 도착한 단테는 자신도 모르게 저절로 뮤즈의 도움을 요청하는 탄식의 한숨이 흘러나왔다.

'우주의 중심인 이 땅 밑바닥을 노래하는 것은

장난삼아 할 수 있는 일이 결코 아니며

엄마 아빠를 부르듯 어리광으로 될 수 있는 일이 아니지 않는가.

그러니 암피온을 도와 테베를 닫게 한 음악의 여신들이여!

내 말이 사실이라면 내게, 그리고 나의 노래에 힘을 주소서.

아, 극악한 운명으로 태어난 족속들이여,

그대들은 차라리 세상에 태어나지 않았거나 아니면

양이나 염소로 태어나는 것이 훨씬 나았을 것을!'

단테가 베르길리우스를 따라 좀 더 아래로 내려가자 갑자기 "정신 차려서 지나가지 못하겠느냐? 어찌하여 너는 불쌍한 우리들의 머리를 밟고 지나가는 것이냐?"라는 짜증 섞인 소리가 들려왔다.

깜짝 놀라 주위를 살펴 본 다음에야 단테는 자신이 얼음 위에 서 있다는 사실을 깨달았다. 얼음은 맹추위로 얼어붙은 다뉴브강이나 돈강의 그것보다도 훨씬 두껍게 얼어 있었다. 그들은 이제 루시펠의 연못 제 1원에 도착한 것이었다. 이곳은 아벨을 죽인 카인의 이름을 따서 '카이나'라고 명명된 장소였다.

이곳의 망령들은 하나 같이 온몸을 얼음 속에 담군 채 얼굴만 밖으로 내놓은 상태였으며 추위에 새파랗게 변한 채 황새가 마지못해 입놀림을 하는 모양으로 이를 딱딱 부딪히고 있었다.

단테는 얼음을 밟고있는 자신의 행위가 망령들의 머리를 짓누르는 것임을 깨달았지만, 그때는 이미 추위 때문에 양쪽 귀를 모두 잃은 불쌍한 망령 앞에 다가온 후였다. 영혼이 단테를 향해 말했다.

"당신은 어째서 거울을 보듯 우리를 볼 수 있소? 저 앞에 가슴을 맞대고 엉켜 붙어 있는 자들이 누구인지 알고 싶어 그러는 거요? 그

Dante and Virgil in the Ninth Circle of Hell
Gustave Doré 1861
Musée de Brou, France

럼 내가 말해주리다. 저들은 알베르토의 아들 알렉산드로와 나폴레오네라고 하는데 같은 배에서 나온 주제에 유산을 놓고 암투를 벌여 죽음을 맞이한 놈들이외다. 저놈들이야말로 이 '카이나'의 얼음 속에 처박혀 벌 받아 마땅한 놈들이지요."

망령의 말을 들으면서 단테는 추위 때문에 강아지처럼 이빨을 덜덜거리고 있는 수많은 얼굴을 보았다. 심장마저 얼어붙은 듯 미동도 하지 않는 그들을 보면서 단테 역시 영원한 어둠 속에서 벌벌 떨고 있는 자신을 발견했다.

간신히 정신을 부여잡고 제 1원을 나와 제 2원으로 조심스럽게 빠져나가던 단테는 어쩐 일인지 그만 어느 망령의 머리에 세차게 부딪히며 넘어지게 되었다. 루시펠의 연못 두 번째 구역인 제 2원은 '안테노라'라고 불렸는데 이곳에는 조국과 민족을 배반한 망령들이 냉기를 받아 보라색으로 변한 수천 개의 얼굴을 빳빳이 들고 있었다. 단테의 발끝에 차인 망령이 별안간 고함을 질렀다.

"어째 나를 발로 걷어차는가? 네가 몬타페르티의 복수를 위해 온 것이 아니라면 나를 이렇게 괴롭히는 이유가 무엇이냐?"

단테는 그가 바로 몬타페르티의 전투에서 겔프당을 배반했던 보카 델리 아바티인 것을 알아차렸다. 그는 기벨리니당에 빌붙어 피렌체를 패전으로 이끈 장본인이었다. 이처럼 안티노라에는 조국을 배반한 이적 행위를 한 자들로 가득 차 있었다.

단테가 베르길리우스와 함께 그곳을 떠나 앞으로 좀 더 나아가자 하나의 구멍 안에 두 망령이 함께 붙어있는 광경이 눈에 들어 왔다. 한 망령의 머리가 다른 망령의 머리에 포개져 마치 모자를 눌러 쓴 것처럼 보였다. 자세히 살펴보니 굶주린 자가 빵조각을 물어뜯는 것처럼, 위쪽의 망령이 아래에 있는 망령의 목덜미를 울부짖으며 물어뜯고 있었다. 그것은 멜라니포스에게 치명상을 입었다가 그를 죽여 복수했던 티데우스가 이미 죽어버린 멜라니포스의 골통을 부수고 물어뜯었던 것이나 다름없는 모습이었다. 단테는 이 끔찍한 광경을 바라보며 탄식을 토해냈다.

"도대체 얼마나 원한이 맺혔기에 상대를 짐승같이 물어뜯고 있습니까? 당신이 이토록 물어뜯으면서 울부짖는 사연이 무엇인지, 또 당신은 누구이며 물어뜯기고 있는 자의 죄는 무엇인지를 말해준다면, 제가 다시 세상에 나갔을 때 당신을 위해 보답할 일이 있을 겁니다."

그러자 잔인한 식사를 잠시 멈춘 망령이 물어뜯던 자의 머리털로 자신의 피 묻은 입술을 닦아내고는, 자신은 피사의 우골리노 백작이며 물어뜯기고 있는 자는 우발디니의 루지에르 대주교라고 대답했다.

"나는 루지에르 대주교와의 권력 투쟁에서 패배한 사람이오. 피사의 전권을 장악한 루지에르는 나와 나의 아들은 물론, 손자들까지 모조리 탑 속의 감옥에 가둬버렸소. 죽음의 그림자는 늘상 식사가 오던 시간에 맞춰 망치소리와 함께 찾아왔소이다. 음식을 주는 대신 누군가 감옥에 못질을 해대기 시작했소. 그날도, 그 이튿날도, 그리고 그 다음 날도... 결국 신이 내린 운명을 눈치챈 나는 절망에 빠져 스스로 내 팔목을 깨물었다오. 그러자 그걸 본 자식들이 내가 배가 고파서 그러는 줄 알고 '아버님, 아버님께서 저희를 잡수신다

Dante and Virgil in Hell
William-Adolphe Bouguereau 1850
Musée d'Orsay, paris

면 그만큼 저희들의 고통도 덜어질 테니 이 비참한 살을 차라리 아버님께서 벗겨주세요'라고 말했다오. 하지만 세상의 어느 아비가 그런 부탁을 들어줄 수 있단 말이오. 나흘이 지나자 첫째 아들인 가도가 죽었소. 닷새, 엿새 째에는 나머지 세 아들도 제 아비 앞에서 차례로 눈을 감았지요. 얼마 후, 나 역시도 오랫동안 먹지 못해 장님이 되고 말았소. 불행한 나는 죽은 자식들의 시체를 어루만지며 하염없이 그들의 이름을 되뇌일 따름이었다오. 마지막까지 생명을 유지하던 나는 결국 굶주림에 못 이겨 자식들의 시신을 먹는 끔찍한 죄를 저지르고 말았소. 아아, 고통에 지지 않던 나도 결국 배고픔에 굴복하고 말았던 거요."

우골리노는 이야기를 마치자마자 또 다시 루지에르의 머리를 미친 듯이 물어뜯으며 계속해서 울부짖었다.

이들의 모습을 뒤로 한 채 단테는 베르길리우스와 다시 걸음을 재촉해 '톨로메아'라고 부르는 제 3원에 도달했다.

루시펠의 연못 세 번째 구역인 이곳은 친구나 동료를 배반했던 자들이 엎드려 벌을 받는 장소였다. 망령들은 얼굴을 위로 향하는 것조차 허락되지 않았다. 필연적으로 함부로 울 수도 없었다. 눈물을 흘리면 곧바로 냉기가 눈꺼풀이나 눈 가장자리를 덮쳐 안구를 유리잔처럼 깨뜨려 버렸다.

그때, 눈꺼풀이 얼어 시력을 잃어버린 한 망령이 단테와 베르길리우스를 지옥에 떨어진 망자라고 착각하며 말을 걸어왔다.

"아, 지옥의 밑바닥으로 떨어진 부정한 영혼들이여, 제발 부탁이니 내 얼굴에서 이 두꺼운 얼음을 거두어 주시구려. 가슴에 넘쳐흐

AD VITAM
TRANSIRE
DE MORTE

St Gregory Delivers the Soul of a Monk
Giovanni Battista Crespi 1617
San Vittore, Varese

르는 이 울분의 눈물이 얼기 전에 한 번쯤 밖으로 쏟아버리는 것이 소원이랍니다."

단테가 비참한 모습의 영혼에게 대답했다.

"도움 받기를 원한다면 당신이 누구인지 내게 말해 주시오. 혹여 당신의 소원을 들어주지 못하더라도, 내 이곳을 나가면 당신의 이야기를 세상에 전해 주리다."

그러자 비참한 형색의 영혼이 단테에게 도움을 구하는 듯한 어조로 말하기 시작했다.

"나는 수도사인 알베리고라고 하오. 혈육인 만프레와 조카들을 죽일 때 과일을 사용했다는 이유로, 무화과보다 대추가 비싼 것처럼 이곳에서 그 누구보다 훨씬 가혹한 형벌을 받고 있는 것입니다."

단테는 그 말을 듣고도 약속과는 다르게 그의 얼굴을 덮고 있는 얼음을 걷어내지 않았다. 그에게 무자비하게 행동하는 것이 오히려 그를 위한 예의라고 생각했기 때문이었다. 단테는 오로지 그들의 참담한 모습을 바라보면서 탄식을 토해낼 뿐이었다.

"아, 제노바의 사람들이여, 미풍양속을 저버리고 온갖 악덕만으로 가득 찬 자들이여! 어찌 그대들은 이토록 바뀌지 않는 것인가. 로마냐의 극악한 영혼과 더불어 제노바의 브랑카 도리아도 여기 있으니, 모두 얼음연못에 떨어져 멱을 감고 싶은 것인가!"

그때, 베르길리우스가 단테에게 말했다.

"자, 지옥의 마왕 루시펠의 깃발이 나타났으니 앞을 주시하게. 이쪽으로 오고 있는 모습이 그대에게도 보일 걸세."

베르길리우스의 말대로 단테는 이미 지옥의 가장 깊은 장소, 루

시펠의 연못 중 맨 끝인 제 4원에 도달해 있었다. 이곳은 일명 '주데
카'라고 불렸는데 그 이름은 유다에서 유래된 것이었다.

　단테가 스승의 말을 듣고 앞쪽을 주의 깊게 내다보았지만 안개
가 빽빽하게 가라앉아 시계視界가 희미할 뿐, 보이는 것은 아무 것
도 없었다. 다만, 멀리서 어슴푸레하게 거대한 풍차로 보이는 건물
이 나타나 세찬 바람을 일으켰기 때문에 이를 피하기 위해 얼른 베
르길리우스의 몸 뒤로 숨어야 했다.

　단테는 그러면서도 온갖 망령들이 추수를 끝낸 볏단 모양으로 얼
음상자 속에 갇혀있는 것을 보고는 무서워서 입을 다물지 못했다.
얼음에 덮여 씌워진 채 한 망령은 누워있고, 다른 망령은 머리로 서
있거나 발톱만으로 서있었으며, 또 어떤 망령은 활처럼 구부러져

얼굴과 발이 동시에 붙어 있었다. 그들을 뒤로 하고 좀 더 앞으로 나아갔을 때, 베르길리우스가 단테의 걸음을 멈추게 하고는 "여기는 디테, 즉 루시펠이 기거하는 장소이니 정신 바짝 차리고 마음을 단단히 먹고 있으라."고 주의를 주었다.

그렇지 않아도 추위로 녹초가 된 상태라서 단테는 자신이 살아있는지, 아니면 죽은 것인지 분간도 못할 지경이었다.

안개를 뚫고 모습을 드러낸 루시펠은 그야말로 엄청난 모습이었다. 몸뚱이의 상반신만을 얼음 밖으로 내 놓았는데도 단테는 '내 몸과 거인의 몸을 비교하는 것이 거인과 루시펠을 비교하는 것과 같은 의미일 것'이라고 생각했다. 그도 그럴 것이 거인의 거대한 몸이라고 해 봐야 루시펠의 팔뚝에도 미치지 못했기 때문이었다. 루시펠은 지금은 이처럼 추한 몰골이지만, 하느님에 의해 지옥으로 떨어지기 전에는 천사들 중에서 가장 아름다운 모습이기도 했다.

그러다가 단테는 루시펠의 얼굴이 세 개나 달려있는 것을 보고 깜짝 놀랐다. 정면을 향한 얼굴은 새빨갛고, 다른 두 개의 얼굴은 어깨 한 가운데 위쪽에서 마치 머리 단을 쌓아놓은 것처럼 서로 엉킨 채 어우러져 있었다. 두 얼굴 중 오른쪽 어깨에 붙은 얼굴은 흰색과 노란색의 중간계열 색으로 보였으나, 나머지 왼쪽에 붙은 얼굴은 나일강이 흐르는 곳에서 온 흑인처럼 새까만 색을 띠었다. 또, 저마다 얼굴 밑에 커다란 날개가 두 개씩 튀어나와 있었는데 날개 역시 엄청난 크기여서 바다를 누비는 어떤 배라도 그만한 돛을 달지는 못할 정도였다.

거대한 날개는 깃털이 없는 박쥐의 날개와 닮아 있었고 한 번씩

Paradise: Ascent of the Blessed
Hieronymus Bosch 1500-04
Palazzo Ducale, Venice

퍼덕일라치면 세 가닥의 태풍이 일었다. 이 바람이 코키투스, 즉 루시펠의 연못을 온통 얼어붙게 만드는 원인이었다. 또한, 루시펠의 얼굴에 달린 여섯 개의 눈으로부터 피눈물이 흘러 세 개의 턱 위에 피고름 섞인 고드름을 만들고 있었다.

단테는 루시펠의 아가리가 하나씩 모두 세 명의 죄인들을 물고 마치 삼나무에서 실을 뽑아내는 것처럼 가닥가닥 발겨내는 광경을 보았다. 루시펠의 아가리에 물려있는 망령들은 끔찍한 고통을 이기지 못해 요동을 쳐댔는데 그럴 때마다 홀랑 벗겨진 등 껍데기가 보였다. 그 장면을 보고있던 베르길리우스가 단테에게 설명했다.

"저 중 가장 위쪽에 위치한 아가리에 들어있는 것이 바로 유다의 망령이네. 잘 보게. 머리는 안으로 다리는 밖으로 빠져나와 있는 것이 보이지 않는가. 역시 머리통을 아가리 속에 처박고 있는 두 영혼 가운데 시커먼 얼굴이 카이사르를 암살한 브루투스이고, 그 아래 몸체가 더 크게 보이는 것이 브루투스를 도왔던 카시우스일세. 자, 이제 떠날 시간이 다 되었네. 밤이 다시 접어 들 시간이고 우리도 볼 것은 다 보지 않았는가."

단테는 베르길리우스의 재촉에 정신을 가다듬었다. 그의 스승은 적당한 시간을 택해 단테를 등에 업고서 날개가 움직이는 속도와 위치를 확인했다. 잠시 후 루시펠의 날개가 완전히 펼쳐졌을 때, 두 사람은 재빨리 털이 수북한 겨드랑이에 매달렸다. 그리고는 털을 잡고 털을 따라 조심스럽게 밑으로 내려갔다.

베르길리우스는 루시펠의 허리, 좀 더 정확히 말하자면 엉덩이 뼈 부근에 이르렀을 때 몸을 회전시켜 오르막을 막 오르려는 사람처럼 털을 움켜쥐었다. 이는 단테로 하여금 베르길리우스가 다시 지옥으로 되돌아가는 것이 아닌가 착각을 일으킬 정도였다. 그러나 그의 스승은 숨을 헐떡거리면서 "나를 꼭 잡게! 이 사다리를 이용해서 지금까지 체험한 무시무시한 지옥을 벗어나야 할테니."라고 말하고는 바위 틈 사이로 몸을 내밀어 안전한 가장자리에 단테를 내려놓고는 자신도 무사히 빠져나와 단테에게로 되돌아왔다.

그들은 이제 완전히 지옥에서 빠져 나온 것이었다.

단테는 곧 희미한 빛이 새어 나오는 천연의 동굴에 자신이 서있음을 발견했다. 그러다가 눈을 크게 떠 위를 올려다보니 루시펠의 다리가 치켜올려진 채 곤두박질쳐 있었다.

"우리의 갈 길이 아직 멀고도 험한데 벌써 해가 뜬 지 한 시간 반

Inferno, Canto
Sandro Botticelli 1480s
Staatliche Museen, Berlin

이나 흘렀구나."

나지막이 읊조리는 베르길리우스에게 단테가 물었다.

"스승이시여, 지옥의 심연을 벗어나기 전에 좀 더 소상히 말씀해 주실 수는 없는지요? 얼음의 연못은 대체 어디로 간 것이며, 마왕 루시펠은 어찌 저렇게 거꾸로 쳐박혀있는 것이랍니까?"

베르길리우스가 대답했다.

"그대는 아직도 우리가 저 두려운 루시펠의 팔에 매달려 있다고 생각하는 모양인데 그것은 그대가 지구의 중심 안쪽에 있다고 착각 하기 때문일세. 내가 거꾸로 몸을 회전시켰을 때, 우리는 지구의 중심을 거꾸로 지나온 걸세. 지금 우리가 서 있는 곳은 주데카, 즉 지옥의 가장 깊은 곳의 바로 뒷면이네. 루시펠의 겨드랑이 털이 우리가 무사히 빠져 나올 수 있도록 사다리 역할을 해주었을 뿐, 루시펠은 여전히 그곳에 처박혀 전과 같은 자세를 취하고 있는 것이라네. 우리는 하늘에서 떨어져 온 것이며 본래 여기에 솟아있던 땅은 루시펠이 두려워 바다 속으로 들어갔거나 북반구로 달아났겠지. 때문에 이쪽에 불쑥 나타난 땅은 공간이 남아서 이처럼 비어있는 걸세."

그때, 멀리서부터 바위를 타고 언덕을 넘는 개울물 소리가 들려왔다. 그와 동시에 아름다운 별들이 밤하늘에 모습을 드러내기 시작했다. 단테는 비로소 안도의 숨을 내쉬며 베르길리우스와 함께 밝은 세상을 향해 힘껏 나아갔다. 마침내 두 사람은 지옥의 세계를 완전히 벗어나 아름다운 별들을 마음껏 쳐다볼 수 있는 또 다른 세계로 나오게 된 것이었다.

The Conversion of Saul
Michelangelo Buonarroti 1542-45
Cappella Paolina, Palazzi Pontifici, Vatican

연옥purgatory

Descent into Limbo
Alonzo Cano 1640
Los Angeles County Museum of Art, Los Angeles

연옥의 문턱
정죄산淨罪山을 향하여

숲속을 방황하던 단테가 4월 8일, 성 금요일에 베르길리우스를 만나 그의 인도를 받으며 지옥세계를 돌아본 후에 구사일생으로 이를 벗어나 정죄산이 바라보이는 연옥 문턱에 도착한 것은 부활절 새벽이었다.

죽으신지 사흘 만에 부활하신 그리스도처럼 사흘 동안 온갖 악마들에게 쫓겨 다니며 겪던 고초를 벗어난 단테는 이제 무서운 암흑의 세계에서 나와 새로운 공기를 호흡할 수 있게 되었기에 좀 더 즐거운 여행을 하고 싶은 의욕을 갖게 되었다.

단테는 연옥이란 세계를 눈앞에 두고 다시 뮤즈들을 불렀다. 특히 서사시의 뮤즈인 칼리오페를 부르며 노래했다.

'동방의 수정처럼 푸른 빛깔이

수평선 끝까지 맑게 퍼져

The Adoration of the Trinity
Albrecht Dürer 1511
Kunsthistorisches Museum, Vienna

아직까지도 내 눈과 가슴을 울리는

어두운 곳에서 갓 나온 내 가슴을

기쁨으로 다시 충만케 하는도다.

사랑을 재촉하던 아름다운 금성은

쌍어궁의 별들을 감싸며

동방의 온 천지를 웃음 짓게 하였다.

오른편으로 돌이켜 남극을 바라보니

아담과 이브 이외에는 본 일도 없는

네 개의 별들이 보이는도다.

하늘은 별들의 빛남을 기뻐하는 듯

아! 그 별들조차 보지 못한

그대 북녘 땅은

홀어미가 된 황폐한 땅이로다.'

단테가 동쪽 하늘에 빛나는 샛별들에게서 눈을 떼자마자 가까이에 한 노인이 서있는 것을 눈치챘다. 노인은 반백의 머리칼에 긴 수염을 가슴까지 드리우고, 얼굴엔 별들의 환한 빛을 가득 받고 있었으므로 단테는 그가 햇빛을 담뿍 흡수하고 있는 것처럼 느꼈다. 이윽고 노인이 흰 수염을 움직이며 두 사람에게 말했다.

"컴컴한 흐름을 거슬러 영원한 감옥을 벗어난 그대들의 정체는 도대체 무엇인가? 그대들을 이끄는 이는 누구이며, 지옥의 깊은 골짜기에서 그대들을 끌어낸 등불은 무엇인가? 아니면, 심연의 율법이 깨지기라도 한 것인가? 그것도 아니라면 지옥의 죄인들도 나의 바위산으로 올라 설 수 있는 새로운 하늘의 규칙이 생겼단 말인가?”

베르길리우스가 황급히 단테에게 눈짓하여 무릎을 꿇게 한 다음 노인에게 대답했다.

“우리는 스스로의 힘으로 이곳에 온 것이 아닙니다. 하늘의 사랑 받는 여인 베아트리체의 청으로 여기까지 오게 된 것이지요. 나와 달리 단테는 죽지 않은 몸이지만, 어리석게도 죽음에 접근했기 때 문에 내가 도울 수 있도록 부름을 받은 것입니다. 여정을 계속하는 동안 나는 단테에게 모든 죄악을 보여 왔습니다. 이번에는 당신이 관리하는 정결한 영혼들을 보여주고 싶습니다.”

베르길리우스는 한숨을 내 쉰 다음, 계속해서 말을 이었다.

“단테를 반갑게 맞아주시길 간곡히 부탁드립니다. 단테는 자유 를 찾아가는 중입니다. 자유야말로 고귀한 것입니다. 자유를 위해 목숨을 버린 당신도 잘 알고 계시겠지요. 단테는 살아있고 미노스 도 꼬리로 우리를 묶어 놓지 못했듯이, 결코 우리로 하여금 하늘의 영원한 법칙이 깨진 것이 아닙니다. 나는 당신의 순결한 아내 마르 키아가 계시는 림보에서 왔기에 우리가 연옥의 일곱 장소를 돌아볼 수 있도록 너그럽게 받아주신다면, 다시 돌아가 그녀에게 당신의 자비로움을 전하겠습니다.”

연옥의 어귀에서 문지기 노릇을 하는 점잖은 노인 카토는 베르 길리우스의 말을 듣고서 “마르키아가 나를 무던히도 행복하게 해 주었기에 그녀가 원하는 청을 다 들어주었던 것은 사실이지만 지금 그녀가 죽음의 강 저편에 살고 있는 한 더 이상 내 마음을 움직일 수 는 없네. 그것은 내가 거기서 나올 때 정해진 규칙이거늘 굳이 아첨

The Dead Christ Supported by an Angel
Alonzo Cano 1646-52
Museo del Prado, Madrid

으로 나를 설득할 필요는 없네. 다만, 하늘의 여인께서 그대들을 인도하고 예정하신 여정이라면 그분을 통해 내게 말하면 될 뿐, 다른 것은 필요치 않네."라고 자애롭게 말했다. 그런 다음 조용하지만 엄숙한 어조로 말을 이었다.

"자, 베르길리우스여, 단테와 함께 가시라. 하지만 정죄산에 오르려거든 겸손하게 참회의 길을 가는 사람의 표시로써 갈대줄기를 허리에 띠처럼 둘러매고 가도록 하시라. 뿐만 아니라, 얼굴에서부터 몸 전체를 정결하게 씻고 가시라. 그대들에게는 아직도 지옥의 악취가 배어있거늘, 더구나 새까만 지옥의 때까지 잔뜩 묻어있으니 천사들 앞으로 나아가려면 그래서는 안될 것이로다. 자, 저 앞 해안으로 가면 갈대밭이 있으니 거길 간 다음에는 이곳으로 다시는 돌아오지 않도록 조심하시라. 마침 태양이 솟아 그대들이 헤매지 않도록 길을 비춰줄 것이니라."

흰 수염의 노인은 말을 마치자마자 연기처럼 사라져 버렸다.

단테는 그러한 모습을 멍한 눈으로 쳐다보고 있다가 베르길리우스 쪽으로 시선을 돌렸다. 베르길리우스가 "그럼 이 벌판 밑으로 내려가 볼까?"라고 말하고는 단테를 이끌고 허허로운 벌판을 건너 황량한 해안에 도착했다.

베르길리우스는 그곳에서 갈대 줄기로 띠를 만들어 단테의 허리에 감아 주었는데 신기하게도 갈대가 뽑힌 자리에서 다시 새로운 줄기가 돋아나고 있었다.

밤이 새벽에 의해 쫓겨 달아나고 바다의 먼 곳으로부터 잔물결이 밀려들 때까지 두 사람은 쓸쓸한 벌판을 걸었다. 그런 다음, 두 사

Saint Cajetan Appeasing Divine Anger
Francesco Solimena
Basilica di San Paolo Maggiore, Naples

람은 어찌할 줄 모르고 안절부절하면서 한동안 우두커니 서있었다. 그도 그럴 것이 베르길리우스조차 연옥은 초행길이었기 때문이었다.

바로 그때, 저 멀리 수평선 위로 뭔가 하얀 빛이 반짝였다.

그 빛은 세상의 어떤 배보다 빠른 속도로 수면을 건너오고 있었다. 단테가 서있는 해안에 가까워질수록 빛은 점점 더 커지고 더 반짝였다. 배를 몰고 오는 뱃사공, 즉 빛의 정체는 흰옷을 입은 하느님의 사자였다. 배 안에는 백여 명의 영혼들이 타고 있었다.

영혼들은 약속의 땅으로 향하는 기쁨의 표현으로 시편의 노래를 부르면서 단테가 있는 곳으로 다가왔다. 그들의 장엄한 합창이 끝나기를 기다렸던 하늘의 사자가 십자가를 잘라 표식을 만든 후에 영혼들을 연옥의 해안에 내려놓았다. 그리고는 왔던 길을 따라 빠르게 되돌아가버렸다. 이제 홀로 남게 된 영혼들은 우왕좌왕하며 주위를 둘러보다가 해안에 먼저 도착해 있던 단테 일행을 보고는 "그대들이 알고 계시다면 산으로 오르는 길을 가르쳐 주시지 않겠습니까?"라고 물었다.

우리도 방금 도착한 것이라고 베르길리우스가 말하기가 무섭게 영혼들은 베르길리우스와 함께 있는 단테가 숨을 쉬는 모습을 보고 까무러치게 놀랐다. 그 영혼의 무리 중에서 "아니, 그대는 단테가 아니신가?"라면서 달려들어 그를 껴안으려는 사람이 있었다.

단테 역시 그를 알아보고 껴안으려고 하였으나 여러 번 허공을 더듬었을 뿐, 상대방의 뒤로 돌린 손이 그때마다 제 가슴으로 되돌아오고 말았다. 단테는 살아있는 몸이었기에 영혼을 만질 수는 없었다. 단테는 그가 자신의 친구였던 카셀라인 것을 알아보고 잠시라도 함께 이야기를 나누자고 요청했다.

카셀라가 깜짝 놀라 창백해진 얼굴로 물었다.

"세상에 있을 때 무던히 자네를 좋아했던 것처럼 지금도 내 마음은 변함이 없네. 하지만 난 이제 돌아가지 못하는 죽은 몸이건만 자네는 어찌된 일인가? 어떻게 살아있는 몸으로 이곳까지 왔는지..."

단테 역시 오랜 친구와의 해후에 기뻐하면서 "카셀라, 나도 언제일지 모르지만 천국으로 향하는 영혼들 틈에 끼고 싶어서 이렇게 긴 여행을 하고 있는 것이라네. 자네는 세상에서 의인으로 살았기 때문에 즉시 천국으로 오를 줄 알았는데 어찌하여 꽤 오랜 시간이 흐른 지금에야 이곳으로 온 것인가?"라고 되물었다.

카셀라는 그가 대사면의 은총을 입어 천사의 배를 타고 있었다가 연옥으로 보내시는 분이 좀처럼 출항을 허락하지 않아 여태껏 기다린 것이라고 대답했다. 그러면서 그것은 하느님의 뜻이었기 때문에 서운하지는 않았다고 말했다. 본래 그는 피렌체의 유명한 음악가로서 단테의 시를 종종 작곡했던 인물이었다.

단테가 그에게 "카셀라, 만약 괜찮다면 지쳐있는 나를 위해 세상에서 자네가 작곡했던 노래를 지금 한곡이라도 불러주지 않겠나? 그대의 감미로운 노래가 아직도 귓가에 울려 퍼지고 있는 듯하네."라면서 노래 한곡을 간곡히 부탁했다.

베르길리우스와 단테를 위시하여 거기 있는 모든 영혼들이 전부 귀를 기울이는 가운데 카셀라가 조용히 노래를 불렀다. 그러자 점잖은 노인 카토가 천둥처럼 그들을 꾸짖기 시작했다.

"이 무슨 해괴한 망동이냐, 게으른 영혼들아! 한시라도 빨리 산으로 올라가서 죄의 허물을 벗어버릴 생각은 않고 뭐하는 짓들이냐. 그렇게 해서 하느님을 뵐 수 있을 성싶으냐?"

그 말이 끝나기가 무섭게 영혼들은 비둘기 떼가 먹이를 찾아 모였다가 무서운 천적이 나타나자 먹이를 버려둔 채 도망가는 것처럼 비탈길을 향해 떠나갔다. 단테와 베르길리우스 역시 황급히 그들을 따라가기 시작했다.

The Vision of Ezekiel
Raffaello Sanzio 1518
Galleria Palatina (Palazzo Pitti), Florence

살아있는 자의 그림자

단테는 카토의 꾸짖는 소리를 듣고 참회하는 마음을 먹으면서 자신이 가고 있는 순례의 길을 다시금 마음 속에 되새겼다.

그가 연옥의 산을 향해 비탈길을 막 오르기 시작했을 때, 태양이 뒤를 쫓아 붉게 피어올랐다. 그와 동시에 단테 앞으로 그림자 하나가 나타났다. 그것은 다름 아닌 단테의 그림자였다. 단테는 자기 그림자만 있는 것을 보고 베르길리우스가 혹시 어디로 사라진 것이 아닌가 깜짝 놀랐다. 베르길리우스는 미소를 지으면서 살아있는 자에게만 그림자가 생기는 것이라고 설명했다.

그러는 동안 그들은 정죄산의 기슭에 다다랐다. 산기슭은 험준한 바위들이 깎아지른 언덕이어서 아무리 등반에 익숙한 사람이라도 과연 이곳을 오를 수 있을까 싶을 정도로 가파른 형세였다.

그 무렵, 그들이 걷는 절벽 왼편에서 한 무리의 영혼이 나타났다. 영혼들은 한 눈에 보기에도 움직이지 않는 것처럼 보일 정도로

Descent of Christ to Limbo
Andrea da Firenze 1365-68
Cappella Spagnuolo, Santa Maria Novella, Florence

발걸음이 무척 느린 편이었다. 베르길리우스가 물었다.

"오, 은혜롭게 생을 마친 선택된 영혼들이여! 그대들이 바라는 평화의 이름으로 묻습니다. 위로 올라갈 수 있는 길이 어디 있는지 좀 가르쳐 주십시오. 현자는 시간의 소중함을 알기에 쓸데없이 시간을 낭비하는 것을 가장 경멸하는 법이잖습니까."

영혼의 무리들은 우두머리가 이끄는 대로 따르는 양떼들처럼 다가오다가 단테의 그림자를 보고 깜짝 놀라 뒤로 주춤주춤 물러서기 시작했다. 베르길리우스가 그들을 안심시키면서 말했다.

"놀라지 마시길 바랍니다. 그대들이 보시는 것처럼 그것은 육신을 지닌 살아있는 사람의 그림자랍니다. 그렇다고 우리들이 하늘의 허락 없이 이곳을 지나려고 하는 것이 아님을 믿어 주십시오."

베르길리우스의 말을 듣고 그들은 손등으로 표시를 해 갈 길을 알렸다. 그때, 무리들 가운데에서 한 영혼이 단테를 향해 질문을 던졌다.

"혹시 이전에 저를 본 적이 있습니까? 저는 기억이 날듯 말듯합니다만..."

단테가 자세히 보니 그는 금빛머리를 가진 훌륭한 모습의 영혼이었다. 단테가 본 기억이 없다고 대답하자 그는 제 가슴 위에 난 상처를 내보이고는 웃으면서 입을 열었다.

"아아, 그렇습니까? 제가 잘못 본 모양이군요. 나는 황후 코스탄차의 손자 만프레디라오. 살아생전 교황께 파문을 받았지만 그래도 죽음을 맞는 순간에 회개하였기에 하느님께 용서를 받고 이처럼 연옥으로 향하는 무리 속에 끼게 된 것이지요. 그러나 파문을 받은 사람들은 죽는 순간에 용서를 받았다 하더라도 거룩한 기도의 도움이 없으면 세상에서 살았던 햇수보다 서른 곱절이나 더 고행을 쌓지 않으면 안됩니다. 그러니 당신께서 살아있는 자들의 세상으로 다시 돌아가시게 되거든, 내 사랑스런 딸을 찾아가 이 이야기를 전해주시고 나를 위해 기도해달라고 말씀해주십시오. 그러면 이 연옥의 비탈길에서 고행의 시간을 단축할 수 있답니다."

단테는 그 말을 듣고 연옥의 괴로움을 이해할 수 있을 것 같았다. 그때, "당신들이 물었던 길이 바로 여깁니다."라고 영혼들이 소리를 모아 외쳤다.

두 사람은 험준한 바위를 오르기 시작했다. 영혼의 무리에서 떨어져 걷는 길은 예전의 길보다 훨씬 좁았다. 게다가 가파르기 짝이 없었다. 기어가듯 간신히 베르길리우스를 쫓아가던 단테는 앞이 조금 트인 산마루에 이르러서야 비로소 한숨을 돌릴 수 있었다.

"대체 이 험한 벼랑길을 언제까지 가야 하는지요?"

"한 걸음이라도 더디 가서는 안 될 길이네. 자, 쉬지 말고 어서 나를 따르도록 하게."

베르길리우스가 엄하게 단테를 타이른 후, 두 사람은 계속해서 위를 향해 올라갔다. 그러나 산꼭대기는 도대체 어디에 있는 것인지 단테의 눈에는 보이지도 않았다. 베르길리우스는 산을 오르는 도중에 단테를 격려하기 위해 연옥에 대해 좀 더 자세히 설명했다.

"이 정죄산은 다른 산과는 다르네. 올라가기 시작할 때는 더없이 위험하고 험한 길이지만 점점 올라갈수록 편안해 지는 곳이네. 산을 오르는 일이 배를 타고 냇물을 따라 내려가는 것만큼이나 수월

Christ Leading the Patriarchs to the Paradise
Bartolomé Bermejo 1480
Institute of Hispanic Art, Barcelona

해지면 이 길의 끝에 다다르게 되어 고달픔은 달콤한 휴식으로 변하게 되는 것이지. 자, 내 말은 가식이 전혀 없는 진실뿐이니 그 외의 다른 말은 할 필요가 없겠네."

단테는 베르길리우스의 말을 어느 정도 이해할 수 있을 것 같았다. 그들은 연옥 입구의 첫 번째 산비탈을 거의 다 올라온 셈이었다. 이제 두 번째 산비탈을 오르기 위해 위를 올려다보았을 때, 그곳에 커다란 바위 하나가 툭 불거져 나와있는 것이 보였다. 바위 뒤로는 그늘이 있었고 그곳에 단정치 못한 모습으로 몇몇의 영혼이 할 일 없이 앉아 있었다. 단테가 그 모습을 보고 "스승이시여, 저들을 좀 보시지요. 아무리 게으름뱅이라 할지라도 저래 가지고서야 언제 이 산을 올라갈 수 있겠습니까?"라고 답답한 듯 소리쳤다. 그러자 피곤한 듯 앉아서 무릎 사이에 얼굴을 파묻고 있던 자가 퉁명스럽게 응수했다.

"그렇게 힘이 넘쳐나면 먼저 올라가면 될 일 아니겠소?"

순간, 단테는 그가 세속 일에나 영적인 일에나 모두 태만했던 악기 제작자 벨라카임을 알아보고는 웃음을 감추지 못했다.

"오, 벨라카여, 과연 이곳에서조차 우물거리는 겐가? 길잡이를 기다리고 있는 중인가, 아니면 게으른 옛 버릇 때문인가?"

한숨을 내쉬며 벨라카가 대답했다.

"자네가 그렇게 안타까운 어조로 얘기해 봤자 하나도 소용이 없네. 나는 죽기 전에도 버릇을 고치지 않고 태만한 생활을 계속했기에 이곳에서조차 기다려야만 하는 운명인 것일세. 누군가 나를 위해 기도해주지 않는다면, 그리고 그 기도가 하늘에 닿지 않는다면

High Altar of St Mary
Veit Stoss 1477-89
Church of St. Mary, Cracow

나와 동행할 천사는 영원히 찾아오지 않을 테니까.”

그때, 그들 뒤에 있던 한 영혼이 단테의 육신에 그림자가 드리워진 것을 보고 놀라면서 다른 자들에게 소리쳤다.

“모두 저기를 보시오. 저 사람의 뒤편에 그림자가 드리워져 있소. 더구나 저이의 발걸음은 마치 살아있는 자와 같지 않습니까?”

그 말을 듣고 무리들이 놀라는 눈초리로 단테와 그 뒤에 길게 늘어진 그림자를 쳐다보기 시작했다. 베르길리우스는 단테에게 그들이 뭐라고 말을 하든 간에 한눈팔지 말라고 주의했다.

그 무렵, 멀리서부터 참회의 성가인 ‘미세레레’, 즉 ‘주여 우리를 불쌍히 여기소서’라는 성가가 들려왔다. 멀리 산허리를 돌아서 이곳까지 다가오는 영혼들이 기도하며 부르는 노랫소리였다.

그들 역시 단테가 살아있는 자임을 금방 알아보았다. 단테의 그림자는 연옥 입구에 있는 모두에게 풀 수 없는 수수께끼나 마찬가지였다. 잠시 후에 무리의 심부름꾼인 듯 한 영혼 둘이 앞으로 나오면서 물었다.

“당신들이 어떤 분들인지 여쭤봐도 되겠습니까?.”

베르길리우스가 ‘단테는 살아있는 몸이며, 그가 세상에 돌아가면 이곳에 있는 이들의 자손들이 기도할 수 있도록 도울 것’이라고 대답하자, 모두가 다 번개보다 재빠르게 단테 곁으로 모여들었다.

이 가여운 영혼들은 단테에게 혹시 이 가운데 아는 자가 없는지, 있다면 자손에게 그들의 소식을 꼭 전해달라고 애원하기 시작했다.

“우리들은 모두 전사하거나 제 명에 죽지 못한 영혼들이랍니다. 숨을 거두기 전까지만 해도 죄 많은 영혼들이었지만 어느 순간 하느님의 빛이 우리의 눈을 뜨게 하여 참회를 용납하셨고, 그로 인해 그분과 화해할 수 있게 되었던 것입니다."

하지만 아무리 살펴봐도 아는 사람이 없었기에 단테는 평화의 이름으로 그들의 사정을 들어주도록 베르길리우스에게 간청했다.

그때, 몬테펠트로의 영혼이 앞으로 나와 아내 지오반나와 가족들이 자기를 위한 기도를 하지 않는다고 말하면서 자기의 소식을 전해 꼭 기도하게 해 달라고 단테에게 부탁했다. 그는 '이탈리아의 빛'이라고 불렸으며 평생을 용병으로 살았던 인물이었다. 단테는 몬테펠트로가 캄팔디노 전투에서 전사했으면서도 시신이 그곳에 없는 이유를 물었다.

"저는 카산티노에서 목이 뚫린 채 땅을 피로 물들이면서 맨발로 도망치고 있었습니다. 눈은 멀어 아무 것도 보이지 않는 상태였지요. 결국, 저는 성모 마리아의 이름을 부르며 숨을 거두고 말았습니다. 이때 벌어진 사정을 제 아내에게 똑바로 알려주십시오. 제 영혼을 하느님의 천사가 데려가려고 하자 지옥의 악마가 나타나서 외쳐대기 시작했습니다. '아니, 하늘에서 온 자여, 왜 그를 훔쳐가려는 거요? 고작 한 방울의 눈물과 기도 때문에 그를 내게서 빼앗아간단 말이요? 정 그렇다면 그가 지닌 영혼을 가져가시오. 나는 다른 부분을 가져갈 테니'라고 말한 후에 날이 저물자마자 구름을 덮어 비가 내리게 한 후에 내 시체를 아르노강에 밀어 넣었답니다. 그런 다음 악마는 내가 손을 모아 가슴 위에 십자가를 만들었던 것을 풀어헤치고는 자기의 꼬리로 내 몸을 휘감아버리고 말았습니다."

단테는 계속해서 세상에 돌아가거든 자기를 위해 기도해주도록

An Angel Frees the Souls of Purgatory
Ludovico Carracci 16...
Pinacoteca, Vatican

부탁하는 영혼들에게 감싸여 있었다. 이처럼 단테에게 간청하는 영혼들은 모두 이상한 죽음을 당한 사람들이었다. 단테는 이토록 많은 영혼들에게 부탁을 받는 것도 처음 있는 일이거니와, 살아있는 사람의 기도로 죽은 이의 영혼이 괴로움을 덜게 된다는 사실에 적잖이 고무되었다. 그래서 베르길리우스에게 "제 기억으로 스승님의 시구절 어딘가에 '기도가 하늘의 율법을 꺾을 수는 없다'고 말씀하신 것을 읽은 적이 있습니다. 그렇다면 이들의 소망이 쓸데없는 것이 아닙니까, 아니면 제가 스승님의 말씀을 이해하지 못하는 것입니까?"라고 물었다. 그러자 베르길리우스가 대답했다.

"내가 노래한 시는 살아있는 사람들이 제 아무리 기도를 하더라도 주님의 섭리를 변경할 수 없는 일이며, 오직 '죄의 용서를 빨리 해 주십시오'라고 망상에 가깝게 기원하는 데에 국한된 것일세. 그러므로 그 시구詩句는 하느님의 은혜가 닫혀버린 지옥과 나중에 은혜를 받게 되어있는 연옥에는 적용되지 않는 구절일세. 자, 이런 중요한 문제는 진리와 지성의 횃불인 그분을 만날 때까지 보류해두도록 하세. 저 꼭대기 위에서 베아트리체가 행복한 미소를 띠며 나타나는 그날까지 말일세."

단테는 베아트리체의 이름을 듣고 다시금 힘을 얻었다. 그래서 산허리를 넘어가는 해를 바라보면서 발걸음을 재촉하고 싶어졌다. 때 마침 베르길리우스가 단테의 마음을 알아채고는 '앞으로 산꼭대기에 오르기 전에 여러 번 태양이 다시 떠오르게 되는 광경을 보게 될 것'이라고 말했다.

Last Judgment Triptych
Hans Memling 1467-71
Muzeum Narodowe, Gdansk

망향의 계곡
기도하는 영혼들

　스승과 제자가 발걸음을 재촉해 다시 길을 떠나려 하고 있을 때, 그들 앞에 웅크리고 앉아 사자처럼 두 사람을 노려보고 있는 자가 있었다. 베르길리우스가 저 사람이 지름길을 가르쳐 줄 수 있을 것 같다고 말하면서 그에게 가까이 다가갔다. 그는 두 사람을 쳐다보지도 않은 채 제 생각에만 빠져있었다. 아무 말도 하지 않았지만 그의 눈에는 거만한 모습과 함께 위엄이 깔려있었다.

　좀 더 자세히 물어볼 요량으로 베르길우스가 단테의 고향이 만토바라고 말하자 갑자기 그가 벌떡 일어나면서 말했다.

　"정말이오? 이 사람이 진정 만토바 사람이란 말이오? 나는 그대와 같은 고향을 가진 소르델로라고 하오."

　소르델로는 이탈리아의 음유시인 가운데 가장 유명한 사람이었다. 수십 년만에 만난 친구마냥 반갑게 맞이한 그가 다시 당신들은 누구냐고 묻자 베르길리우스가 친절하게 대답했다.

Study of an Apostle's Hands
Albrecht Dürer 1508
Graphische Sammlung Albertina, Vienna

Pietà with two angels
Annibale Carracci 17th century
Kunsthistorisches Museum, Vienna, Austria

"나는 예수께서 탄생하시기 전에 희랍에서 돌아와 나폴리의 황제 옥타비아누스에 의해 장사 지내진 베르길리우스라고 합니다. 죄 지은 몸은 아니지만 신앙이 없었던 탓으로 천국을 잃었던 존재랍니다."

소르델로가 믿을 수 없다는 표정을 짓더니 정중하게 그를 포옹하면서 예를 갖췄다.

"오, 만토바의 영원한 보람이여! 라틴의 영광이신 분, 선생님 덕분에 우리의 언어가 시로 승화할 수 있는 모든 것을 완벽하게 표현할 수 있게 되지 않았습니까? 선생님을 이런 곳에서 만나 뵐 수 있다니 정말 기쁘기 짝이 없군요. 그런데 선생님은 지금 지옥에서 오시는 길인지요?"

"그래요, 당신 말대로 우리는 지옥의 모든 골짜기를 돌아 이곳에 도착한 것입니다. 이유야 어떻든, 할 수 있으시다면 우리에게 연옥의 문이 어디 있는지 가르쳐 주시겠습니까? 우리는 한시라도 바삐 그곳으로 가야 할 입장이랍니다."

"그러시다면 제가 동반해 안내해 드리겠습니다. 우리에게 정해진 장소는 없습니다. 산을 오르는 것도 자유롭습니다. 하지만 이미 해가 기울고 있으니 편안하게 하룻밤을 묵을 장소를 먼저 찾는 것이 우선일 듯합니다. 밤이 되면 아무도 산을 오를 수 없으니까요. 저기 오른쪽으로 영혼들의 무리가 있으니 괜찮으시다면 그곳으로 안내하겠습니다. 분명 그들도 기뻐할 것입니다."

베르길리우스는 편안히 쉴 수 있는 곳이라면 어디든 상관없다고 말한 후에 그를 따라 나섰다.

소르델로와 베르길리우스, 그리고 단테까지 합친 세 시인들은 산기슭을 향해서 걷다가 꼬불꼬불하고 울퉁불퉁한 샛길을 따라 자그마한 계곡에 다다랐다. 그곳은 형형색색의 아름다운 꽃들이 저마다 향기를 뽐내고 있는 장소였다. 그리고 그곳의 푸른 숲속에는 산기슭에선 잘 보이지 않던 영혼들이 '슬픔의 여왕이시여'라는 뜻의 '살베 레지나'(저녁 무렵 성당에서 부르는 마리아에 대한 간구의 기도)를 조용히 읊조리고 있었다.

소르델로는 무리들과 함께 섞여있기보다는 영혼들을 내려다 볼 수 있는 언덕으로 가자고 권유했다.

언덕에서 내려다 본 골짜기는 살아있을 때의 지위에 따라 자리의 상하를 따져 앉아있는 곳이었다. 그런 이유로 영혼들은 이 골짜기를 '군주의 골짜기'라고 부르고 있었다. 소르델로가 입을 열었다.

"이 언덕에서 저들을 주시하는 것이 골짜기에서 저들과 함께 하는 것보다 나을 것입니다. 보이십니까? 가장 높은 자리에 앉아서 다른 영혼들이 부르는 노래에 입 열기를 주저하는 자가. 그는 일찍이 이탈리아를 회복할 수 있는 높은 자리에 있었음에도 결국 이탈리아를 죽음으로 몰고 간 루돌프 황제입니다. 또한 그를 위로하고 있는 것처럼 보이는 인물은 오토칼인데, 참회한 군주로써 백성들에게 존경을 받았지만 어려서부터 호색과 게으름을 즐겼던 사람입니다. 저기 십자군 전쟁에서 적에게 보급로를 끊겨 후퇴하는 중 열병에 걸려 죽은 필립 3세도 모습이 보이고, 살아생전 검소한 생활을 한 영국의 헨리 왕과 윌리엄 후작도 보이는군요."

저녁 7시 무렵, 멀리서부터 하루의 끝을 알리는 종소리가 울려왔

Dante, guidato da Virgili
Jean-Hippolyte Flandrin 1835
Musée des Beaux-Arts, Lyon

다. 영혼 중 한 사람이 다른 이들의 시선을 사로잡은 채 두 손을 모아 만종의 기도를 올렸다. 그 모습이 무척 아름답고 노래하는 목소리가 너무나도 단아해서 단테는 잠시 자신의 처지를 잊고 그 소리에 도취되었다.

다른 영혼들 역시 눈을 하늘에 두고 경건한 마음으로 선행자의 기도와 노래를 따라 부르고 있었는데, 그때 끝이 둘로 갈라 진 불칼을 지닌 두 천사가 하늘에서 내려오는 모습이 보였다.

봄에 피어나는 새순처럼 맑은 녹색 옷을 입은 천사들 가운데 하나는 단테가 있는 곳에 내려앉고, 다른 천사는 계곡의 건너편 숲속에 날개를 접고 내려앉았다. 단테는 천사의 옷과 금빛머리를 보려고 애를 썼지만 그 얼굴이 눈부셔서 도저히 똑바로 쳐다볼 수가 없었다.

어두워지면 뱀들이 나타나므로 뱀으로부터 영혼들을 보호하기 위해 성모 마리아께서 파견한 천사들이라고 소르델로가 설명했다. 그 소리에 두려워진 단테가 베르길리우스의 옆으로 바짝 다가갔다.

"자, 이제 영혼들이 있는 곳으로 내려갑시다. 그들도 당신들을 보면 반드시 기뻐할 것입니다."라고 말하면서 소르델로는 두 사람을 계곡 밑 영혼들이 쉬고 있는 골짜기로 데려갔다.

단테가 몇 걸음 따라 내려갔을 때, 벌써 안면이 있는 영혼이 나타났다. 단테가 평소에 존경하던 법관 니노 비스콘티였다. 단테는 지옥이 아닌 연옥에서 니노를 발견했다는 사실이 참으로 기뻤다

"연옥의 망령들이 건너와야 했던 멀고 먼 여정을 통과하신지 얼마나 되셨습니까?"

니노의 물음에 단테가 "정상적인 과정을 거쳐 온 것이 아니라 지옥을 통과해 이곳에 온 것"이라고 대답하자, 소르델로와 니노는 놀란 얼굴로 단테를 잠시 쳐다보다가 불현 듯 근처에 있는 영혼 쪽을 향해 "쿨라도여. 어서 일어나 여기 하느님의 은총이 어떻게 행해졌는지를 보라!"고 외쳤다.

그리고는 다른 영혼들과 마찬가지로 자신의 딸이 자기를 위해 기도할 수 있게 해달라고 간절히 요청했다.

"심오한 도리로 모든 근본을 감추신 신의 이름으로 청하노니, 다시 세상에 나가시거든 제 사랑하는 딸 조반나에게 알려 주십시오. 죄 없는 자가 구원을 받을 수 있도록 아비 이름을 외쳐 기도해 달라고 말입니다. 그 애의 어미인 데스테는 재혼의 몸이 된 후 더 이상 저를 사랑하지 않습니다. 눈과 입이 항상 다정하지 않듯이 한 여인의 가슴 속에서 다시 사랑의 불이 붙는다 해도 오래 가지 않는다는 사실을 그녀가 만인에게 보여줄 것입니다."

그때, 소르델로가 풀과 꽃 사이를 스쳐지나 계곡을 향해 다가오는 뱀을 발견하고 소리쳤다.

"보세요, 저기 우리의 원수인 뱀이 나타났습니다."

그의 말이 끝나기도 전에 독수리가 순식간에 움직이듯 천사의 녹색 날개가 펄럭이자 뱀은 도망쳐 버렸고 어느새 천사도 다시 제 자리로 돌아가버렸다. 그런 소동이 있는 동안에 해는 아주 서산에 저버렸으므로 단테는 하루 동안의 피로를 풀 겸 팔을 베고 잔디 위에서 잠을 청하기 시작했다.

Angel of the Annunciation
Guido Reni 17th century
Landesmuseum für Kunst, Oldenburg, Germany

연옥의 문
신새벽의 꿈

　지상의 이탈리아에서는 동편에 여명이 밝아오는 새벽녘이라 할
무렵, 단테는 금빛 깃털의 독수리가 땅 위에 내려앉는 꿈을 꾸었다.
　그 큰 독수리는 하늘을 한 바퀴 선회하다가 별안간 하강하여 트
로이의 왕 트로스의 아들인 아름다운 청년 가니메데스 왕자를 채어
천국으로 날아가는 신비스러운 꿈이었다.
　그런데, 금빛 독수리가 또 다시 나타나 하늘을 빙빙 돌더니 갑자
기 번개처럼 단테 앞으로 내려와 그를 번쩍 들고선 위로 날아올라
마침내는 영원히 불타고 있는 세계로 데려가는 것이 아닌가. 그런
다음 독수리가 불길에 가까워질수록 몸이 뜨거워 견딜 수가 없는
지경이 되었고, 그 순간 단테는 꿈에서 깨어났다.
　자리에서 일어난 단테는 그가 한 번도 본 적이 없는 산에 와 있었
으므로 깜짝 놀라서 눈을 휘둘러 주위를 살폈다. 오직 그의 곁에 베
르길리우스만이 남아있는 것을 보고 의아한 생각이 들었다.

'분명 나는 계곡의 잔디밭에서 팔을 베개 삼아 잠들었는데 어째서 이런 산마루에 누워있게 된 것일까?'

그가 잠들어 있을 동안에 태양은 벌써 꽤 높이 떠올라 아침 여덟시가 지난 시각을 가리키고 있었다. 잠에서 깨어난 단테가 눈을 멀뚱멀뚱 뜨고서 주위를 살피자, 베르길리우스가 그를 안심시키며 말했다.

"놀라지 말게. 조금도 두려워 할 필요가 없네. 이미 우리는 정죄산 중턱에 와 있는 셈이니까. 자, 이제 곧 연옥문에 당도할 것일세. 저쪽 밖의 밑을 보면 바위가 갈라진 작은 틈이 보이지 않는가. 저곳이 바로 정죄산의 입구라네."

단테가 여전히 놀랍고도 의혹이 가득한 눈빛으로 자신을 바라보자 베르길리우스가 계속해서 말을 이었다.

"그대가 기이하게 여기니 상세히 말해 주겠네. 동이 틀 무렵, 여명의 시간이 밝았지만 아직 그대가 깊은 잠에서 깨어나지 않았을 때, 성녀 루치아께서 내려 오셨다네. 그분께서 내게 말씀하시기를 '저는 루치아입니다. 제가 단테의 여정이 수월하도록 도와드릴 것이니 잠들어 있는 그대로 데려가게 해 주세요.' 하시고는 소르델로를 비롯한 다른 영혼들과 일일이 작별을 고하시고 태양이 떠오르는 것과 동시에 그대를 감싸 안고 올라오신 것일세."

그제서야 의혹이 풀린 단테는 자신이 꾼 신비스런 꿈의 내용과 베르길리우스의 설명이 일치하는 것에 무척 놀랐다. 그리고는 더없이 기쁜 마음이 되어 마음속 두려움과 의혹의 빛이 점차 사라지는 것을 느꼈다.

베르길리우스가 다시 기운을 차린 단테를 보고 안심한 듯 그를 이끌고 비교적 수월해진 산길의 입구를 향해 올라가기 시작했다.

바로 그곳에 연옥문이 있었다. 연옥문에는 각각 색이 다른 세 개의 계단이 있었으며 그곳을 고해소의 사제와 같은 천사가 지키고 있었다. 천사는 번쩍거리는 칼을 손에 든 채 두 사람을 쳐다보았다. 단테는 두려운 마음에 감히 천사의 얼굴을 쳐다볼 엄두조차 내질 못했다. 돌계단 위에 서서 천사가 단테를 향해 말했다.

"당신들이 원하는 게 무엇인지 그 자리에서 말해 보시오. 안내자는 누구이며, 지금 어디를 향해 가는지도. 호위도 없이 위로 오르기만 하면 되는 줄 아는 모양이지만, 당신들에게 어떤 해로움이 닥칠지 모르니 매사에 조심해야 할 것이오."

베르길리우스가 나서서 침착한 어조로 대답했다.

"우리는 이 여정을 잘 알고 계신 성녀 루치아께서 이쪽으로 가면 문이 있을 것이라고 일러 주셔서 온 것입니다."

베르길리우스의 말이 끝나기가 무섭게 문지기의 태도가 정중하게 변했다. 그리고는 "오, 그분께서 당신들을 위해 지름길을 열어주신 것이라면 어서 속히 이 계단을 오르도록 하십시오."라고 말하면서 두 사람을 안내했다.

그리하여 두 사람은 안심하고 계단을 오를 수 있었다.

첫 번째 계단은 밝게 빛나는 하얀 대리석이어서 계단을 오르는 두 사람의 모습을 그대로 투영하고 있었다. 이곳은 개전改悛의 첫 단계이자 고해의 표상으로, 거울처럼 양심을 비추고 겸손하게 자신을 성찰하며 회개하는 곳이었다. 두 번째 계단은 감색보다 어둡고

The Assembly of Gods around Jupiter's Throne
Giulio Romano 1532-34
Sala dei Giganti, Palazzo del Tè, Mantua

Holy Trinity
Sandro Botticelli 1491-93
Courtauld Institute Galleries, London

표면에 균열이 난 고르지 않은 돌이었다. 이곳은 개전의 두 번째 단계이자 통회痛悔의 표상으로, 마음의 균열과 나약함을 자각하며 죄를 고백하는 곳이었다. 세 번째 계단은 혈관에서 뿜어져나오는 피처럼 새빨간 바위였다. 이곳은 개전의 세 번째 단계이자 속죄의 표상으로, 반암斑岩의 색깔은 예수께서 흘리신 보혈의 보상을 뜻하는 것이었다.

그 위에 하느님의 천사가 있었다. 천사는 금강석으로 만들어진 문지방 위에 앉아 있었다. 단테가 세 번째 계단에 오르자 베르길리우스가 눈짓으로 천사에게 직접 연옥문을 열어주도록 요청하라고 신호를 보냈다.

단테는 곧 무릎을 꿇고 경건한 자세로 참회하는 자의 기도인 "내 탓입니다, 내 탓입니다, 내 큰 탓 때문입니다."라는 구절을 읊조리면서 가슴을 세 번 두들겼다. 그러자 천사가 그의 이마에 번쩍이는 칼로 일곱 개의 표식을 새겨 주었는데, P(죄를 뜻하는 라틴어의 머리 글자)자로 새겨진 그 문자들은 일곱 가지 죄악(교만. 질투. 분노. 나태. 인색. 탐욕. 애욕)의 뿌리를 상징하는 것이었다. "자, 이제 안으로 들어가셔서 차례로 이 상처를 낫도록 하십시오."라고 말한 천사가 흰 옷에서 두 개의 열쇠를 꺼냈다.

"이 열쇠들은 성 베드로에게서 인계받은 것입니다. 금으로 된 열쇠는 예수님의 거룩한 피와 죽음에 의해 보상 되었기 때문에 열 수 있는 힘이 있고, 은으로 된 열쇠는 죄의 용서와 권세를 하느님께서 교회에 주신 것이기에 참회의 정신을 판별하는 힘이 있습니다. 만약 두 열쇠의 힘이 완전히 합치되지 않으면 연옥의 문은 열 수가 없

Concert of Angels
Gaudenzio Ferrari 1530-40
Santa Maria dei Miracoli

습니다.”

천사가 말을 마친 후, 두 개의 열쇠를 문 구멍에 넣고 돌리자 거룩한 문이 덜컥하고 열렸다.

천사는 “자, 어서 들어가십시오. 그러나 절대로 뒤를 돌아다보지는 마십시오. 만일 뒤를 돌아보면 밖으로 다시 나가게 된다는 사실을 명심하시길 바랍니다.”라면서 그들에게 길을 열어 주었다.

단테와 베르길리우스가 안으로 들어가자마자 문이 닫히고 자물쇠가 다시 채워지는 소리가 요란하게 들려왔지만 단테는 잠깐 놀라기만 했을 뿐 뒤를 돌아보지는 않았다.

어디선가 테 데움 te deum, 즉 ‘주여, 당신을 찬미하나이다’라는 찬미의 노래가 오르간 소리에 맞춰 들려오는 듯했다.

마침내 연옥 문에 들어선 두 사람은 바위의 좁은 틈으로 나 있는 오솔길을 따라 걷기 시작했는데, 그 길은 구불구불하기가 바다로 밀려왔다가 밀려가는 파도의 물결과 흡사할 정도였다.

단테는 베르길리우스의 격려를 받으며 정신을 바짝 차리고 천천히 나아갔고 아침 열 시가 다 되어서야 오솔길이 끝나는 지점에 다다를 수 있었다. 단테는 이미 물먹은 솜처럼 극심한 피로에 젖어 있었다. 그들이 도착한 곳은 바다가 내려다 보이는 절벽의 가장자리, 한적한 벼랑이었다. 또한 그곳은 황폐한 길보다도 더 적막한 장소였다.

절벽은 외곽과 내부의 간격이 사람의 키 세 배가량 되어 보였고, 수직으로 솟아 오른 벼랑은 그 누구도 오를 수 없을 만큼 가파랐다. 벼랑에서 좀 더 안전한 쪽으로 움직이기 전에 단테는 내부 절벽이

Christ as the Redeemer of Man
William Blake 1808
Museum of Fine Arts, Boston

하얀 대리석으로 뒤덮여 있으며 그리스의 조각가 폴리클리토스의 작품들은 물론, 자연마저도 초월할 만큼 완전무결하고 휘황찬란한 작품들로 가득 차 있음을 알았다.

우선 단테의 눈에 제일 먼저 들어온 작품은 예수의 탄생을 알리러 온 가브리엘 천사의 동상이었다. 천사는 지금이라도 입을 열고 마리아에게 수태고지를 할 것 같이 생생하게 조각되어 있었다.

그 다음은 온유하고 겸손한 모습의 성모 마리아 조각상이었다. '은총이 가득하신 마리아여'를 부르는 대천사의 찬미 소리와 '주의 종이 여기 있나이다'라고 고하는 성모의 대답이 조각상 아래에 아름답게 새겨져 있었다.

이밖에도 '성스러운 언약궤'를 운반하는 다윗 왕의 모습과 로마 황제 트리야누스가 위대한 승리를 거둔 후 말 위에서 기사들과 병정들의 무리에 둘러싸여 있는 모습 등이 더 할 나위 없는 솜씨로 훌륭하게 조각되어 있었다.

Madonna and Child with an Angel
Sandro Botticelli 1470
Isabella Stewart Gardner Museum, boston

교만한 자들의 짐

단테는 무엇인가 꿈틀대면서 다가오고 있는 것을 느끼고 베르길리우스에게 말했다.

"제 눈에 확실하게 보이지는 않습니다만, 우리를 향해 다가오고 있는 것이 사람인지 아닌지 모르겠군요."

베르길리우스가 대답했다.

"나도 처음엔 도대체 무얼까 궁금했는데 알고 보니 고통에 짓눌려 땅을 향해 몸을 구부리고 있는 자들이라네. 자세히 둘러보도록 하고 특히 바위 밑에 있는 자들을 눈여겨보게. 바위를 등에 진 채 '내 탓이오'라면서 가슴을 치는 그들의 모습이 보일 걸세."

과연 그들의 모습은 천장이나 지붕을 받치기 위해 무릎을 가슴에 대고 구부린 형태였다. 더구나 구부린 등으로 짐을 지고 있었으며 짐의 무겁고 가벼움에 따라 무릎의 굽힘이 많거나 적거나 했다.

베르길리우스는 저들이 살아생전 자신의 힘만 믿고 안하무인격으로 날뛰거나, 재능이나 권력을 빌미로 사람들을 얕보던 자들이라 저처럼 머리를 숙이고 짐을 지는 것이라고 설명했다. 그 고통이 얼마나 힘겨운 것인지 인내심이 남 달리 뛰어난 영혼들조차 '더 이상 견딜 수 없도다.'라고 울부짖고 있는 듯했다.

이 속죄의 무리는 천천히 걸으면서 '하늘에 계신 우리 아버지, 아버지의 이름이 거룩히 빛나시며, 그 나라가 임하시어 아버지의 뜻이 하늘에서와 같이 땅에서도 이루어지소서!' 라는 주기도문을 구절구절 읊조리고 있었다. 그러다가 주기도문 후반부에 가서는 자신들 뿐 아니라, 다른 이들을 위해서도 기도했다. 하지만 그것은 연옥의 영혼들은 다른 사람들을 위해 기도하지 못한다는 단테의 지식과는 어긋난 행위였다. 그럼에도 불구하고 단테는 그들의 기도 끝 부분에서 깊은 감명을 받았다.

"나날의 양식을 오늘도 우리에게 주옵소서. 그것 없이는 이 거친 광야를 나아가고자 하는 우리가 더욱 괴로워져서 뒷걸음질 치게 되옵니다. 우리에게 잘못한 이를 우리가 용서하는 것처럼, 우리를 자비롭게 용서하시고 우리의 허물을 너그러이 여기소서. 또, 죄를 범하기 쉬운 우리를 원수가 시험하지 말게 하시고 악으로부터 우리를 구하소서. 주여, 우리가 드리는 이 기도는 기도의 보람조차 없어진 우리 자신들을 위함이 아니요, 오직 우리 뒤에 남아있는 자들을 위함이옵나이다."

이처럼 겸손한 기도를 올리며 속죄하는 영혼들은 저마다 짊어진 괴로움의 무게는 달랐지만, 연옥의 첫 번째 언덕 둘레를 올라가면서 속세의 업을 서서히 씻어내고 있었다. 베르길리우스는 그 영혼

Delivery of Keys to Saint Peter
Vincenzo Catenai 1520
Museo Nacional del Prado, Madrid

들을 바라보면서 그들이 하루속히 천국에 오르기를 기원하고 나서 두 번째 언덕으로 올라가는 길이 어느 쪽인가를 물었다. 영혼의 무리 가운데 하나가 앞으로 나오면서 대답했다.

"우리와 함께 오른쪽 언덕으로 오르십시오. 그러면 살아있는 자도 쉽게 오를 수 있는 길을 찾을 수 있답니다. 나는 교만의 죄를 다스리는 이 바위 때문에 얼굴을 숙이고 있어야 하는 운명이지만 만약 그렇지 않다면 이 고통스러움을 동정하시는 저 살아계신 분의 모습을 뵐 수 있으련만..."

영혼은 이렇게 한숨을 토하고는 자신의 신원을 밝혔다.

Madonna and Child with St Anne
Battista Caracciolo 1633
Kunsthistorisches Museum, Vienna

"나는 라틴 사람이며 위대한 코스카나인의 아들이었습니다. 굴리엘모 알도브란데스코가 내 선친이신데, 혹시 당신들도 알고 계실지 모르겠습니다. 조상의 오랜 혈통과 고귀한 업적을 등에 업고 너무 거만한 행동을 했기에 가족은 물론, 나를 아는 친지들까지 모두 재앙 속으로 끌어넣게 되었습니다. 그러기에 하느님께서 만족하실 만큼 짐을 지고 다니는 것이랍니다. 아직 살아있을 때 하지 못했던 의무를 죽은 다음에야 이행하고 있는 셈이지요."

단테는 그의 말을 들으면서 얼굴을 보기 위해 고개를 숙였을 때, 굴리엘모 곁에 있던 영혼이 몸을 비틀면서 단테를 알아보고는 힘겨운 눈길을 보냈다. 단테는 그가 이탈리아의 유명한 화가였던 것을 한눈에 알아보고는 "아, 당신은 저명했던 채색화가 치마부에가 아닙니까? 살아생전 아굽비오의 영광이요, 화가들의 자랑이라 불리웠던 분이 아니신가요?"라고 칭찬하자 그가 눈길을 거두며 힘겹게 대답했다.

"훌륭한 예술가라니요, 당치도 않은 말씀입니다. 오히려 볼로냐의 지오토가 훨씬 위대한 화가였고 제 작품은 그의 작품세계의 일부에 불과했습니다."

단테는 그 말을 들으면서 평소 사람들을 겸손하게 대하는 것이 얼마나 소중한 일인가를 깨달았을 뿐 아니라, 이들이 그 사실을 깨닫고 과오를 속죄하고 싶은 마음이 얼마나 사무쳐있는지도 확실히 알 수 있었다. 생전에 교만했던 죄를 뉘우치면서 산을 오르는 무리와 함께 걷는 단테의 모습 역시 멍에를 짊어지고 걸어가는 한 마리 황소와도 같았다.

베르길리우스는 죄를 보속하는 장소인 연옥에서는 되도록 빨리 걷는 것이 좋다고 주지하면서 "저 아래, 발 밑의 바위 길을 보게. 그걸 보면 분명 그대의 여행이 더 편해질 것이네." 라고 일렀다.

그곳은 교회 바닥에서 흔히 볼 수 있는 무덤이었다.

무덤마다 그곳에 묻힌 사람의 인생이 음각되어 있었다.

하나 같이 절묘한 솜씨로 묘사된 조각들은 하느님께 교만한 죄로 하늘로부터 내쳐져 지옥으로 떨어진 루시펠의 모습을 비롯해 숱한 그림들로 새겨져 있었다.

루시펠에 이은 두 번째 그림은 제우스의 번개를 맞고 땅바닥에 자빠진 브리아레오스, 태양신 아폴로와 아테네의 별명이라 일컬어지는 미네르바, 그리고 마르스가 지켜보고 있는 가운데 죽임을 당하는 거인들, 바벨탑 밑에서 언어를 잃고 혼란에 빠진 사람들을 바라보고 있는 니므롯, 열네 명이나 되는 자식들이 죽은 모습을 보는 고통스런 얼굴의 니오베, 길보아 산에서 제 칼로 죽은 사울 왕, 미네르바가 짜는 베틀 위에서 거미로 둔갑한 아라크네, 마차를 타고 겁에 질린 채 도망치는 르호보암, 치명적인 목걸이 때문에 자식에게 살해된 에리필레, 신을 모독한 죄로 자식들에게 죽임을 당한 앗시리아의 산헤립, 토미리스 왕비에게 살해당한 페르시아의 키로스, 유다의 고을에 침입했다가 살해당한 홀로페르네스, 그리고 마지막은 폐허가 되어 잿더미만 남은 트로이 성의 모습이었는데, 이 모든 그림들이 너무나 분명하고 세밀하게 조각되어 있어서 죽은 자는 정말 죽은 것 같고, 산 자는 정말 살아있는 것 같은 모습이었다.

단테는 사람들이 교만함에서 자신을 지키기 위해서는 이 그림이

The Three Archangels with Tobias
Francesco Botticini 1470
Galleria degli Uffizi, Florence

묘사하는 장면들을 보고 가슴 깊이 명상해야 한다고 생각했다.

그때, 베르길리우스가 이쪽으로 다가오고 있는 천사를 바라보라고 말했다.

과연 베르길리우스가 가리킨 곳에 흰옷을 입고 샛별처럼 반짝거리는 얼굴로 날아오는 천사의 모습이 보였다.

"자, 이리로 오십시오. 이쪽에 계단이 있으니 지금부터는 수월하게 오르실 수 있을 것입니다."

천사는 두 사람을 계단이 있는 바위 틈새로 인도한 다음, 날개로 단테의 이마를 건드려 한 개의 상처를 지워 없앴다. 그러자, 단테는 자신의 몸이 훨씬 가벼워짐을 느꼈다.

그걸 본 베르길리우스가 이마에 있는 일곱 개의 상처가 하나씩 지워질 때마다 몸이 가벼워져서 종국에 모두 없어지게 되면 힘든 것을 전혀 느끼지 않는 완전한 몸이 될 것이라고 말했다.

질투에 눈먼 영혼들

St Matthew and the Angel
Caravaggio 1602
Formerly Kaiser-Friedrich-Museum, Berlin

정오가 지날 무렵, 단테와 베르길리우스는 천사의 인도하심에 따라 두 번째 언덕으로 향하는 입구의 계단에 올라섰다. 거기에서 바라보니 처음의 언덕길과 마찬가지로 꾸불꾸불한 길이 나 있는데, 절벽의 길과는 달리 화려한 한 점의 조각도 없이 희미한 색깔만을 띤 채 어슴프레 드러나 있었다.

길의 모습은 마치 자연의 아름다움을 시기하며 질투하고 있는 것처럼 보였다. 두 사람이 한 마장은 족히 될 만한 거리를 걸어갔을 때, 제 모습은 드러내지 않은 채 사랑의 향연에서 정중한 어조로 오가는 영혼들의 목소리가 들려왔다. 한 영혼이 큰 소리로 "술이 떨어졌어요."라고 가나의 혼인잔치에서 마리아께서 말씀하신 것처럼 외치자, 친구 대신 죽음을 자청했던 필라데스의 영혼이 "나는 오라스테스요."라고 화답하더니, 이어서 또 다른 영혼이 예수께서 제자들에게 말씀하신 것처럼 "원수를 사랑하고 너희를 박해한 자들을 위해 기도하시오."라고 소리쳤다.

베르길리우스가 단테에게 '이 장면들은 질투로 인해 빚어진 죄악을 어떻게 정화했는지, 그 실례를 보여준 것'이라고 알려주었다.

"질투의 죄가 자신을 채찍질하는 것이네. 자기를 반성하고 그 무서움을 깨닫는 소극적인 조치만으로는 이 죄에게서 빠져나갈 수 없네. 그러니 질투의 채찍질에서 선을 도출하는 방법은 무한한 사랑의 호의밖에는 없네. 자, 그대는 세 번째 계단에 도착하기 전까지 이 억제의 장면을 여러 번 보게 될 걸세."

단테가 베르길리우스의 설명을 듣고 앞을 바라보니 그곳에 바위의 빛깔과 다름없는 망토를 걸친 영혼들의 모습이 보였다.

그들은 "성모 마리아여, 우리를 위해 자비를 베푸소서." "성 미카엘이여, 우리를 위해 자비를 베푸소서." "성 베드로여, 우리를 위해 자비를 베푸소서." "모든 성인들이여, 우리를 위해 자비를 베푸소서."라는 기도를 끊임없이 드리고 있었다.

그들 곁으로 가까이 다가갔던 단테는 그들의 속죄의 고행을 보고 견딜 수 없이 무거운 고통을 느껴 울음을 터뜨리고 말았다.

그들은 남루한 외투를 걸친 채 서로 어깨를 떠받치고 체중을 언덕에 의지하고 있었다. 그것은 면죄부의 날, 동냥을 구걸하기 위해 교회의 문 앞에 서있는 맹인들과 흡사한 모습이었다. 그들은 장님이라도 되려는 양, 눈썹에서부터 눈꺼풀 전체를 한 가닥 철사로 꿰매어 봉해놓고 있었다. 그들은 스스로 하느님의 은총인 빛을 애써 거절하려는 것 같아 보였다. 단테가 그들 가운데 이탈리아 사람이 있는지 묻자, 그들 중 한 영혼이 말했다.

"나는 시에나 사람이며 이름은 소피아라고 합니다. 지혜라는 뜻의 이름을 가졌지만 결코 현명하지 못했을 뿐만 아니라, 나 자신의 행운보다도 오히려 남이 잘못되는 것을 훨씬 더 기뻐했지요. 그래서 이 영혼들의 무리와 더불어 하느님께서 우리에게 임하시도록 눈물로 간구하며 죄스러운 삶을 씻어내고 있는 중이랍니다."

그때, 저희들끼리 "아니, 죽음을 맞이한 것도 아니면서 우리가 있는 산을 돌아다니고 제 뜻대로 눈을 떴다 감았다 하는 저 사람들은 누굴까?" "글쎄, 누군지는 모르겠지만 보아하니 혼자는 아닌 모양일세. 자네가 더 가까이 있으니 직접 물어 보게나."라는 말을 주고받다가 단테에게 물음을 던지는 영혼이 있었다.

"육체를 그대로 지닌 채 하늘로 향하시는 분이여! 은총을 입으신 자비로움으로 우리에게 가르쳐 주십시오. 당신은 어디서 오신 누구십니까? 이제껏 없던 일이라 우리는 이를 허락하신 주님의 은총에 심히 놀라고 있습니다."

그러나 자신은 별로 알려져 있지 않은 인물이기 때문에 이름을 밝힐 필요는 없을 것이라고 단테가 겸손하게 대답했다.

단테가 그들 곁을 떠나 베르길리우스와 함께 다시 걸음을 옮겨 좀 더 앞으로 나아갔을 때, 갑자기 하늘이 찢어지는 듯한 벼락이 내리치면서 천둥 같은 소리가 들려왔다.

"누구든지 나를 만나는 자, 나를 죽이리라."

그런 다음, 소리가 흩어져 순식간에 구름 속으로 삼켜져 버렸다. 그것은 카인이 아벨을 시기하여 죽인 후, 하느님이 보이지 않는 곳을 골라 헤매었으나 늘 뇌성번개가 따라다녀 그가 있는 곳이면 어디든 하느님이 지켜보고 계신다는 것을 깨우쳐 주는 모습이었다. 이윽고 똑같은 폭음이 나면서 "나는 돌이 된 아글라우로스다."라고 외치는 소리도 들렸다. 그 소리는 메르쿠리오스 신의 사랑을 독차지한 여동생 헤르세를 시기하다가 돌로 변한 아테네 왕의 장녀 아글라우로스의 목소리였다.

단테가 깜짝 놀라며 베르길리우스의 오른팔을 붙잡았다.

얼마 후, 주위가 다시 잠잠해지자 베르길리우스는 단테에게 그것이 뜻하는 바를 설명하기 시작했다.

"저 소리들은 인간에게 본분을 깨닫게 하기 위한 준엄한 재갈이며, 인간이 제 분수에서 벗어나지 않도록 가두어 놓는 울타리라네.

Cain and Abel
Pietro Novelli 17th
Galleria Nazionale d'Arte Antica, Rome

세상에서 하느님이 올바른 길을 보이시고 정의로움을 보여주셔도 사람들이 악마의 낚시바늘에 걸려 달콤한 이기심만을 탐낼 뿐, 도통 하늘의 재갈을 두려워하지 않으니 만물을 다스리시는 하느님의 책벌을 면할 길이 없는 것이라네."

어느덧 해가 서산에 완전히 지기까지 세 시간밖에 남지 않은 시각이 되었다.

단테가 하루 종일 하늘의 눈부신 태양빛을 몸에 받아 머리가 무겁고 멍멍해질 무렵, 눈앞에 갑자기 눈부시게 빛을 발하는 한 줄기 광선이 반사되는 것을 보았다.

베르길리우스는 빛의 주인공이 그들을 또 다시 이끌어주기 위해 나타나신 천사라고 일러주었다. 단테가 베르길리우스와 함께 천사가 있는 곳으로 다가가자 "이제까지 그대들이 걸어오신 길 보다 오르기 쉬운 이곳으로 오셔서 계단을 올라가세요."라고 천사가 말했다. 그들이 계단을 막 오르기 시작했을 때, 뒤에서부터 영혼들의 노랫소리가 들려왔다.

"자비를 베푸는 자는 복이 있도다."

"기뻐하라, 크게 기뻐하라, 질투를 느낀 그대여!"

단테가 노래를 부르는 영혼들의 모습에 감화되어 애틋한 표정을 짓자 베르길리우스가 말했다.

"그대의 상처는 스스로 괴로워함으로 낫는 상처이니 충분히 가슴 아파하게. 교만과 질투의 죄를 나타내는 두개의 P자가 지워진 것처럼, 나머지 상처가 모두 낫게 되면 베아트리체를 만날 수 있을 것이네."

The Blessed Virgin
Bernardo Cavallino 1650
Pinacoteca di Brera, Milan

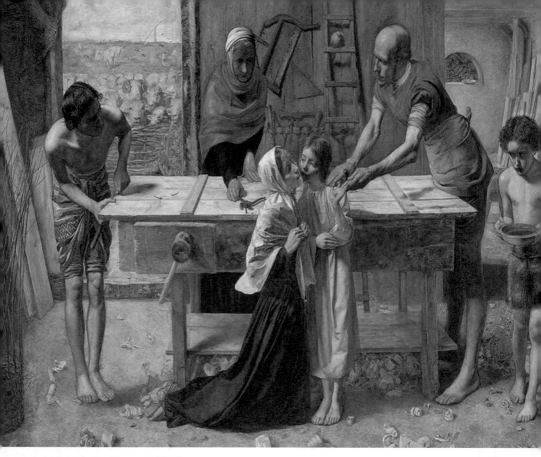

Christ in the House of His Parents
John Everett Millais 1849~50
Tate Britain, London

분노의 파멸

연옥의 두 번째 언덕을 넘어 세 번째 언덕에 도달했을 때, 단테는 하나의 환상에 사로잡혀 있었다. 그는 정신이 아른한 채 바로 눈앞에서 아름다운 성전을 보았다. 그곳에는 수많은 학자들이 매우 어려보이는 소년과 이야기를 나누고 있었다. 그때, 한 여인이 성전으로 들어오더니 소년에게 상냥하게 소곤거렸다. "아들아, 어찌하여 우리에게 이같이 행동하는 거니? 네 아버지와 내가 얼마나 너를 찾아 헤맸는지 아니?"라고 말을 건네고는 갑자기 사라져버렸다. 이 환상은 열두 살 어린 예수가 예루살렘에서 학자들과 문답을 나누고 있을 때, 아들을 찾아 헤매던 성모 마리아가 아들과 상봉한 후 다정하게 말을 건네는 장면이었다. 이 환상이 끝나기가 무섭게 이번에는 페이시스트라토스의 아내가 나타났다. 그녀는 눈물을 머금은 채 "신들의 전쟁터였고, 또 그로 인해 모든 학문이 찬란히 빛났던 아테네의 군주 페이시스트라토스여! 우리의 딸을 껴안던 저 무엄한 자의 팔을 잘라 복수하여 주소서."라고 간청하기 시작했다.

그러자 페이시스트라토스가 온화한 얼굴에 부드럽고 차분한 목소리로 이렇게 대답했다.

"우리가 우리에게 사랑을 나타낸 사람들을 탓한다면, 우리를 해치려는 사람들에 대해서는 어떤 조치를 할 수 있겠소?"

이어서 단테에게 나타난 마지막 환상은 분노한 군중들이 한 사내를 둘러싸고 그를 죽이려는 광경이었다. 사내는 기독교의 첫 번째 순교자 스테파노였다. 그는 짓누르는 죽음의 무게를 견디지 못하고 머리가 땅에 쓰러져 있었지만 고통 속에서도 하늘을 향해 박해자들을 용서해 달라는 기도를 하염없이 드리고 있었다.

하느님이 환상을 통해 단테에게 알려주려는 것은 바로 온화함의 모범이었다. 그것은 바로 하느님이 바라시는 평화의 샘이요, 연옥에 머무르고 있는 영혼들의 마음을 변하도록 알려주는 표식이었다.

그러는 동안 주위는 점점 어두워져 간신히 언덕 길 앞이 보일 정도가 되었다. 이때, 피할 겨를도 없이 캄캄한 연기가 두 사람을 덮쳤다. 순식간에 온 주변을 휘감은 연기는 지옥의 어둠, 혹은 먹구름이 잔뜩 낀 밤의 어둠처럼 칠흑 같이 어두웠다.

단테는 주위를 분간할 수 없게 되어 마치 장님이 걸어가는 형상이 되자 오직 베르길리우스에게 의탁해 걸어갈 수밖에 없었다. 그때, 칠흑 같은 어둠을 뚫고 영혼들의 노래가 들려왔다. 노래의 정체는 평화와 자비를 구하는 기도소리였다.

"천주의 어린 양, 세상의 죄를 용서하시는 주여, 우리를 불쌍히 여기소서."라는 그들의 기도소리가 아름다운 하모니를 이루면서

Martyrdom of St Stephen
Giorgio Vasari 1560
Pinacoteca vaticana, Vatican

평화로운 음률을 만들어 냈다. 이는 분노의 매듭을 푸는 기도였다.

작은 일에도 걸핏하면 화를 내던 영혼들이 모두 함께 소리를 맞춰 정연하게 기도를 올리면서 자신들의 멍에를 벗기 위해 애쓰고 있는 것이라고 베르길리우스가 말했다.

"아니, 당신들은 누구시길래 마치 살아있는 자처럼 우리에 대해서 이야기하며 지나가고 있습니까?"

불현듯 기도를 올리는 무리에 있던 한 영혼이 말을 걸어왔다.

단테가 곧바로 대답했다.

"연옥에서 하루속히 천국에 이르고자 열심히 기도하고 있는 분이여! 우리를 쫓아오신다면 궁금한 이야기를 들을 수 있을 테니 따라오겠습니까?"

"이곳의 영혼들은 연기 속에 머무르지 않으면 안 되는 운명이지만, 허용되는 범위까지 당신을 따라가겠습니다. 연기 때문에 서로의 모습은 보이지 않아도 목소리는 들을 수 있으니까요."

그렇게 해서 단테는 영혼과 함께 이야기를 나누기 시작했다.

"저는 보시는 바와 같이 죽으면 없어질 육체를 지닌 채 이곳을 지나가고 있답니다. 저와 제 스승님은 이미 지옥을 거쳐 이곳으로 왔지요. 그런데 당신은 누구신지, 또 우리가 지금 어느 쪽으로 가고 있는 것인지 아시는 대로 말씀해 주시면 좋겠습니다."

"저는 롬바르디아 가문의 마르코라고 합니다. 저는 세상에 있을 때, 다른 이들과는 달리 덕을 사랑했지요. 세상 사람들은 덕을 별로 탐탁지 않게 여기지만 여기에서는 여간 소중한 덕목이 아니랍니다. 덕분에 죄 많은 몸이어도 이렇게 주님의 은총을 받고 있으니까요.

위로 오르려면 그냥 곧바로 가십시오. 길의 끝자락이 계단으로 통한답니다. 그건 그렇고, 만약 세상에 다시 나가시게 되면 저를 위해 잊지 않고 기도해 주실 것을 부탁드려도 되겠지요?"

단테는 그의 부탁을 흔쾌히 들어 주면서 다시 한마디 덧붙였다.

"당신의 소원을 들어드리겠습니다. 그럼, 제 의문도 풀어주시지 않겠습니까? 지금 살아있는 자들의 세상에서는 당신이 소중하게 생각했던 덕은 어디론가 모조리 사라지고, 오직 악한 행위들만 무성하니 어찌된 일인지 모르겠습니다. 도대체 무슨 연유로 그런 건지 원인이 하늘의 섭리 때문인 것인지 아니면 땅에 속한 운명 같은 것인지 도통 모르겠습니다."

"아직까지 당신이 살고 있는 세상은 진실을 보지 못하는 장님들의 집단이라 해도 무리가 아닙니다. 사람들은 좋은 일이나 나쁜 일이나 모두 하늘의 탓으로 돌리고 있지요. 하지만 생각해 보십시오. 만약 그 말이 옳다면, 인간에게는 자유로운 판단 의지가 없다는 말이 아니겠습니까? 그러다 보면 좋은 일에 기뻐하고 악한 일을 미워하는 정의도 없어 질 테고, 굳이 선과 악을 구별하는 자유 의지가 인간에게 주어진다 해도 무슨 소용이 있겠습니까? 모두 다 하늘 탓만 하게 될 텐데요. 세상이 잘못되어 가는 원인은 오로지 인간 자신에게 있는 것이랍니다."

단테는 마르코의 말을 듣고 과연 그렇다는 생각이 들어 이야기를 계속하고 싶었으나 마르코는 이미 네 번째의 언덕 길목에 천사가 지키고 서있는 모습을 보고 서둘러 그의 곁을 떠나고 말았다. 단테와 베르길리우스 역시 마르코의 영혼과 헤어져 산 위의 안개를 뚫

St Matthew and the Angel
Vincenzo Campi 1588
San Francesco d'Assisi, Pavia

고 태양빛이 스며드는 상쾌한 장소로 나오게 되었다.

그때, 단테는 네 번째 언덕으로 통하는 입구인 그곳에서 분노의 대가를 치르는 몇 가지 환상을 목격할 수 있었다.

먼저 종달새로 변한 프로크네가 나타났다. 그녀는 여동생 필로멜라가 테레우스 왕에게 능욕을 당하자 이를 복수하기 위해 테레우스와 위장결혼을 한 다음, 테레우스 왕과의 사이에서 태어난 자신의 아들을 죽여 남편에게 그 육신을 먹게 만든 독살스러운 여인이었다.

그 다음에 나타난 것은 하만이었다. 그는 페르시아의 왕 크세르크세스의 신하로, 모든 이가 자기를 우러러보는데도 유독 이스라엘 사람 모르드게만이 외면하자 그를 죽이려 한 자였다. 그러나 이 사실을 알게 된 왕비 에스더의 계략에 의해 모르드게 대신 자기가 십자가에 못 박혀 죽었다.

분노의 예로 떠오른 마지막 환상은 딸 라비니아로부터 버림받아 자살한 아마타의 모습이었다. 아에네이아스가 라티움을 침공했을 때, 라티누스의 여왕 아마타는 그의 딸 라비니아가 정복자의 아내가 될 것을 예견하고는 분노를 이기지 못해 자살한 인물이었다.

단테가 환상을 통해 본 분노의 세 가지 유형은 세 번째 언덕에서 보았던 온화로운 환상들과 좋은 대조를 이루었다.

어느덧, 안개가 걷히고 한 줄기 빛이 얼굴을 비추자 잠에서 막 깨어난 사람처럼 단테는 환상의 세계로부터 정신을 가다듬었다. 단테는 자신의 위치가 어디인지 확인하기 위해 주위를 돌아 보았다. 그때 "이쪽으로 오르십시오."라는 천사의 소리가 들려왔다. 단테가

그 소리의 주인공을 보기 위해 얼굴을 돌렸으나 태양을 마주 보는
것처럼 눈이 부셔서 차마 쳐다볼 수가 없었다.

"이분은 하늘의 영혼이시네. 우리가 굳이 청하지 않아도 우리의
길을 인도하시지. 그러나 자신은 늘 빛 속에 계신다네. 자, 어둠이
오기 전에 서둘러 오르도록 하세. 늦어지면 다 못 오를 것 아닌가."

베르길리우스가 단테를 채근하면서 말했다. 그들은 계단을 향해
걸었고, 계단의 첫 층계를 밟자마자 천사의 날개가 단테의 얼굴에
바람을 일으키며 이마에 난 상처를 또 하나 씻어 주었다. 그와 동시
에 "평화를 실현하는 사람들은 복이 있도다. 그들은 사악한 분노에
휩쓸리지 않을 것이니."라는 기도소리가 들려왔다.

Dante e Beatrice nel giardino di Boboli
Raffaele Giannetti 1877
Newport Museum and Art Gallery

Winged Man, in Idealistic Clothing, Playing a Lute
Albrecht Dürer 1497
Staatliche Museen, Berlin

사랑의 베풂에 게으른 자들

　네 번째 언덕에 이르자, 두 사람의 몸은 해안에 도착한 배처럼 더이상 움직이지 못할 지경이 되었다. 밤은 더욱 가까이 다가와 마지막 햇빛이 산꼭대기를 넘어가고 있었다. 그동안 사방에서 온갖 별들이 모습을 드러내기 시작했다. 단테는 무슨 소리가 들리지 않을까 주변을 향해 귀 기울여 보았지만 들리는 것은 아무 것도 없었다. 갑자기 다리에 힘이 쭉 빠지는 듯한 느낌을 받아 자리에 주저앉으면서 단테가 물었다.

　"네 번째 언덕에서는 어떤 영혼들이 속죄하고 있습니까?"

　"이곳은 살아생전 옳은 일인 줄 알고 있으면서도 자진해서 행동으로 옮기지 않았던 나태한 영혼들이 모여있는 장소일세. 사실 사람의 마음이란, 자연스런 욕구에 따라서 움직이기도 하고 자유의사에 따라서 움직여지기도 하는 것이 아니겠는가. 그런데 문제는 사람들이 제 뜻에 따라서 움직이는 후자의 경우일 때 발생하네. 그렇게 되면 선택한 방법에 따라 잘못된 길로 들어서게 되기도 하는 것이지. 이같은 욕구가 악으로 기울거나, 지나치게 선을 고집한다거나, 아니면 너무 등한시 할 경우가 될 때 창조주를 거스르는 행위가되는 것이라네. 우리가 좀 더 깊이 생각해야 할 것은 사랑도 자기 본위에 치우치면 미움으로 변할 수 있다는 점일세. 여기에 세 가지 경우가 있을 수 있지. 첫째, 교만한 자가 남보다 훌륭하게 되고 싶다는 욕구를 다스리지 못할 때. 둘째, 질투와 시기심이 강한 자가 남이 잘되는 것을 싫어하여 자신을 망칠 때. 그리고 마지막으로 걸핏하면 분노를 이기지 못하는 자가 남에게 해를 입고는 금세 복수하려고 날뛸 때의 경우라네. 이 세 가지 경우를 우리는 이미 지나온 언덕을 통해서 충분히 보고 우리 역시 속죄하면서 온 것이 아니겠는가. 여기 네 번째 언덕은 남에게 사랑을 베풀기를 게을리했던 자들에게 진정한 욕구를 갖추도록 격려하는 곳이라네. 그런데 한 가지 명심해야 할 점이 있네. 세상에선 행복한 것으로 보였지만 진정한 행복이 아닌 것이 존재한다는 점일세. 즉, 지나친 욕구와 이의 충족은 항상 좋은 것만은 아니어서 반드시 탐욕, 낭비, 음란 등으로 구분한 후 정죄되어야만 하는 것이라네."

그러면서 베르길리우스는 단테의 마음을 편안하게 해주기 위해 궁금한 것이 있으면 말해보라고 권했다. 그러자 기다렸다는 듯이 단테가 질문을 던졌다.

"그렇다면 선악의 뿌리가 되는 사랑에 관해서도 설명해 주시겠습니까?"

"좋지, 우선 사랑이란 언제나 선의 원인이 된다고 생각하면 과오

Assumption of the Virgin
Correggio 1526-30
Duomo, Parma

를 범할 수 있음을 기억하게. 사랑하는 성향을 타고난 사람은 물론, 많은 이들이 자기가 좋아하는 것에 기울어지게 된다네. 그러나 이것은 자연적인 사랑, 혹은 본능적인 사랑일세. 이와 반대로 마치 불이 타오르는 속성을 지닌 것처럼 영혼이 좋아하는 것을 향해 기울어지는 사랑이 있는데, 이것이야말로 이성적인 사랑일세. 그러나 어쨌든 사랑은 갈망하는 대상을 소유해야 끝이 난다고 생각하기 십상이네. 쾌락주의자들의 잘못은 바로 채워지는 사랑은 무조건 다 좋은 것이라고 생각하는 데서 비롯된다고 할까.”

하지만 단테는 말씀하신 뜻을 모르는 바는 아니나 사랑이 영원한 것으로부터 유래하고 그것을 본성으로 삼고 있는 것이 사실이라면, 과연 그것을 따르는 선과 악의 결과를 어떻게 판단할 수 있는 것인지 모르겠다고 반문했다.

베르길리우스는 ‘그에 대한 확실한 정의는 인간이 가진 이성의 범위 안에서는 절대 이해될 수 없는 것’이라고 밝히면서 더 이상의 답은 베아트리체에게 물어보아야 할 것이라고 말했다.

어느덧 자정이 되었다. 달이 높이 떠오르자 사방에 빛나던 별들이 그 빛을 잃고 말았다. 단테는 피곤함으로 몸을 지탱하기도 어려운 지경이 되었지만 뒤에서 거대한 무리가 떼 지어 달려왔기에 화들짝 놀라며 정신을 가다듬었다.

두 영혼이 단테 앞으로 가까이 다가온 후에 울면서 외쳤다.

“며칠 뒤에 마리아께서는 길을 떠나 걸음을 서둘러 유대 산골의 어느 동네를 찾아가시니...”

“카이사르는 일레르다의 항복을 받기 위해 마르실리오를 공략하

Angel
Johann Joseph Christian 1760
Benedictine Abbey, Ottobeuren

고 스페인으로 달려갔도다.”

그러자 바로 뒤따라온 무리가 그 소리에 합창하듯 외쳤다.

“서두르자! 낭비할 시간이 없도다. 어서어서 서두르자. 선을 행하려는 노력이 자비를 새롭게 하시는도다.”

베르길리우스가 영혼들에게 말을 건넸다.

“아! 선을 행함에 있어 게을렀던 탓으로 보속하고 있는 영혼들이여, 나와 함께 있는 분은 살아있는 사람으로서 해가 뜨면 다섯 번째 언덕으로 올라가야 하는 몸이라오. 그러니 다음 언덕의 입구를 가르쳐주면 고맙겠소.”

듣고 있던 영혼들 중 한 명이 뛰어나오며 대답했다.

“그럼 우리의 뒤를 따라 오십시오. 당신들이 오르려는 언덕의 입구를 발견할 수 있을 것입니다. 우리들은 조금도 머물러 있을 수 없는 몸이기에 이렇게 뛰어가고 있는 거랍니다. 이는 우리의 의무이니 무례하다고 생각지 말아 주십시오. 저는 산 제노 수도원의 수도원장이었습니다. 하지만 권력을 손에 쥔 알베르토가 태어나면서 다리가 불편한 자기 아들을 수도원장에 앉히라고 저에게 수없이 요구했지요. 아아, 신성한 곳에서 권력에 빌붙어 자행한 일을 슬퍼합니다. 결국 자식을 목자의 자리에 앉힌 그도 저와 마찬가지로 죗값을 받고 눈물을 흘리게 될 것입니다.”

이야기를 마친 그는 어느새 스쳐 지나가버렸다. 베르길리우스가 또 다른 영혼들을 주의 깊게 보라고 하였으나, 그들이 빠른 걸음으로 멀어지기도 했거니와 피곤한 몸에 상념들이 떠올라 뒤엉켰기에 갈피를 잡지 못하고 단테는 잠자리에 눕고 말았다.

Dante in esilio
Annibale Gatti 1858
Galleria d'arte moderna, Florence

Holy Women at Christ's Tomb
Annibale Carracci 1590
Hermitage Museum, Saint Petersburg

탐욕을 정화시키는 천둥소리

밤이 깊어지자, 태양의 열기는 식고 냉기가 감돌기 시작했다.

피곤한 나머지 눈을 감고 생각에 잠겨있던 단테는 얼마 안 가 깊은 잠에 빠져버리고 말았다.

단테는 꿈속에서 말을 심하게 더듬는 소녀를 보았다.

게다가 소녀는 사팔뜨기였고, 발은 뒤틀렸으며, 추악한 황색 피부에 양손은 기형이었다.

단테가 바라보기가 무섭게 마치 태양의 빛이 추위에 곱은 몸을 회복시켜주는 것처럼, 소녀의 혀가 풀리고 사지가 고르게 되었으며 얼굴에 화색이 돌기 시작했다. 그러면서 단테가 보고 있는 것을 의식이라도 하듯이 소녀가 멋진 목소리로 노래를 부르며 자신이 아름다운 인어라고 자랑을 늘어놓았다.

소녀의 말에 의하면, 자기는 세이렌이며 자기가 오디세우스를 꾀어냈다는 것이다. 그러나 그녀가 입을 채 다물기도 전에 거룩하고

The Fall of the Rebel Angels
Charles Le Brun 1685
Musée des Beaux-Arts, Dijon

성스러운 성녀 루치아가 나타나 나무라는 음성으로 베르길리우스에게 주의를 주었다. 그러자 베르길리우스가 소녀를 붙잡아 강제로 옷자락을 젖혀 단테에게 배를 보여 주었다. 그 뱃속에서 심한 악취가 풍겨 나왔다.

악취에 못 이긴 단테는 그만 꿈에서 깨고 말았다. 꿈에서 깨어나긴 했지만 정신을 추스리지 못했는데도 베르길리우스는 어서 서두르자고 갈길을 재촉했다. 해는 벌써 높이 떠서 연옥을 온통 푸른빛으로 비추고 있었다.

단테가 깊은 생각에 잠겨 고개를 숙인 채 베르길리우스를 따라 발길을 옮기려 할 때, 또 다시 천사의 따뜻한 음성이 들려왔다.

"이쪽으로 오세요. 여기가 입구입니다."

천사는 백조의 깃을 닮은 나래를 활짝 펴고 높게 치솟은 단단한 바위의 두 벽 사이로 그들을 인도했다. 그리고는 날개로 바람을 일으켜 단테의 이마에 난 상처를 또 하나 지웠다. 그와 동시에 "슬퍼하는 사람은 행복하도다. 그들은 위로를 받을 것이다."라는 소리가 울려퍼졌다.

천사가 있는 곳을 떠나 언덕을 오를 때, 베르길리우스가 단테를 향해 근심 가득한 음성으로 말했다.

"그대는 어째서 땅만 보며 걸어가는가?"

"어젯밤 꿈이 너무도 기이해서 찜찜한 느낌을 떨쳐버릴 수가 없습니다."

"그대는 죄악의 세 요부, 즉 탐욕과 폭식, 황음荒淫의 냄새를 맡은 걸세. 그것들은 사람을 고통스럽게 하지. 이곳에서 보속하고 있는 영혼들이 세상에서 연연했던 탐욕도 모두 요부의 유혹으로 인해 빚어진 결과물일세. 그대 역시 요부에게서 여태 도망치지 못한 것은 아닌가? 하지만 그것으로 충분하네. 천국에 계시는 베아트리체가 돕고 있으니 우리에겐 상관없는 얘기지."

베르길리우스가 안심시키며 격려하자 단테는 그제서야 악몽에서 헤어 나올 수 있었다.

두 사람은 바위 사이의 오르막 길을 전력을 다해 올라 다섯 번째 언덕에 도달했다. 단테는 거기에서 새하얗게 내려앉은 먼지에 몸을 맡긴 채 얼굴을 땅 쪽으로 숙이고 있는 영혼들을 보았다.

그들은 "내 영혼이 진토辰土에 붙었사오니 불로 구워 다시 만드소서."라고 작은 목소리로 말하며 울고 있었다.

울음 속에서 간간히 한숨소리가 들려 왔지만 그 소리는 너무도 미약해서 곧 울음소리에 묻혀버렸다. 베르길리우스가 영혼들에게 길을 물음과 동시에 호기심을 이기지 못한 단테가 말했다.

"신에게 선택된 영혼들이여, 정의이신 하느님의 이름으로 묻습니다. 바닥에 엎드려 울고 계신 특별한 이유라도 있으신지요?"

한 영혼이 엎드려있는 채로 대답했다.

"나는 성 베드로의 후계자인 교황 아드리아노 5세라오. 살아있을 때 그만 지나치게 탐욕스러워져서 하느님을 떠나고 말았지요. 그래서 이처럼 용서를 받을 때까지 보속하고 있는 것이라오. 탐욕의 죄는 이 언덕에서 가장 엄한 죄에 속하니 말이오."

단테는 그가 교황이었다는 사실에 황급히 무릎을 꿇으려 했다. 그러나 영혼은 고개를 절레절레 흔들면서 "그러지 마오. 나도 그대

The Four Evangelists
Jacob Jordaens 1620-25
Musée du Louvre, Paris

와 마찬가지로 하느님의 종 중 한 사람일 뿐이오. 여기서는 세상과 달리 차별이 없으니 그대는 스스로의 길을 가도록 하시오."라고 말하고는 마태복음 22장 29절에서 30절까지의 말씀을 들려주었다.

교황을 지나쳐 좀 더 앞으로 나아갔을 때, 이번에는 서럽게 한탄하면서 부르짖는 소리가 들려왔다.

첫 번째 소리는 "거룩하신 아기를 눕히신 마구간을 통해 알 수 있듯이 당신은 그토록 가난하셨습니다."라는 성모 마리아에 대한 찬미의 소리였다. 곧바로 두 번째 소리가 들렸는데 "오, 어지신 파브리치오여, 당신은 악덕을 따른 호화로운 인생보다 가난해도 덕이 있는 인생을 선택했소이다."라는 로마의 정치가 루스키누스에 대한 찬양의 소리였다. 단테는 소리의 주인공을 만나기 위해 목소리가 들려오는 쪽으로 서둘렀다. 그 영혼은 아직 말을 잇고 있었다.

"니콜라우스 주교님은 너무나 가난해서 시집조차 갈 수 없는 세 딸이 있는 집에 남 몰래 창문으로 금화를 넣어 주셨소이다."

단테는 세상의 귀감이 될 만한 기도 내용에 감탄해마지 않았다.

"이토록 훌륭한 내용으로 보속하시는 당신들이 무슨 일을 하던 분들인지 매우 궁금하군요. 염치불구하고 청하건대, 제게 말씀해 주시면 안되겠습니까? 제 청을 들어주시면 저도 다시 세상으로 돌아가서 반드시 보상해 드리겠습니다."

단테가 이렇게 말을 하자 한 영혼이 자기의 사연을 이야기했다.

"나는 루이 5세를 이어 프랑스의 왕이 된 위그 카페라고 하오. 우리가 이곳에 있는 이유는 기도소리를 통해서 이미 잘 알고 계시리라 믿소. 나를 비롯해서 다섯 번째 언덕에 있는 망령들은 세상에 있

GAngels Worshipping
Benozzo Gozzoli 1459-60
Chapel, Palazzo Medici-Riccardi, Flore

을 때 한 나라를 보살폈던 왕이나 교황들이라오. 하지만 우리는 살아생전 주님 뜻을 제대로 행하지 못했기에 낮 동안에는 빈곤과 인색함에 대한 이야기를, 밤이 되면 탐욕의 이야기를 교훈삼아 나누면서 속죄의 기도를 올리는 것이랍니다."

프랑스의 왕이었던 영혼의 말이 끝나기가 무섭게 갑작스레 하늘이 무너지는 것처럼 언덕이 심하게 진동하기 시작했다. 이러다가 다시 지옥의 나락으로 떨어지는 것이 아닌가 하는 생각이 들 정도로 거센 울림이었다. 단테는 얼어붙듯 그 자리에 멈춰 섰다. 그러면서 천지를 진동시키는 어마어마한 굉음을 들었다.

단테가 몹시 당황하자 베르길리우스가 안심시키기 위해 말을 건넸다.

"내가 이끌어주고 있는 동안에는 그 어떤 것이라도 결코 두려워하지 말고 마음을 편히 갖도록 하게."

정신을 가다듬고 자세히 귀 기울여 들어보니, 천지를 진동시키는 소리의 정체는 '지극히 높은 곳에서는 주님께 영광'이라는 성가의 합창소리였다. 단테는 태어나서 노래를 처음 듣는 목동들처럼 진동이 멈추고 합창소리가 완전히 그칠 때까지 꼼짝도 하지 않았다.

지진과도 같던 진동과 합창소리가 무엇을 뜻하는 것인지 알고 싶어 곰곰이 생각에 잠긴 채 길을 걷는 단테 앞에 한 영혼이 모습을 드러냈다. 마치 부활하신 예수님이 엠마오로 가는 도중 두 제자 앞에 나타나신 것처럼, 홀연히 모습을 나타낸 영혼이 두 사람에게 인사를 올리며 말했다.

"오, 나의 형제들이시여, 하느님의 평화가 여러분과 함께 하시길 바랍니다."

이에 베르길리우스가 자기는 림보에 있는 영혼이라서 하느님의 은총을 받을 수 없으므로 축복의 인사를 받을 수 없노라고 정중히 말했다. 그러자 베르길리우스의 행동을 기이하게 생각한 영혼이 어떻게 연옥에 오게 된 것인지를 물었다.

"나는 혼자서 이곳을 여행할 수 없는 이분을 인도할 목적으로 온 것뿐입니다. 우리는 지옥을 거쳐 이곳까지 왔지요. 그런데 무슨 이유로 산이 요동치고 천지가 한꺼번에 진동하는 소리가 울렸는지 이야기해 줄 수 있겠습니까?"

단테는 자신이 가졌던 의문을 대신 말해 준 베르길리우스에게 감사 인사를 드렸다.

"정죄산의 성스러운 법칙은 그 어떤 경우에도 파괴되는 법이 없답니다. 연옥의 문을 들어선 후엔 지진을 겪거나 태풍이나 우박을 맞는 경우도 있을 수 없지요. 요란했던 소리의 정체는 정죄산에서 열심히 회개하고 깨끗해진 영혼들이 천국으로 올라가게 되자 감격에 겨워 일제히 울음을 터뜨리는 소리일 뿐입니다. 덧붙여, 지진처럼 느껴졌던 진동은 그들이 깨끗한 몸이 되어 구속됐던 의지가 자유로워졌음을 말해주는 것이랍니다. 나 역시 오백 년 이상이나 이 괴로움 속에서 누워있었는데 이제서야 자유로운 의지의 참된 의미를 깨우쳤지요. 좀 전에 진동하는 소리처럼 영혼들의 찬미소리가 들렸으니 나도 얼른 가서 자유로워진 영혼들이 천국에 들게 허락하신 주님께 감사기도를 드려야 하겠습니다."

단테는 그 말을 듣고 궁금증이 풀려 실로 가벼운 마음이 되었다.

The Seven Works of Mercy
Caravaggio 1607
Pio Monte della Misericordia, Naples

베르길리우스 역시 같은 기분을 느끼며 그가 왜 오백 년 동안이나 연옥에 있어야 했는지, 그리고 무슨 일을 하던 사람이었는지를 다시 물었다. 그러자 친절한 영혼은 자신이 살아생전 시인이었다고 고백했다.

"나는 기원전 70년 즈음 시인으로서 명성을 떨쳤던 스타티우스라고 합니다. 그때만 해도 나의 신앙이 불완전했기에 이곳에 와 있는 것이지요. 내가 생전에 작으나마 명성을 얻은 이유는 아이네이아스의 노래를 배워 불렀기 때문입니다. 그것은 저 유명한 베르길리우스 선생의 덕입니다. 내가 아이네이아스의 노래를 배우지 못했다면, 나의 시는 한 푼의 값어치도 없었겠지요. 아아, 내게 행운이 다가와 그분과 같은 시기에 태어나서 만날 수 있었더라면 얼마나 좋았을까요. 그럼 주님께서 이곳 연옥에 좀 더 있어야 한다고 명령하시더라도 여한이 없을 텐데요."

베르길리우스는 스타티우스의 고백을 말없이 들으면서 단테에게 '가만히 있으라'고 눈짓을 보냈다. 하지만 사람의 의지라는 것은 종종 약해지는 법이며, 웃음과 눈물은 정직하면 정직할 수록 통제하지 못하는 것이 아니겠는가. 스타티우스가 가만히 단테의 눈을 응시하자, 단테는 미소를 머금고 있으면서도 곤혹스러움을 감출 수는 없었다. 스타티우스가 그런 단테를 보고 미소를 지은 이유를 재차 물었기에 단테는 하는 수 없이 함께 있는 분이 바로 베르길리우스라고 대답했다. 그러자 스타티우스는 감격에 겨운 얼굴로 한동안 눈물을 글썽이다가 베르길리우스를 힘껏 포옹했다. 하지만 두 사람 모두 그림자가 없는 영혼이었기에 제대로 안을 수는 없었다.

어느덧, 천사가 그들의 뒤로 날아와 날개로 바람을 일으켜 단테의 상처를 또 하나 지워주었다. 때를 맞췄는지는 몰라도 그들 뒤에서 "정의를 목말라 하는 자는 복이 있도다."라는 축복의 노랫소리가 메아리처럼 들려왔다.

탐식한 자와 절제의 향기

베르길리우스와 스타티우스는 오랜 친구를 만난 듯 지성의 샘에 대해 이야기를 나누면서 길을 걸었다.

단테 또한 그들의 뒤를 좇으며 고귀한 지혜를 접하는 기쁨을 만끽했다. 그러다가 문득 지성의 대화가 끊겼는데, 그 이유는 길 한 가운데에서 향기롭고 보기 좋은 열매가 풍성히 달린 나무 한그루를 발견했기 때문이었다. 위로 오를수록 가지가 가늘어지는 세상의 나무와는 달리, 이 나무는 밑으로 내려올수록 가지가 가늘어졌다. 아마 나무에 오르지 못하도록 방지하려는 것 같았다.

두 지성이 나무 근처로 다가갔을 때, 무성한 잎사귀 속에서 소리가 들려왔다.

"너희가 이 나무의 열매를 따먹으면 정녕 죽으리라."

곧이어 다른 목소리도 들렸다.

"마리아께서 가나의 혼인잔치에 가셨을 때, 그분은 음식보다도

잔치에 없어서는 안 될 포도주를 걱정하셨도다. 옛날 로마의 부인들은 술을 마시지 아니하고 물만 마셨음을 기억하라. 예언자 다니엘은 바빌론 왕이 주는 술과 음식을 거부하고 식물의 즙만 취했으며, 옛 성현들은 상수리나무 열매와 실개천의 물을 술 대신 마셨도다. 세례 요한 역시 석청과 메뚜기만 먹고 광야에서 생활하지 않았던가."

단테가 잎사귀 속을 유심히 들여다보며 절제의 본보기를 이야기하는 신비스런 목소리의 주인공들을 찾아내려고 하자, 시간을 보다 유용하게 쓰는 것이 좋겠다면서 베르길리우스가 걸음을 재촉했다.

바로 그 순간, 그들의 귀로 느닷없이 울음 섞인 음성으로 시편을 노래하는 소리가 들려왔다.

"라비아 메아, 도미네.(주여, 내 입술을 열어 주소서)"

그것은 마치 해산하는 자의 고통과 기쁨을 함께 담은 소리와도 같았다.

"저 노래는 무슨 뜻인가요?"라고 단테가 묻자 "아마 영혼들이 자신들 죄의 매듭을 푸는 보속의 기도일 것."이라고 베르길리우스가 대답했다.

그들 곁을 지나치는 수많은 영혼들의 무리는 깊은 사색에 빠져 순례자들처럼 걸음을 재촉할 뿐, 말없이 지나가고 있었다. 단테가 자세히 보니 영혼들은 하나같이 눈자위가 푹 꺼져있었고 파리한 얼굴에 살갗이 뼈다귀에 붙어있는 것처럼 깡말라서 마치 굶주림에 가죽만 남은 것 같은 모습이었다.

그것은 테살리아 왕 트리오파스의 아들 에리식톤이 케케레스 산

The Damned Soul
Michelangelo Buonarroti 1525
Galleria degli Uffizi, Florence

의 숲에서 묵은 떡갈나무를 찍어내고, 그 벌로 굶주림의 고통을 받다가 허기를 이기지 못해 끝내 제 팔다리를 떼어먹을 때의 모습이나 다를 바 없어 보였다.

어느덧 그들은 향기로운 나무 그늘에 앉아 냄새를 음미하며 쉬고 있었다. 쉬는 동안에도 단테는 굶주림에 허덕이는 그들이 먹고 싶은 욕구를 어떻게 애써 참으면서 보속을 계속할 수 있는지 신기하기만 했다. 하지만 단테의 호기심은 잠시뿐이었다. 베르길리우스의 재촉에 따라 다시 여정을 떠나려 할 때, 나무 그늘에서 편안히 앉아 한숨을 돌리던 한 영혼이 푹 꺼져버린 눈으로 단테를 뚫어지듯 쳐다보더니 "아, 내가 당신을 만나다니, 이 무슨 은혜란 말인가!'라고 외쳤다.

단테는 목소리만 듣고는 그가 누군인지 전혀 알 수 없었다. 그러나 발길을 멈추고 자세히 살펴보니 그가 자신과 절친했던 포레세 도나티인 것을 알고는 깜짝 놀랐다.

포레세는 단테를 보자 함께 있는 사람들이 누구인지 그리고 어찌 된 일로 이곳에 있는 것인지 물었다.

하지만 단테는 그의 말에 대답하기보다 엄청나게 변해버린 친구의 모습에 가슴 아파하며 우선 그가 어떤 처지인지를 먼저 말해달라고 부탁했다.

"우리들은 세상에 살 때, 모두 분수 넘치게 탐식하고 미식을 추구했기에 이토록 굶주리며 울부짖고 있는 것이라네. 우리는 잎사귀 위의 이슬과 열매에서 흘러나오는 향기만을 마시면서 먹고 싶은 불타는 욕구를 달래고 있는 중일세. 그리스도께서 십자가 위에서 하

Saying Grace
Cornelis Bega 1663
Rijksmuseum Amsterdam, Amsterdam

느님을 애타게 부르셨던 것처럼, 우리도 기꺼이 이 나무 밑에서 보속하는 것이라네.”

그 말을 듣고 단테가 “포레세, 나의 친구여. 그대가 보다 나은 삶을 살기 위해 길을 떠난 지 이제 겨우 5년 아닌가? 그런데 어쩐 일로 벌써 이곳까지 도달하게 된 것인가?”라고 물었다.

“그렇게 물어보는 것도 무리가 아니지. 보통 나 같은 경우라면 적어도 살아있던 햇수만큼 연옥문 밖에서 고행을 해야 할 터이니까. 하지만 고맙게도 아내인 넬리가 쉬지 않고 나를 위해 기도해 주었기에 이처럼 빨리 연옥에 도착할 수 있었던 거라네.”

그의 말을 듣고서 단테는 연옥에 있는 사람들을 위해 기도하는 일이 얼마나 소중하고 숭고한 것인지 확실히 깨닫게 되었다.

“그대와 같이 즐겁게 지냈던 일들을 다시금 추억하는 것이 혹시 괴로움을 더하는 행위일지도 모르겠군. 보다시피 나는 살아있는 몸으로 지옥을 지나 여기까지 왔네. 내 옆에 계신 고귀하신 분께서 그동안 나를 인도해 주셨네. 이분의 존함은 고명하신 베르길리우스님이라네. 그리고 그 옆은 앞의 언덕에서 죄를 깨끗이 보속하신 스타티우스님의 영혼이시네.”

단테와 포레세가 정답게 이야기하면서 빠른 걸음으로 나아가는 동안, 다른 영혼들은 단테가 살아있는 자임을 알아보고 놀라움을 금치 못했다.

단테는 친구 포레세에게 누이인 피카르다가 어디 있는지 물어 보았다. 포레세는 아름답고 마음씨 고운 누이 피카르다가 벌써 천국에 가 있다고 알려 주었다. 포레세는 속죄의 기도를 올리고 있는 그의 동료들이 빠르게 지나쳐가는 것을 내버려둔 채 단테와의 만남을 오랫동안 만끽했다.

포레세는 단테와 함께 걸어가면서 언제 또 만날 수 있느냐고 다정하게 물었다. 단테는 자기가 얼마나 더 살 수 있을지 모르며, 또한 일찍 죽고 싶은 만큼 죽음이 늦게 찾아올 지도 모른다고 솔직하게 대답했다.

포레세는 피렌체에서 악의 근원이 될 자신의 혈육 코르소 도나티가 머지않아 지옥으로 떨어질 것이라고 예언하면서 단테와 아쉬운 작별을 고했다. 포레세의 모습이 거의 보이지 않을 무렵, 단테 일행 앞에 싱싱한 열매들이 주렁주렁 달려있는 나무 한그루가 나타났다. 그 나무 밑으로 많은 영혼들이 보였는데, 그들은 나무를 향해 손을 높이 들고서 알 수 없는 소리를 막무가내로 외쳐대고 있었다. 하지만 쓸데없이 조르기만 하는 아이들이 아무리 졸라도 들어 줄 사람이 없어 애만 태우다 마는 것처럼, 영혼들은 절망에 몸부림치다가 속절없이 사라져 버렸다.

단테와 베르길리우스가 나무 가까이 다가갔을 때 "이곳으로 가까이 오지 말고 그냥 지나쳐 가십시오. 이브가 먹었던 선악과 나무는 아직까지 지상낙원에 있지만, 이 나무 역시 그 지혜의 나무에서 갈라져 나온 같은 뿌리니까요."라는 소리가 들려왔다.

그들은 이 소리를 듣고 신중하게 나무에서 떨어져 벼랑이 있는 쪽을 향해 걸어갔다. 단테는 물론, 두 지성의 시인들도 음식을 과도하게 탐하거나 미식에 집착하는 것이 얼마나 큰 형벌을 받는 행위인가를 상기하면서 묵묵히 갈길을 재촉했다.

Three Dominican Saints
Giovanni Battista Piazzetta 1738
Santa Maria del Rosario, Venice

"세 분께서는 무얼 그리 골똘히 생각하며 걷고 계십니까?"

따스한 음성이 들리는 곳으로 단테가 고개를 들어 쳐다보니 다정한 얼굴의 천사가 미소를 지으면서 그들을 기다리고 있었다.

"저 위로 올라가시려면 여기서 돌아야만 합니다. 무궁한 화평을 향해 길을 가는 분들이시여, 부디 평안한 여정이 되시기를..."

5월의 상쾌한 아침바람이 꽃들을 흠뻑 적시고 향기를 사방에 몰고 오듯이 한가닥 바람이 단테의 이마를 스쳐 지나가자 또 하나의 상처가 지워졌다. 바로 그때, 세 사람은 신의 음식에서 나는 향기를 천사의 힘찬 날갯짓에서 맡을 수 있었다.

호색한들의 망령
정화의 불길

　이제 세 시인들은 마지막 일곱 번째 언덕으로 오르는 계단을 향해서 걸음을 재촉했다. 길은 한 사람씩 옆으로 줄지어 가야할 만큼 협소했기에 베르길리우스, 스타티우스, 마지막으로 단테가 지나갔다. 어린 새가 날고 싶어서 날개를 파닥대다가 둥지를 떠나지 못하고 날개짓을 접는 것처럼, 몇 번이나 묻고 싶은 생각을 말하려다가 그만 두던 단테가 베르길리우스에게 의문을 제기했다.

　"스승이시여, 영혼이란 육신과 달리 음식이 필요 없는 처지일 텐데, 어째서 저토록 야윌 수가 있는 걸까요?"

　베르길리우스는 사람의 생명을 좌우하는 것은 영양분 말고도 다른 것이 또 있다고 말하면서, 자세히 설명하기 위해 멜레아그로스의 예를 들었다.

　칼리돈의 왕자인 멜레아그로스는 그가 태어났을 때 운명의 세 여신으로부터 예언을 받았다. 운명의 여신 중 하나인 클로트는 멜레아그로스가 용감할 것이라고 예언했고, 다른 여신인 라케스는 강건한 체질을 가질 것이라고 예언한 것과는 달리, 마지막 여신인 아트로프스는 나무토막을 던져주면서 그 나무와 멜레아그로스의 수명이 같을 것이라고 예언했다. 불길한 예언을 듣자, 왕자의 어머니는 나무토막을 아무도 모르는 곳에 은밀히 숨겼다. 그러나 장성한 멜레아그로스가 제 숙부를 둘이나 죽이는 일이 발생하자 어머니는 엉겁결에 숨겨두었던 나무토막을 불에 태워버렸고, 그러자마자 멜레아그로스가 숨을 거두었다는 내용이었다. 그러면서 베르길리우스가 스타티우스에게 좀 더 자세하게 단테에게 말해 줄 것을 부탁했기에 단테는 스타티우스의 설명을 들으면서 지루하지 않게 일곱 번째 언덕에 다다를 수 있었다.

일곱 번째 언덕은 불꽃에 휩싸여 있었다. 불꽃은 길 밖으로까지 뿜어져 나온 형상이었으며 불어오는 바람으로 인해 불길이 길을 완전히 덮을 때도 있었다. 세 사람은 왼쪽으로는 불길의 위험에, 오른쪽으로는 벼랑에 떨어질 위험에 대비해야 했다. 궁여지책으로 그들은 불길에 휩싸인 좁다란 길목을 한 사람씩 조심스레 지나가기로 했다. 하지만 단테는 두 사람과 달리 혼자서 그 곳을 지날 수 있는지 심히 두려워졌다. 베르길리우스가 그런 단테의 마음을 읽고는 "조금도 두렵다고 생각하지 말고 한눈팔지 말게. 발을 잘 못 디뎌 떨어지면 큰일나니까."라고 경고했다.

그때, 불꽃 속에서 소리 높여 부르는 기도 소리가 들려왔다.

"지극히 자비로운 주님이시여."

단테가 바라보자 엄청난 불꽃 속에서 기도를 올리며 불길을 헤쳐

Altarpiece of the Three Archangels
Marco D'Oggiono 1516
ProsciuttiPinacoteca di Brera, Milan

나가는 영혼들의 모습이 보였다. 그들은 기도하는 와중에도 이따금 씩 "나는 아직 사내를 모르노라."라면서 소리 높여 외치고는 다시 부드러운 목소리로 성가를 부르기 시작했다. 그리고 "수렵의 여신 아르테미스가 몰래 비너스의 독을 음미하고 몸을 망친 요정 엘리제를 숲에서 내쫓았도다."라고 다시 소리 높여 외쳤다.

그들은 성가를 부른 다음에는 규칙적으로 정절의 덕과 혼인성사가 명한대로 정결을 지킨 자들을 칭송하는 시구를 읊었는데, 아마도 불꽃 속에서 불타고 있는 동안 이 속죄의 의식은 끝없이 되풀이되는 모양이었다.

그 무렵, 태양은 점점 더 석양빛으로 기울어 불길 위에 단테의 그림자를 드리우게 했다. 단테의 그림자가 비쳐진 불꽃은 마치 기름을 먹은 양 더욱 붉어지기 시작했다. 그 모습을 목격한 영혼들이 단테가 살아있는 자임을 알아보고 그에게 가까이 다가오려 했지만 결코 불길 밖으로 나오려고 하지는 않았다.

"오, 느려서가 아니고 두 분을 존경하기에 뒤를 좇는 그대여, 갈증과 불길 속에서 타고 있는 내게 대답해 주시오. 나 뿐 아니라, 여기 있는 모두가 냉수가 주는 시원함을 갈망하기보다 그대의 대답을 더 바라고 있다오. 그대는 죽지 않고 살아있는 몸 같은데, 연옥에서 이런 일이 어떻게 가능하단 말이오?"

무리 속의 한 영혼이 던진 물음에 대답을 준비하던 차에 새로 나타난 무리가 있어서 단테는 그들에게 정신이 쏠려버렸다. 새로운 무리는 앞쪽의 무리와 마주보며 나아가면서도 발길을 멈추지 않고 다정하게 입을 맞추며 지나갔다. 그 모습은 마치 불개미 떼가 서로 만나면 얼굴을 맞대고 실을 묻히거나 입으로 먹이를 서로 공유하는 모습과도 같았다.

이들은 나중에 합류한 영혼들이 "소돔과 고모라여!"라고 외치면 "파시파에가 음욕을 채우기 위해 황소를 꾄 다음, 자기의 정욕을 채우는도다."라고 소리치며 응답했다.

두루미 떼가 각각 얼음과 태양을 피하기 위해 한쪽은 리페 산으로, 다른 한쪽은 리비아 사막을 향해 날아 가듯이, 한 무리가 오면 다른 무리가 물러나면서 이같은 행위를 계속해서 되풀이했다. 잠시 후, 단테에게 질문을 던졌던 불꽃 속에 있던 무리가 다시 다가오자 단테가 그들에게 말했다.

"언젠가는 반드시 평화를 누리게 될 영혼들이여! 저는 당신들이 느끼는 것처럼 살아있는 몸입니다. 하늘에 계신 분의 은총을 입어 당신들의 세계에 들어온 것입니다. 자, 그럼 이번에는 제가 묻겠습니다. 당신들은 누구시며 또 당신들과 반대 방향으로 가버린 영혼들은 누구십니까?"

앞서 질문을 던졌던 영혼이 입을 열어 대답했다.

"훌륭한 죽음을 맞기 위해 이 세계의 체험을 쌓고 있는 그대는 참으로 복된 자가 아닐 수 없군요. 우리와 함께 하지 않고 먼저 가버린 이들은 동성애의 죄를 범한 자들이라오. 그렇기에 자신들의 죄를 뉘우치며 큰 소리로 소돔과 고모라를 부르짖고 있는 것이랍니다. 우리는 남색의 죄를 저지른 것은 아니지만, 자연을 거슬러 사음을 범하고 짐승처럼 욕정만 쫓아다니던 자들입니다. 그래서 이렇게 음란죄를 범하고 암소가 되어버린 이름들을 치욕 속에서 외치는 것이라오. 그대여, 이제 우리의 행실과 죄스러움을 알았으니 내가 끝 끝내 이름을 밝히지 못하는 이유를 아시겠지요? 그나마 죽기에 앞 서 뉘우쳤기에 다행스럽게도 속죄할 기회를 얻을 수 있었답니다."

이름을 밝히기를 꺼려한 불길 속의 영혼은 시인 구이니첼리였다. 단테는 자신보다 먼저 태어나 이탈리아 시인들의 아버지로 불렸던 그의 정체를 베르길리우스에게 듣고는 반가운 마음에 달려가고 싶 었지만, 그가 있는 곳이 불길 속이었기에 더 이상 접근할 수는 없었 다. 구이니첼리는 단테가 그토록 반가운 기색을 보이자 그 이유를 물었다. 단테는 망설임 없이 당신의 아름다운 시 때문이라고 대답 했다. 구이니첼리는 도리어 제 옆의 다른 영혼을 가리켰다. 구이니 첼리가 추천한 영혼은 트루바두르였다. 사랑의 시나 산문에 있어서 가장 뛰어난 작가였던 트루바두르는 겸손하게도 자기도 짧은 명성 을 가진 것에 불과하다고 말했다.

잠시 후, 구이니첼리는 단테에게 자신을 위한 기도를 부탁하고는 불길 속으로 사라져버렸다.

Altarpiece of the Three Archangels
Marco D'Oggiono 1516
ProsciuttiPinacoteca di Brera, Milan

베르길리우스와의 작별

어느덧 해질 무렵이 되었다.

그때, 하느님의 천사가 그들 앞에 다시 나타났다. 천사는 인간의 목소리보다 훨씬 맑은 소리로 노래하기 시작했다.

"마음이 깨끗한 자들은 행복하도다."

노랫소리에 이끌려 그들이 가까이 다가가자 천사는 "오, 아름다운 영혼들이시여, 불에 타지 않으면 앞으로 나아갈 수 없으니 이 불길을 뚫고 저쪽의 노랫소리를 들을 수 있도록 하십시오."라고 말했다.

단테는 천사의 말을 듣고 겁에 질려버렸지만 베르길리우스가 "연옥의 불은 괴로움의 원인이 될지언정 죽음의 원인은 아니네. 잘 생각해 보시게. 내가 그대를 게리온의 등에 태워 안전하게 인도하지 않았던가. 털 끝 하나라도 타지 않을 것이니 두려워 말게. 자, 이쪽으로 와서 함께 가세. 갈 길이 다가오고 있는데 맘 놓고 들어가야 하지 않겠는가."라고 안심시켰다. 하지만 단테는 얼어붙은 상태로 우두커니 서있기만 했다.

단테가 꼼짝 않고 굳어진 채 괴로운 낯빛으로 서있자, 다시 한 번 베르길리우스가 말했다.

"자, 보시게. 이것이 그대와 베아트리체 사이를 가로막고 있는 벽이지 않은가."

마음 깊은 곳에서 항상 용솟음 치는 베아트리체의 이름을 듣고서야 정신을 차린 단테는 비로소 베르길리우스를 응시할 수 있었다.

베르길리우스는 단테에게 미소를 지어 보이고 스타티우스에게 단테의 뒤를 천천히 따라오라고 이른 다음, 먼저 불길 속으로 들어갔다. 베아트리체의 이름을 듣고 정신을 가다듬은 단테 역시 그의 뒤를 따라 불길 속으로 들어갔는데, 그 뜨거움이 헤아릴 수 없을 정도여서 단테는 아예 끓는 유황 가마가 있더라도 그곳으로 피하고 싶은 심정이었다.

베르길리우스는 단테에게 용기를 심어주기 위해 계속해서 베아트리체와의 일을 상기시키면서 격려를 멈추지 않았다. 그러자 불길 바깥쪽에서 그들을 인도하려는 듯 노랫소리가 들려왔다.

저녁이 곧 다가오니 머뭇거리지 말고 서쪽 하늘이 어둠에 잠기기 전에 걸음을 재촉하라는 천사의 인도에 따라 그들은 서둘러 바위틈을 뚫고 줄곧 오르막길을 올라갔다.

마지막 계단을 딛고 올라섰을 때, 기다렸다는 듯이 해가 그들의 등 뒤에서 지기 시작했다. 밤이 되면 여정을 멈추기로 원칙을 세웠기에, 지칠 대로 지친 나머지 모두가 그 자리에서 곤한 잠에 빠져들

고 말았다.

동틀 무렵, 즉 사랑으로 타오르는 샛별이 동쪽 하늘에서 그들이 쉬고 있는 곳을 비추기 시작할 그 무렵, 단테는 또 다시 꿈을 꾸었다. 젊고 아름다운 여인이 평원을 거닐며 꽃을 따고 있었다. 여인은 자랑이라도 하듯 이렇게 노래 부르고 있었다.

"누군가 제 이름을 알고 싶다면 마음껏 부르세요. 저는 레아(야곱의 첫 아내)라고 해요. 저는 지금 꽃을 따서 화관을 만들려 하고 있어요. 거울 속에 비친 제 모습을 보기 위해서예요. 하지만 제 동생 라헬(야곱의 두 번째 아내)은 하루 종일 거울 앞을 떠나지 않아요. 동생은 가만히 앉아 자기의 아름다운 눈을 바라보는 걸 좋아하고 저는 스스로 제 몸을 장식하는 걸 좋아해요."

여명이 밝아옴과 동시에 어둠이 사라졌다. 단테는 베르길리우스와 스타티우스가 벌써 일어나 있음을 깨닫고 자리에서 일어났다.

"세상 사람들이 그토록 애써 찾아 헤매던 달콤한 나무열매가 오늘에야 비로소 그대의 갈증을 풀어줄 것일세."

베르길리우스의 이 한마디 말이 불안한 가슴을 뚫고 단테로 하여금 한발 한발 앞으로 나가게 하는 원동력이 되었다.

한 걸음 한 걸음 걷는 발걸음이 날개가 돋친 것처럼 경쾌했다.

계단이란 계단은 모두 그들 밑으로 뻗어 있는 맨 윗층 꼭대기에 이르렀을 때, 베르길리우스가 단테에게 나직한 어조로 말했다.

"자, 이제 그대는 연옥의 불과 지옥의 불 모두를 경험했네. 이미 그대는 나로서도 더 이상 어떻게 할 수 없는 장소에 도착한 것일세. 지금까지 나는 지성과 지혜로써 그대를 이끌어왔네. 고달픈 여정이었지만, 가파르고 비좁은 길을 벗어났으니 지금부터 그대는 그대 자신의 의지를 안내자로 삼게. 자, 어서 달려가 그대 머리를 비춰주는 태양을 바라보게. 또, 여기 땅에서 저절로 돋아나는 풀잎들과 작은 숲을 보게. 그대를 위해 눈물로 호소하였던 저 아름다운 눈, 베아트리체가 기쁨에 젖어 맞이하러 오는 동안, 그대는 이곳에 앉아서 쉴 수 있을 것이네. 이젠 더 이상 내 말과 눈치를 기다리지 말기를. 그대의 의지는 자유롭고 바르며 건전하게 되었으니, 나는 그대 심신의 주인으로서 그대 머리 위에 기꺼이 왕관과 면류관을 씌워 주겠네."

Matilda
George Dunlop Leslie 1859
 private collection

지상낙원, 이브의 동산

베르길리우스가 말한 대로 단테는 베아트리체를 기다리면서 지상낙원이었던 이브의 동산을 거닐었다. 그는 산뜻한 녹색이 가득한 하느님의 숲을 보는 즐거움에 취해 천천히 들판 위를 걸었다.

아침의 선선한 바람이 가지 끝에서 잠들자, 새들도 노래로 화답하며 마치 아이올로스가 시로코를 놓아 보낼 때 키아시 해변의 소나무 숲에서 나뭇가지들이 어울려 내는 소리처럼 상쾌한 화음을 만들어 냈다.

단테가 천천히 숲속으로 들어가자 낙원을 가로지르는 레테의 강이 나타났다. 세상에 있는 제 아무리 깨끗한 강이라 할지라도 이 강의 투명성에 비하면 탁한 색깔에 불과할 정도로 청명한 강이었다. 도도한 강의 흐름을 바라보면서 건너편의 나무를 살피던 단테는 들판에 만발한 꽃을 따면서 노래를 부르는 여인을 보았다. 단테는 그 아름다운 모습과 노래 가사에 이끌려 여인에게 가까이 다가와 주기를 청했다. 그녀는 땅에서 발을 떼지 않으면서 마치 춤추듯이 단테에게로 다가왔다.

그녀는 마틸다, 즉 단테가 꿈에서 보았던 레아라는 여인과 꼭 같은 모습을 하고 있었다.

그녀는 풀이 강에 닿는 곳까지 와서는 곱게 숙이고 있던 눈을 들어 단테를 바라보았다. 그 순간, 그녀의 눈은 큐피트의 화살을 맞은 비너스의 눈보다 더 영롱하게 반짝이기 시작했다. 그녀는 계속해서 씨앗도 없이 저절로 자라는 꽃들을 따면서 미소를 지었다.

강폭은 3피트(약 1m)에 불과했지만 단테는 자신과 그녀 사이를 떼어놓고 있는 강물을 건널 수 없음을 알고 탄식하기 시작했다.

마틸다가 말했다.

"당신은 하느님께서 인간의 거처로 선택하셨던 곳에 방금 도착한 것뿐입니다. 서두를 필요가 없습니다. 시편에서 노래했듯이, 어리석거나 무지한 자가 깨닫지 못하더라도 주께서 행하시는 일은 크고 매우 깊으시답니다. 당신은 내가 이곳에서 웃고 있는 것을 보고 깜짝 놀라기도 하고 궁금하기도 하지요? 자, 그밖에 알고 싶은 것이 있다면 모두 대답해 드리겠습니다. 나는 원하시는 대로 대답하기 위해 이곳에 온 것이니까요."

단테는 마틸다의 말에 고마움을 느끼며 어째서 이곳은 자연현상과 모순되는 온갖 변화가 생기는지 모르겠다고 솔직하게 털어놓았다. 스타티우스가 쓴 '연옥의 책'에 따르면, 영혼이 정죄 수행을 마치면 산이 진동하는 것처럼 느껴지는 정신적 현상 외에는 자연현상의 변화는 일절 없게 된다. 그러나 보다시피 지상낙원에는 강이 흐

Mignon
Friedrich Wilhelm von Schadow 1828
Museum der Bildenden Künste, Leipzig

르고 잔 물결이 생기며 숲은 바람소리를 내고 있다. 이는 스타티우스의 설명과 완전히 배치되는 것이라고 단테는 솔직하게 표명했다. 마틸다는 먼저 이곳에서만 느낄 수 있는 바람의 근원에 대해 설명하기 시작했다.

"당신이 의아하게 생각하시는 숲의 소리에 대해서 먼저 말씀드리지요. 하느님께서는 선한 인간을 창조하셨으며 그 영원한 축복의 증표로 지상낙원을 주셨습니다. 그러나 인간은 오만한 마음으로 인해 이곳에서 오래 살지 못하고 환희를 비탄으로 바꾸어 놓고 말았습니다. 또, 낙원에서 쫓겨나 세상에서 심히 소란스럽게 요동치며 살게 되었지요. 연옥의 정죄산이 이토록 높은 것도 그 소란스런 공기가 닿지 못하도록 하기 위한 방책인 것입니다. 그러나 공기의 운동은 동쪽에서 서쪽으로 회전하게 되어있기 때문에 첫 번째 회전하는 움직임이 산꼭대기 숲까지 흔들리게 해 바람이 일어났던 것입니다. 하지만 순환하는 공기는 아래쪽에서만 회전할 뿐이고, 이 맑고 깨끗한 들판으로 불어오는 공기는 또 다른 것입니다. 해서 갖가지 열매가 씨앗 없이 싹 튼다 할지라도 이상히 여길 필요가 없는 것이랍니다. 이 열매는 세상에선 열리지 않는 것이니까요."

그녀의 설명은 곧 들판을 가로지르며 흐르는 강으로도 이어졌다.

"낙원의 물줄기는 두 갈래로 되어 있으며 원천은 영원히 마르지 않는 신의 의지입니다. 즉, 지상처럼 강우량에 따라 수맥에서 나오는 양의 다소가 결정되는 것이 아니라, 오로지 신의 의지에 의해서 창조된 물이 끊임없이 제공되는 것이랍니다. 물의 갈래는 레테와 에우노에로 구분되는데, 이곳의 물은 죄의 기억을 잊게 하거나 좋은 때의 기억을 되살리게 하는 힘이 있습니다. 레테는 죄의 상념과 그것에 기울어지는 경향을 없애주고, 에우노에는 선행의 기억을 새롭게 해 그것에 기울어지게 합니다. 하지만 신의 의지에서 발원하는 두 강물도 맛보지 않으면 효험이 없습니다. 물 맛은 세상의 물과 비교할 수 없을 정도입니다. 윗대의 시인들이 파르나소스 산을 낙원 삼아 노래하던 '신들의 음료수'가 바로 이것입니다. 당신은 이미 이곳에 오셔서 갈증을 치유하셨겠지만요."

사랑에 취한 여인이 사랑을 고백하는 것처럼 그녀가 말을 마치자 단테는 베르길리우스와 스타티우스를 돌아보았다. 두 시인은 마틸다의 말이 만족스럽다는 듯이 만면에 미소를 가득 담고 있었다. 마틸다는 곧 강변을 끼고 상류로 걷기 시작했다. 단테는 그녀의 종종걸음에 보조를 맞추며 그 뒤를 좇았다.

"형제여, 보세요, 그리고 귀를 기울이세요."

마틸다가 멈춰 서며 단테에게 말했다. 그와 동시에 번개와도 같은 섬광이 비추면서 하늘을 빛나게 했고 한가닥 감미로운 곡조가 흘러나왔다. 단테가 빛과 곡조 사이를 따라 몇 걸음 옮기자 빛은 더욱 밝게, 곡조는 더욱 분명하게 들려오기 시작했다. 이때, 빛이 찬란하게 비추는 저 뒤편으로 일곱 그루의 금빛 나무가 보였다. 아니, 그것은 나무가 아니라 황금으로 만든 일곱 개의 촛대였다. 곡조는 바로 그곳에서 흘러나왔다. 자세히 들어보니 '호산나'라는 찬미 노래였다.

"거룩하시다, 거룩하시다, 거룩하시다. 온 누리의 주, 하늘과 땅에 가득한 그 영광, 높은 곳에 호산나!"

The Annunciation
Orazio Gentileschi 1623
San Salvador, Venice

금빛으로 빛나는 촛불들은 구름 한 점 없는 한밤중의 보름달보다
도 밝았다. 황금 촛대의 행렬은 어느덧 그들에게 가까이 오고 있었
고 행렬 뒤로 시중드는 사람처럼 흰옷을 입은 사람들이 따르고 있
었다. 한편, 강물은 촛대가 밝히는 불로 인해 불그스름하게 보였다.
단테는 행렬이 가까이 다가옴과 동시에 그들이 들고있는 촛대가 혜
성처럼 긴 빛줄기를 남기는 것을 보았다. 일곱가지 색을 띤 빛의 꼬
리는 장대한 하늘 아래 무지개가 빛나는 것처럼 장관을 연출했다.
그 빛줄기 아래 스물네 명의 장로들이 신앙을 상징하는 백합꽃의
관을 쓰고 성모 마리아를 찬송하는 노래를 부르며 따라왔다.

"은총이 가득하신 마리아여, 기뻐하소서. 주님께서 함께 계시니

Saint Paul Writing His Epistles
Valentin de Boulogne 1618~18
Museum of Fine Arts, Houston

여인 중에 가장 복되시며 태중의 아드님 또한 복되시도다.”

성가를 부르며 장로들이 지나가자 이번에는 푸른 잎사귀를 두른 네 개의 생명체가 모습을 드러냈다. 생명체는 사자와 황소, 그리고 사람과 독수리의 형상이었으며 그 생명체들 사이로 그리핀(몸통은 사자, 머리와 날개는 독수리의 괴물)이 이끄는 이륜마차가 앞을 뚫고 나왔다. 그리핀의 날개는 황금으로 치장되어 있었고, 마차는 스키피오나 아우구스투스가 승리를 기념하기 위해 탔던 개선 마차보다 훨씬 멋진 것이었다. 마차의 오른쪽으로 진홍 · 초록 · 백색 옷을 입은 여인들이 춤을 추며 따라오고 있었다. 또한 왼쪽에서도 자주색 옷을 입은 네 명의 숙녀가 그들 중 머리에 세 개의 눈을 가진 여인의 주도 하에 즐거운 표정으로 따라왔다. 그리고 그 뒤로 차분하고 위엄 있는 두 노인이 따랐는데, 한 노인은 히포크라테스처럼 의사 복장이었으며 다른 한 노인은 손에 예리한 칼을 든 전사 복장을 하고 있었다.

행렬이 뜻하는 바는 그리스도교의 신앙과 교회의 상징이다.

네 생명체는 4복음서를 상징하며 개선 마차는 교회를 뜻하는 것이다. 일곱 개의 촛대는 7성사를, 스물네 명의 장로는 구약성서 24권을 상징한다. 또, 마차의 오른편에 있는 세 여인은 믿음 · 소망 · 사랑을, 세 개의 눈을 가진 여인은 과거 · 현재 · 미래에 대한 상징이다. 한편, 이들 뒤를 따르는 두 노인은 성 루카와 성 바오로 사도이며 검소한 차림의 네 숙녀는 신약성서의 서간문을 집필한 네 명의 사도를 뜻하는 것이다. 이 거창한 행렬은 단테 앞에 와서 천둥소리와 함께 멈춰 섰다.

The Salutation of Beatrice
Dante Gabriel Rossetti 1859
Ashmolean Museum, Oxford, UK

베아트리체의 영접

일곱 개의 황금촛대가 멈추자 장로들이 일제히 마차로 향했다.

한 장로가 "오, 나의 신부여, 레바논으로부터 나오라."는 노래를 세차례나 선창했고 나머지 장로들이 노래를 따라 불렀다. 마지막 심판 날에 축복받은 자들이 할렐루야를 외치며 무덤을 박차고 나오 듯, 천사의 무리가 장로들이 지녔던 촛대를 건네받으며 "오시는 이 여, 복되도다. 오, 한 아름의 백합을 당신에게 바치노라."고 응답했 다.

하루를 시작하는 동편 하늘이 온통 장밋빛으로 물들고 태양의 표 면은 안개로 덮여 빛이 줄어들던 그때, 천사들이 뿌려대는 꽃들 사 이로 한 여인이 아름다운 자태를 드러내며 마차에서 내렸다.

여인은 하얀 베일을 두르고 올리브 잎으로 만든 화관을 쓴 채, 푸 른 망토를 불꽃처럼 빨간 옷 위에 받쳐 입고 있었다. 단테는 신비감 에 압도되어 한 눈에 그녀의 정체를 눈치채지는 못했지만 그녀에게

ite incontra Beatrice
faello Sorbi 1859
t bottom center

서 풍겨 나오는 연모의 불꽃이 옛날과 변함 없이 사랑의 힘을 느끼게 만들었다. 하지만 단테는 느낌의 정체가 정확히 무엇인지 알 수 없어서 가르침을 요청하기 위해 베르길리우스에게로 고개를 돌렸다. 그러나, 베르길리우스는 그의 곁에서 서서히 사라져 가고 있었다. 단테는 그 광경이 너무나 가슴 아파서 북받치는 슬픔을 억누르지 못하며 눈물을 하염없이 흘렸다.

단테는 자신을 인도하던 스승과 영원한 작별을 한 것이었다.

바로 그때, 여인의 목소리가 들려왔다.

"그대여, 울면 안 됩니다. 베르길리우스가 떠나갔다고 울고 계시면 안 됩니다. 저를 보세요. 저는 그대를 기다리던 베아트리체입니다. 그대는 이곳에 오신 이유를 잊으셨습니까? 여긴 축복받은 자들만이 들어오는 곳이라는 걸 모르고 계셨나요?"

단테는 눈물을 멈추고 어머니에게 꾸중 듣는 어린아이마냥 발밑을 쳐다보고 있을 수밖에 없었다. 그러자 베아트리체가 마차의 가장자리에 서서 천사들을 돌아보며 말했다.

"당신들은 빛 속에 계시므로 모든 것을 바로 알 수 있으시지요? 저기서 울고 있는 분이 슬픔에서 깨어나 죄와 괴로움의 무게가 같아진다는 사실을 깨닫게 도와주세요. 저는 길동무를 보내 지옥으로부터 이곳에 이르기까지 온갖 모습을 보여주는 것 말고는 저분을 구할 다른 방법이 없었습니다. 이제, 눈물을 동반한 뉘우침 없이 레테의 강을 건너고 그 물을 맛보는 사람이 있다 하더라도 지고하신 하느님의 율법이 깨어지는 것은 아닐런지요."

천사들에게 말을 마친 베아트리체가 이번엔 단테에게 다정한 목소리로 말했다.

"아, 신성한 강 저편에서 울고 있는 그대여. 제 말이 참된 것인지 아닌지 말해 보세요. 이제 그대의 고백과 참회가 따라야 할 때랍니다."

단테는 아직까지 정신을 차리지 못할 정도로 슬픔에 잠겨 있었기에 무엇인가 대답하려 애를 썼으나, 입술은 생각대로 움직여 주지 않았다.

"무얼 그리 골똘히 생각하시나요? 그대 안에 아직 숨 쉬고 있는 슬프고 죄스런 추억이 아직도 지워지지 않았나요?"

베아트리체가 채근했지만 단테는 겨우 네라고 대답하며 눈물과 한숨을 쏟아 놓을 뿐이었다.

"그대가 고백해야 할 것을 부정하거나 입을 다물어버린다고 죄가 가벼워지는 것은 아닙니다. 심판관이신 하느님은 이미 다 알고 계시니까요. 그러나 죄인 스스로가 자신의 죄를 알고 그것을 뉘우칠 때, 자비의 비중이 커지고 죄의 판정에 참작이 가해집니다. 숫돌의 바퀴가 칼날을 거슬러 반대로 돌아가면 그 날이 무뎌지듯 말입니다. 그러니 어서 눈물을 거두고 잘 들어 주세요. 그러면 옳은 방향으로 가게 될 것입니다. 제가 죽은 후에 그대의 욕망을 부채질한 것은 무엇인가요? 헛되고 그릇된 일을 박차고 버려야 할 때마다 하느님께 오르는 날개를 스스로 꺾어버리고 헤매지는 않았던가요?"

잘못을 저지른 아이들이 눈을 땅으로 내리깔고 묵묵히 듣기만 하다가 제 잘못을 인정하고 뉘우치는 것처럼, 단테 역시 그렇게 서있을 뿐이었는데 베아트리체의 아름다운 음성이 또 다시 들려왔다.

Dante y Beatriz a orillas del Le
Cristóbal Rojas 18
GAN.Cararas, Venezu

　"그대여, 듣기만 해도 괴로우신 모양이지만 얼굴을 드세요. 그러
면 천상의 아름다움을 보면서 지상에서의 속절없이 행복을 쫓던 것
이 얼마나 후회스럽고 부질없는 짓이었음을 알게 될 것입니다."

　단테가 고개를 들었다. 속세의 행복과 쾌락을 쫓던 자신의 행동
에 마음 속 깊이 고통을 느끼며 그를 유혹하던 수많은 세속적 쾌락
이 이제는 가장 큰 재앙임을 뼈저리게 느꼈다.

　단테가 쓰라린 죄의식에 압박을 받으면서 겨우 정신을 차리자,
낙원에서 만났던 마틸다가 다가와 허리를 굽히고는 "나를 붙드세
요, 잘 붙들어 주세요."라면서 양팔을 벌려 단테를 안고 목까지 물
에 담가 강물을 마시게 했다. 그리고는 네 명의 숙녀들이 있는 곳으

로 가뿐히 끌어올렸다.

그때, 천사들이 부르는 감미로운 성가 소리가 들려왔다.

"이 몸 깨끗하여지리라."

이번에는 네 여인이 팔을 벌려 단테의 머리를 껴안고는 물속에 푹 담갔다. 그런 다음, 흠뻑 젖은 그를 세 명의 아름다운 여인이 춤추는 건너편으로 데려가 그들 모두가 단테를 포옹하도록 권했다.

단테는 이제 믿음·소망·사랑의 화살을 맞아 불꽃보다도 더 뜨거운 믿음을 갖게 되었다.

그의 눈동자 또한 예전보다 훨씬 밝게 빛나기 시작했으며, 그와 동시에 단테는 하늘의 양식이 자신의 몸을 가득히 채우는 것을 느꼈다.

단테가 레테의 강을 건너 베아트리체가 있는 곳으로 걸어오자 세 여인이 천사들의 노래에 맞춰 춤을 추기 시작했다. 여인들은 천길만길 걸어온 단테를 위해 미소를 보내주도록 베아트리체에게 간구하는 노래를 불렀다. 비로소 단테는 거의 십 년 만에 베아트리체의 따뜻한 미소를 직접 대할 수 있었다.

베아트리체는 순례의 마지막 길목인 에우노에강으로 단테를 인도하면서 여태껏 단테의 곁을 떠나지 않고 머물러 있던 스타티우스에게도 함께 따라오라고 일렀다.

에우노에강, 그 성스러운 물을 마신 두 사람은 초목에 난 새 잎사귀처럼 소생해서 멀리 떨어져있는 별이라도 당장 한달음에 올라갈 수 있을 만큼 순수한 영혼이 되었다.

Dante's First Meeting with Beatrice
Simeon Solomon 1859-63
Tate Britain, London

천국Paradise

Descent into Limbo
Alonzo Cano 1640
Los Angeles County Museum of Art, Los Angeles

하느님의 영광, 천체의 질서

베아트리체의 인도에 따라 천국에 오른 단테는 천체의 신비와 질서를 노래하고, 창조의 오묘함과 위대한 빛의 실체를 좀 더 확실히 묘사하기 시작했다.

또, 하느님의 영광이 온 우주를 남김없이 비추고 있지만 장소에 따라 빛이 더하기도 덜할 수도 있음을 고백하면서, 소망이 뒤따르면 하늘의 신비를 깨달을 수 있다고 실토했다.

단테는 하늘의 신비를 깨닫게 된 것이 그의 지성, 즉 정신 안에 있는 가장 값진 보물 때문이라고 말한 후, 인간의 힘으로는 도저히 표현할 수 없는 이 신비스러운 모습을 제대로 노래할 수 있도록 뮤즈와 아폴로(그리스도를 뜻함)에게 도움을 요청했다.

'아, 훌륭하신 아폴로여, 나의 이 마지막 여정을 도우사
월계관을 쓰게 하여 그대 마음에 들게 하소서.'

그리고는 겸허하게 머리를 조아리며 다시 한 번 기도를 드렸다.

'가슴속에 들어와 마르시아스를 칼집에서 뽑아내던 그때처럼 그대의 숨을 불어넣어 주소서.'

단테는 천국을 지구를 싸고도는 큰 둘레로 생각하고 있었다. 지구를 겹겹이 싸고 있는 하늘을 아홉 개로 구분했으며 그 밖은 하느님이 계시는 정화천淨化天으로 묘사했다.

첫째 하늘은 지구에서 가장 가까운 곳으로 달이 상징이 되어 월광천月光天이라고 부른다. 이곳에는 '안젤리'라는 천사들이 있으며 일종의 불완전한 영혼들이 자리 잡고 있다. 이 세계를 파악하는 학문의 특징을 문법으로 표현하고 있음은 가장 기본적인 학문의 원리를 강조하는 것이기도 하다.

둘째 하늘은 수성이 상징이 되어 수성천水星天이라고 부른다. 이곳에는 '아르칸젤리'라는 대천사들이 있으며 활동적인 영혼들의 모습이 두드러지게 표현된다. 논리학이 제기되는 장소이기에 단테는 그리스도의 죽음과 인류의 구원, 그리고 육신의 부활 등의 신학적 문제를 논리학으로 제시한다.

셋째 하늘은 금성천金星天으로 부르며 '프린치파티'라고 일컫는 권품천사들이 자리 잡고 있다. 이곳에 있는 영혼들은 사랑의 축복으로 묘사되고 학문적으로 수사학이 아름답게 묘사되고 있다.

넷째 하늘은 태양천太陽天으로 지혜로운 영혼들과 능품천사들이 자리잡고 있는 곳이다. 인간의 판단이 불러오는 오류를 저울질하는 산술학이 의미있게 제시되며 솔로몬의 지혜가 칭송되는 곳이기도 하다.

다섯째 하늘은 화성천火星天이며 믿음을 위해 싸웠던 용감한 영혼들이 칭송을 받는다. '비르투디'라고 부르는 힘의 천사에 둘러

싸여 있고 이웃에 대한 사랑의 덕이 묘사되며 음악이 학문적 관련성으로 존재한다.

여섯째 하늘은 목성천木星天이다. 의로운 영혼들의 안식처인 이곳은 주품천사들이 있으며 하느님의 정의를 사랑하는 덕이 있는 곳이다. 기하학이 학문적 연관성으로 존재하며 하느님 정의의 불가해성은 기하학으로도 풀 수 없음을 강조하기도 한다.

일곱째 하늘은 토성천土星天으로 관조하는 영혼들의 모습이 드러나는 곳이다. 이곳에는 좌품천사들이 있으며 운명의 신비를 관찰하는 천문학이 등장하는 장소이기도 하다.

여덟째 하늘은 항성천恒星天이라고 부르며 '게루핌' 천사들이 자리잡고 있다. 승리의 덕을 칭송하는 곳으로 학문으로는 형이상학이 언급된다.

아홉째 하늘은 원동천原動天이라고 부르며 천사들의 합창이 메아리치는 곳으로 '세라핌' 천사들이 하느님의 위대하심을 노래한다. 학문적 연관성으로는 윤리학이 언급된다.

마지막 하늘은 엠피레오라고 부르는 정화천淨化天이다. 천체를 관장하시는 하느님의 빛이 넘치는 곳으로 이를 아는 것은 오로지 신학을 통해서만 이루어질 수 있다.

Virgin in Glory with Saints
Giovanni Bellini 1510-15
Gallerie dell'Accademia, Venice

첫째 하늘 - 월광천月光天

Empyrean Light
Gustave Doré 1867
Gustave Doré & Kalki

드디어 단테가 하느님의 은총으로 하늘에 올라 그 넓은 세계를 향해 천국의 순례를 시작하려 할 때, 별안간 몸이 가벼워져 자신이 영혼만을 지닌 것인지 아니면 육신을 함께 지닌 것인지조차 느끼지 못할 정도가 되었다.

　그가 고개를 들어 하늘의 움직임을 바라보았을 때, 그것은 처음에는 태양의 불로 태워지는 광활한 하늘이었다. 단테는 하늘과 그 세계가 내포하는 오묘한 조화의 이치를 알고 싶어 애타는 심정이었는데 그의 마음을 꿰뚫어 본 베아트리체가 단테가 이미 땅을 벗어나 별빛과 같은 속도로 하늘을 향해 날아오르고 있다는 사실을 알려 주었다.

　"삼라만상은 저마다 질서가 있고 이 질서에 의해서 신의 모습이 드러납니다. 이성과 사랑을 가진 인간과 천사의 모습은 영원무궁하신 하느님의 권능의 표식이며 만물의 질서가 되시는 하느님의 영광을 위해 창조된 것이기도 합니다. 자연은 제 몫을 따라 그 근원에서 시작하고, 멀리든 가까이든 바다를 거쳐 여러 곳으로 향하는 본성을 지니고 있지요. 이 본성이 불길을 타오르게 하고 마음을 움직이며 인력을 나타내는 것입니다. 이처럼 본능의 활은 지성 밖에 있는 사물뿐 만 아니라, 지성과 사랑을 지니고 있는 피조물인 사람에게도 화살을 당기는 것이랍니다. 우리의 의지가 화살을 당길 때 과녁을 벗어나기도 하지만 그것 역시 하느님의 힘, 질서가 작용되는 힘에 따라 굽어져 떨어지는 것이 아니겠습니까? 그러니 당신이 불길처럼 솟아오르는 것도 이상한 일이 아니랍니다. 기이하게 여기지 마세요. 그것이 하느님의 섭리에 따라 물이 높은 데서 낮은 곳으로 흐르는 것만큼 자연스러운 일이니까요.”

이렇게 말한 다음, 베아트리체는 고개를 들어 하늘을 향했다. 베아트리체가 하늘을 쳐다보고 단테는 베아트리체를 바라보며 날아오른 그들은 머지않아 첫 번째 하늘인 월광천에 도달했다.

그들이 도달하자마자 햇볕을 흡수한 금강석처럼 눈부시고 단단한 구름이 두 사람을 감싸 안았다. 또, 강물이 햇볕을 고스란히 받아들이는 것처럼 달이 두 순례자를 포근하게 감싸주었다.

단테는 자신을 이곳까지 인도하신 하느님께 감사기도를 드리고 나서 달 속에 보이는 검은 얼룩들의 정체가 뭐냐고 베아트리체에게 물었다. 그러자, 그녀가 빙긋이 웃으면서 단테의 생각을 되물었다.

단테는 이탈리아의 학자 아베로에의 학설을 인용하면서 농도의 강약 때문이 아니냐고 반문했다.

베아트리체는 그 학설은 허구라고 대답하면서 천체의 본성과 이에 연유하는 힘이 달의 밝음과 어두움, 즉 명암의 차이를 나타나게 하는 것이라고 설명했다.

예전에는 사랑으로 충만하던 여인이 이토록 진리를 깊이 깨우치고 있다는 사실에 감동한 나머지, 단테는 마음이 북받쳐 베아트리체에게 고백하며 눈물지었다.

The Virgin in Prayer
Sassoferrato 1640-50
National Gallery, London

변치 않는 하느님과의 서약

그때, 갑자기 하나의 환영이 나타나 단테를 끌어 당겼다. 그러나 그것이 실체인지 허상인지 분간하지 못 할 만큼 정신이 없었을 뿐 아니라, 실제로 어떠한 형상도 보이지 않자 단테는 이상하다는 듯 베아트리체를 쳐다보았다.

그녀가 웃으면서 말했다.

"당신의 어린아이 같은 마음 때문에 제가 웃음 지었다고 해서 이상하게 생각하지 마세요. 아직도 당신은 진리를 기초로 하지 않고 감각에만 의존하기에 웃었을 뿐입니다. 당신이 본 것은 그림자가 아닙니다. 맹세를 어겼기에 이곳에 남은 영혼들입니다. 저분들의 모습이 진정한 실체임에도 불구하고 마치 허상처럼 보이는 까닭은 아직 서약의 소명을 온전히 채우지 못했기 때문입니다. 자, 저분들과 한 번 거리낌 없이 이야기해 보세요."

단테는 허상들 가운데 단테와 이야기하고 싶어 하는 영혼 앞으로 가서 "오, 축복받은 영혼이여, 하느님의 빛을 바라보고 천상의 기쁨을 알게 되신 영혼이여, 당신이 누구신지 말씀하셔서 부디 제 마음을 채워주시기 바랍니다."라고 간구했다.

그러자 따스한 미소를 지으며 영혼이 대답했다.

"모든 이가 당신을 닮게 되기를 바라는 신의 자비로움 못지않게 우리들의 사랑도 올바른 소망 앞에 항상 열려 있답니다. 저는 살아생전 동정을 서약한 수녀였습니다. 제 아름다웠던 모습을 당신도 기억하실 수 있을 것입니다. 제 이름은 피카르다입니다. 저는 모든 축복받은 영혼들과 함께 가장 천천히 움직이는 달에 있습니다. 우리의 처지가 낮은 운명 속에 주어진 것처럼 보이는 이유는 우리가 맹세를 채우지 못했거나 서약한 소명을 완전케 하지 못했기 때문이랍니다."

"비록 창백하고 흐릿하게 보이지만 당신의 얼굴이 거룩하게 변화했기에 선뜻 누구인지 알아 볼 수 없었습니다. 하지만 이야기를 듣자마자 바로 당신의 얼굴을 떠올렸습니다. 그럼, 제 머릿속에 떠오르는 생각을 물어봐도 괜찮겠는지요. 당신들은 모두 이곳에서 아주 행복하게 지내고 계시지만 그래도 더 많은 것을 보고 더 많은 벗을 사귀고자 하늘의 높은 곳으로 오르길 바라지는 않습니까?"

단테의 질문에 피카르다는 옆의 다른 영혼들과 더불어 빙긋이 웃으며 기쁜 낯으로 대답했다.

"오, 하느님이 사랑하시는 형제여, 사랑의 힘이 우리의 의지를 고요히 가라앉혀 주기 때문에 우리는 오직 우리가 가진 것만을 향유할 뿐, 다른 것을 탐내지는 않습니다. 우리가 만일 더 높은 곳에 오

Piccarda Donati fatta rapire dal convento di Santa Chiara dal fratello Corso
Raffaello Sorbi 1866
Palazzo Pitti, Florence

르고자 욕심을 부린다면 우리를 이곳에 머무르게 하신 신의 뜻과 어긋나게 되는 것이겠지요. 천국에서는 신의 뜻과 일치하지 않는 것은 허락되지 않습니다. 우리는 모두 신의 사랑 속에 있기 때문입니다. 그것이 뜻하는 본연의 의미를 깨닫게 될 때, 당신도 어긋남이 용납될 수 없는 이유를 알게 될 것입니다. 우리의 의지를 하나 되게 하시는 그분의 뜻 속에서 자신을 지키는 것이 축복의 본질입니다. 그래야 그분이 뜻하시는 대로 우리의 의지를 그릴 수 있습니다. 이 것은 만물이 생성하는 흐름, 자연의 형태, 만물을 창조하시고 모든 것을 이루시는 가장 높은 선이 베푸시는 은혜의 바다인 것입니다."

단테는 하느님의 은총이 항상 같은 모양으로 채워지는 것은 아니지만 은혜의 빛이 골고루 비치지는 않는다 해도 하늘나라에서는 어느 곳이든 낙원을 이루고 있음을 분명히 깨닫게 되었다.

피카르다는 최초로 여자수도원을 세웠던 성녀 클라라의 모범을 따르기 위해 속세를 떠나 수녀원에 들어갔던 인물이다. 그녀는 순결서원(순결한 생활을 하느님에게 다짐하는 일)을 했지만 선보다는 악을 행하는 자들에 의해 수녀원에서 납치되었고, 폭력으로 수도원을 떠나게 되었으며, 정략 결혼을 당하는 바람에 더 이상 서원을 이행할 수 없는 몸이 되었다. 그녀는 자신에 대해 이야기한 다음, 자기와 처지가 비슷했던 코스탄차의 사연을 들려주었다.

황녀 코스탄차. 그녀 역시 수녀원에서의 생활을 동경해 그리스도께 서원을 약속했던 인물이다. 하지만 그녀는 하인리히 6세의 부인이 되어 프레드릭 2세를 낳았다.

피카르다는 이야기를 마친 후 '아베 마리아'를 부르며 무거운 물건이 깊은 물속에 잠기듯 단테의 눈앞에서 사라져갔다. 단테는 피카르다가 안 보일 때까지 바라보다가 베아트리체 쪽으로 눈길을 돌렸다. 단테는 피카르다의 이야기를 듣고 두 가지 의문을 가졌다.

하나는 상황이 변하더라도 맹세를 지키려는 의지가 강하다면 어째서 타인의 폭력이 공덕을 감퇴시키는 것인가 하는 의문과, 또 하나는 축복을 받은 영혼들이 각각 다른 하늘에 나타난다면 '영혼들은 모두 별에게 돌아간다'는 플라톤의 말은 어떻게 이해해야되는 것인가에 대한 의문이었다.

베아트리체가 단테의 마음 속 의문을 헤아리고 이렇게 답변했다.

"하느님과 가장 가까이 있는 세라핌 천사나 모세, 사무엘 그리고 세례자 요한과 사도 요한, 또 주님의 모친이신 성모 마리아까지도 방금 당신 앞에 나타났던 영혼들과 다른 세계에 있는 것은 결코 아닙니다. 그들이 존재하는 곳도 똑같이 영원한 장소입니다. 모두가 정화천인 엠피레오 둘레를 아름답게 만들면서 단지 거룩하신 하느님의 숨결을 더 혹은 덜 느낌에 따라 그들이 갖는 행복한 삶의 형태가 각각 다를 뿐이지요. 앞서 저분들이 이곳에 나타난 이유는 이 월광천이 그들에게 운명 지어졌기 때문이 아니라, 하늘나라의 오르막길 중에서 낮은 것의 표시를 드러내기 위함이었답니다. 이렇게 해야 당신의 이해에 도움이 될 테니까요. 아직도 당신은 모든 것을 감각적으로만 이해하려고 합니다. 그래서 하느님의 말씀인 성경도 그 수준에 맞춰야 했고 가브리엘 대천사나 성 미카엘 대천사, 성 라파엘 대천사가 나타나 그분의 뜻을 전한 것도 모두 이런 이유 때문이랍니다."

The Trinity in Glory
Tiziano Vecellio 1552-54
Museo del Prado, Madrid

Assumption of the Virgin
Paolo Veronese 1586
Gallerie dell'Accademia, Venice

이어서 그녀는 남은 의문까지 마저 설명했다.

"하늘의 정의가 불의로 보이고 눈으로 이해되지 않는 것은 이교도적 의심이 아니라, 바로 신앙을 위한 질문입니다. 그러나 당신의 지성이 진리의 말씀에 쉽게 스며드는 힘을 가지고 있기에 충분한 설명을 해 드리겠습니다. 폭력이 발생했을 때 고통받는 사람들이 자신에게 가했던 힘에 저항은 물론 아무 것도 하지 않을 경우, 이러한 영혼은 변명을 할 수 없습니다. 의지가 존재하지 않을 뿐더러 극복될 수도 없습니다. 의지라는 것은 원하지 않는다고 꺼지는 촛불이 아닙니다. 폭력이 의지를 수천 번 흔들어 놓는다 하더라도 본성은 꺼지지 않아야 합니다. 그러기에 어느 정도 흔들릴 때 신의 의지가 그 힘을 돕습니다. 성 라우렌시오는 박해를 받을 때 철판 위에 놓여 불에 담금질을 당했어도 하느님의 뜻에서 떠나지 않았고 무키우스 역시 로마를 포위망에서 구원하려다 실패하고는 책임을 느껴 제 손을 불 속에 넣어 태워버렸던 것처럼, 의지는 곤경 속에서도 굽히지 않고 굳게 지켜져야 합니다. 저들도 그들의 의지를 지키기 위해 끝까지 노력했어야 하는 것입니다. 악에 굴복하지 않고 저항하면 오히려 더 큰 재앙에 빠지는 것이 아닐까 하고 두려워하는 순간, 모든 것이 악으로 이어집니다. 코스탄차가 수도생활에 대한 그리움을 계속 간직했다는 말을 피카르다로부터 들으셨지만 바로 이 점에서 당신과 저의 견해가 엇갈리는 것입니다. 피카르다가 설명하는 것은 절대 의지입니다. 서약은 어떤 경우에라도 변명할 수 없다는 사실을 기억하시길 바랍니다."

"잘 알았습니다. 당신의 말씀을 듣고 나니 마음이 평온해집니다.

그러나 한 가지 더 묻고 싶은 것이 있습니다. 만약에 그 서약 자체가 합당치 못한 것이라면 어떻게 해야 그 무거운 죄를 보속할 수 있을까요?"

"하느님께서는 의지의 자유를 가장 값지게 생각하십니다. 당신의 물음은 '맹세한 것을 부득이하게 어겨야 할 경우에 어떻게 하면 없었던 것으로 할 수 있을까'라는 것인데, 그것은 불가능하답니다. 일단 이루어진 서약은 취소될 수 없는 것이지요. 그러니 사람들은 서약을 경솔하게 생각하지 말아야 합니다. 입다는 암몬인들과의 싸움에서 이길 경우, 집에 돌아가면 제일 처음 만나는 사람을 재물로 바치겠다는 서약을 했다가 외동딸이 마중 나오자 어쩔 수 없이 제 외동딸을 불 속에 집어던지지 않았던가요? 또, 그리스의 대장 아가멤논도 트로이 전쟁에서 아르테미스 신과의 약속 때문에 제 딸을 그에게 바칠 수밖에 없지 않았던가요? 이처럼 하느님과의 사이에서 바람에 휘날리는 깃털 같은 서약을 해서는 절대 안 되는 것입니다."

영예의 광채
하느님의 정의와 사랑

베아트리체는 단테에게 차근차근 이야기하고는 다시 하늘을 향해 솟구쳐 올랐다. 그들은 마치 활시위가 잠잠해지기도 전에 과녁을 찌르는 화살처럼 두 번째 하늘인 수성천으로 향했다. 베아트리체의 모습은 높이 올라 갈수록 더욱 아름답고 거룩하게 빛나고 있었다.

그때, 잔잔한 연못에 먹이가 던져지면 물고기들이 몰려드는 것처럼 수천 개의 별들이 그들을 향해 몰려들었다.

별들의 정체는 눈부시게 빛나는 영혼들이었는데 그들은 "보라, 우리들의 사랑을 키워줄 분이로다."라고 소리 높여 외치면서 다가왔다. 눈부신 광채 속에서 영혼들은 기쁨에 가득 차 있었다.

그들 가운데 한 영혼이 말했다.

"아, 죽음을 알기 전에 영원한 승리의 옥좌로 오르신 축복받은 영혼이여! 하늘을 빛내시는 하느님의 사랑이 우리를 빛나게 합니다.

우리와 함께 빛나고자 하시거든 함께 대화를 나누시지요."

단테가 영혼 앞으로 다가가 조심스럽고도 매우 정중하게 물었다.

"오, 광채 속에서 찬연히 빛나고 계신 고귀한 분이시여. 당신은 어떤 분이시며, 어떻게 여길 오시게 되었는지요?"

빛 속의 영혼이 전보다 더욱 빛을 발하며 기쁨에 가득 찬 어조로 단테에게 대답했다.

"나는 로마의 황제 콘스탄티누스보다 이백여 년쯤 뒤에 황제가 된 유스티아누스입니다. 나는 그리스도가 하나의 본질인 신성神性만을 가지고 있으며 인성人性은 가지고 있지 않다고 생각했습니다. 나는 내 믿음에 줄곧 만족했지요. 하지만 아가페투스 교황께서 나를 곧바로 이끌어 주셨습니다. 아가페투스는 내게 평생 동안 진실한 신앙을 가르쳐주셨습니다. 그래서 교회와 보조를 맞춰가면서 하느님이 내게 부여하신 일에 온몸을 바칠 수 있었습니다. 이 고귀한 직무를 위해 전쟁을 포함해서 국정의 모든 일은 벨리사리우스에게 맡겼습니다. 그리고 계속해서 하느님의 뜻에 합당한 '로마법대전'을 만들었지요. 그런데 지금은 로마가 황제파인 기벨리니당과 교회파인 겔프당으로 분열되어 싸우고 있는 형국이니, 보기에도 참으로 딱한 일입니다."

유스티아누스는 로마인들의 온갖 분쟁에 대해서도 상세히 설명했다. 그런 다음, 길고 긴 자신의 이야기를 마치고는 신의 찬가를 부르며 다른 영혼들과 함께 멀어져 갔다.

"호산나, 만군의 왕 거룩하신 주님이시여, 당신은 높은 곳으로부터 풍요로운 빛을 발하시어 하늘나라의 천사와 성인들을 비추시는

St John and Francis
El Greco 1600
Galleria degli Uffizi, Florence

도다.”

단테는 유스티아누스의 설명을 듣고 하나의 의문이 가슴 깊은 곳으로부터 일어났지만 감히 그것을 밝히려고 하지는 않았다. 그러자 베아트리체가 벌써 속마음을 읽고는 웃음 띤 얼굴로 단테의 의문을 풀어주기 시작했다.

“제 직감이 옳다면, 당신의 의문은 유스티아누스의 말 가운데서 의로운 복수가 어째서 벌로 간주되어 죄의 대가를 치루어야 하는가에 대한 것이 아닌가요? ‘그리스도의 죽음이 아담의 죄에 대한 대가라면서 어째서 예루살렘의 멸망으로 또 다시 대가를 치루어야만 하는가’라는 의문이지요? 자, 이제부터 당신의 마음을 풀어드릴 테니 제 말을 잘 들어 주세요. 위대한 진리를 밝혀드리겠습니다.”

베아트리체는 신학적 설명을 곁들이며 구원의 신비에 대해 자세히 밝히기 시작했다.

“아담은 하느님에 의해 직접 창조되었지만 자유 의지에 스스로 재갈을 물리고 죄를 범하였기에 자신은 물론, 인류 전체에 해를 끼쳤습니다. 그리하여 사람들은 오랫동안 이 원죄의 상태로 지낼 수밖에 없었지요. 그러나 존귀하신 그리스도의 희생으로 말미암아 그 굴레에서 벗어날 수 있었습니다. 그러므로 그리스도의 죽음은 원죄의 의로운 갚음이 분명하지만, 그 의로우신 죽음으로 인해 여러 가지 의미가 파생되었음을 잊지 마세요. 그리스도는 죽음으로 하느님의 의도를 채워드린 것입니다. 하지만 유대인들은 그들의 증오를 만족시켜줄 즐거움만을 추구했지요. 그 때문에 땅이 진동하고 하늘이 열려 예루살렘의 멸망을 지켜보게 된 것이랍니다.”

단테는 또 하나의 의문에 사로 잡혔다. '하느님께서는 어째서 인간의 구원을 위해 독생자 그리스도의 희생을 선택하셨는가' 라는 의문이었다. 베아트리체는 이에 대해서도 설명했다.

"인간은 불완전한 존재이기에 원죄를 속죄할 수 없으며 제 스스로의 힘으로 갚을 수도 없습니다. 그러기에 하느님은 당신의 사랑과 정의를 만족시키면서 동시에 인간을 완전한 삶으로 다시 회복시켜야 했던 것입니다. 인간으로 하여금 능히 제 본 모습을 재생할 수 있도록 그저 죄를 사해 주신 것이 아니라, 당신의 독생자를 희생시키실 만큼 자비를 베푸신 것입니다. 만일 독생자께서 육신을 유지하기 위하여 자신을 겸손히 낮추지 않으셨다면 하느님의 정의와 사랑을 함께 채울 수 있는 다른 어떤 방법도 찾을 수 없었을 것입니다."

베아트리체의 자상하고 자세한 설명에도 불구하고 단테는 또 다른 의문에 휩싸였다. '하느님께서 창조하신 것이 어찌 썩고 부패할 수 있는가' 라는 것이었다. 베아트리체는 싱긋이 웃음을 지어보이고는 이에 대해서도 명료하게 답변했다.

"아, 사랑하는 사람이여, 천사들과 지금 당신이 있는 천국은 현재와 같은 형태로 변하지 않고 완벽하게 창조된 것이랍니다. 그러나 당신이 말한 요소들, 즉 물이며 공기 · 불 · 땅과 같은 원소와 화합물들은 만들어진 힘에 의해 형태가 결정되어진 것들이지요. 그것들은 물질로 창조되었으며 그 주위를 돌고 있는 별들 안에서 형태를 이루는 것에 불과하답니다. 그래서 썩을 수도, 부패할 수도 있는 것이지요. 온갖 짐승들과 식물들은 별들과 그 별들의 움직임에 의해 만들어 낸 것들이지만 인간의 생명은 지고하신 하느님이 아무 것도 통하지 않고 직접 숨결을 불어넣어 만드신 것이기에, 후에도 그분의 사랑의 열망을 느끼게 되는 것입니다. 인간이 하느님의 모습대로 창조되었음을 믿으신다면 인간의 육신이 멸함 없이 부활할 것이라는 사실도 헤아릴 수 있을 것입니다."

Christ in front of Pilate
Mihály Munkácsy 1881
Déri Museum, Debrecen

사랑의 섭리

새벽에 빛나는 별, 금성.

이교도들이 비너스가 사랑의 빛을 발하면서 선회하는 곳이라고 칭송했던 금성천에 도착해 있음을 단테는 미처 깨닫지 못하고 있었다. 그러나, 베아트리체의 모습이 더욱더 아름다워진 것을 목격한 후에야 이를 알게 되었다.

타오르는 불꽃 속에서도 섬광이 보이고 한 목소리에서 서로 다른 소리가 번갈아 들려도 본래의 목소리를 구분할 수 있는 것처럼, 찬연히 빛나는 금성의 광채 속에서 다른 빛들이 빙글빙글 돌고 있는 것을 단테는 보았다. 그 움직임은 마치 영원한 직관을 쫓는 움직임처럼 보였다.

이들은 사랑을 강렬히 느꼈던 지복자至福者들의 영혼이었다.

단테를 보자, 영혼들은 빙글빙글 돌던 회전을 멈추고는 구름 위에서 바람과 같은 속도로 두 방문객의 마중을 나왔다. 마중하는 행렬 맨 앞으로부터 '호산나' 찬미의 노래가 울려 퍼졌고 그 중 한 영혼이 단테 곁으로 가까이 오면서 말했다.

"우리는 사랑의 기쁨으로 충만한 영혼들이랍니다. 이곳 금성천에서 천사들과 함께 하느님을 뵙길 바라며 춤을 추며 돌고 있지요. 당신께도 우리의 기쁨을 함께 누리게 하고 싶군요. 당신은 세상에서 우리를 보고 '셋째 하늘을 슬기롭게 움직이시는 분들'이라고 칭한 바 있으니 당신을 위해 잠시 머무는 것도 큰 즐거움이 아닐 수 없겠습니다."

단테가 경외심을 품은 눈으로 베아트리체의 표정을 살펴 본 다음, 사랑으로 가득 찬 목소리로 "그대들에 대해 이야기를 해 주실 수 있는지요."라고 물었다. 그러자 방금 이야기를 나눴던 영혼이 아까보다 더 밝게 빛나며 행복한 목소리로 말했다.

"내 생애는 여간 짧은 것이 아니었습니다. 만약 내가 스물네 살에 콜레라로 죽지 않고 오랫동안 나폴리 왕국을 다스렸다면 그토록 크고 많은 재앙을 피할 수 있었을 것입니다. 지금 나를 감싸고 있는 즐거움의 정체는 그대에게 내 자신을 감추고 숨기고 싶은 마음입니다. 살아생전 그대가 나를 무던히도 사랑했기에 내가 좀 더 살았더라면 그대의 사랑에 보답하는 마음을 보여줄 수 있었을 텐데요."

영혼의 말을 듣자마자 단테는 그가 카를로 마르첼로인 것을 알아차렸다. 그는 나폴리 왕국의 왕이었던 시절, 동생인 로베르토에게 왕의 지위를 빼앗긴 인물이었다. 한때 헝가리의 임금으로 피렌체에 온 일도 있어서 단테와는 안면이 있는 사이였다.

"당신께 한마디 여쭙고 싶습니다. 어째서 당신처럼 훌륭한 분에

Allegory of Divine Providence
Pietro da Cortona 1633-39
Palazzo Barberini, Rome

게 그처럼 포악한 아우가 있을 수 있는 것인지요?"

"그것은 이 세상을 창조하신 하느님만이 아시는 일입니다. 인간은 누구나 각각 하느님으로부터 창조되었을 때 타고난 성질이 있어서 형제간이라 할지라도 다를 수밖에 없습니다. 그러므로 서로 다른 직분을 맡아 돕지 않으면 안 되는 것이지요. 솔론은 법률가의 성질을, 크세르크스크는 군인의 적성을, 멜키세덱은 사제가 될 훌륭한 덕을 가지고 태어났으며 그것은 모두 하느님의 섭리에 따른 것입니다. 이삭의 아들이었던 야곱과 에서를 보십시오. 쌍둥이 형제였던 이들의 성질이 전혀 다르지 않습니까? 이같이 모두 성질이 다르기에 누구나 자기에게 맞는 일을 해야 하는 것이지요. 그러므로 군인이 되기에 적당한 성질을 가진 사람이 사제가 되고자 한다거나, 설교를 할 사람이 왕이 되려 한다면 하느님의 섭리를 거스르는 것이 되어 큰 불행을 자초하게 되는 것이랍니다."

카를로는 이야기를 마치고 그의 자식들이 얼마나 사악한 죄악을 저질렀으며, 또 어떻게 벌을 받을 것인지 예언하고는 단테 앞에서 사라져갔다.

그와 동시에 찬란한 빛줄기 하나가 무리에서 빠져나와 단테를 향해 다가오면서 밝게 비추었다. 단테는 그 빛이 자신을 향해 기쁨의 의지를 나타내는 것이라고 생각하며 정중한 어조로 질문을 던졌다.

"축복받은 영혼이여, 제 소망을 아시고 계실 테니 당신 안에 이를 투영시켜 채워 주시기를 바랍니다."

그러자 영혼은 마치 기다리고 있던 것처럼 단테의 말을 이어받았다.

"저는 베네치아와 북부 이탈리아를 흐르는 블렌타와 피아베강 사이의 늪지대 트레비소를 끼고있는 로마노 언덕에서 살고 있었답니다. 이 언덕에 있는 에첼리노 성의 폭군인 에첼리노는 저와 남매지간이랍니다. 저 역시 제 오빠와 별 다를 게 없는 사치를 즐기던 여인이었지만 곧 참회의 기도를 드리고 하느님을 정성껏 섬겼습니다. 저는 주님을 알고 난 다음부터 운명의 실마리를 알고 스스로 자복하고 모든 것을 귀찮아하지 않았으나 속된 자들에게는 이것이 힘겨워 보였을 겁니다. 제 곁에 가까이 계신 마르실리아의 폴코 수도원장님의 명성이 아직 남아 있는 것처럼, 영원한 명예를 위해 사람들이 부단한 노력을 얼마나 하는지도 잘 알고 있답니다. 하지만 지금의 세상 사람들은 이를 소홀히 생각하니 서글프기 짝이 없습니다. 숱한 재앙 속에서도 뉘우칠 줄 모르는 것을 보면 쉽게 알 수 있지요. 모든 것은 시작과 끝이 있습니다. 이제 만토바인들은 황제에 대항해 비첸차 부근에 있는 늪의 물을 피로 물들일 것이며, 트레비소의 영주 카미노는 피살될 것이고, 펠트레는 겔프당에 충성을 보이기 위해 페라라의 대주교에게 피신해 온 페라라인들을 건네주어 피를 흘리게 할 것입니다."

여기서 그녀는 입을 다물었다. 이윽고 그녀의 이야기 속에 나왔던 마르실리아의 폴코 수도원장의 영혼이 모습을 보이자 단테는 더욱 기뻐하며 그에게 다시 물었다.

"오, 행복하신 분이여, 모든 것을 보고 아시는 주님의 왕국에 계시니 또한 모르실 것이 없으시겠지요. 그러므로 여섯 개의 날개로 하느님을 기쁘게 하시는 세라핌 천사들의 노래와 같은 당신의 목소

The Madonna della Vallicella Peter Paul
Rubens 1608
Akademie der Bildenden Künste, Vienna

리로 나의 소원을 풀어 주소서."

온화한 미소를 지으며 폴코 수도원장의 영혼이 단테에게 대답하기 시작했다.

"나는 에브라와 마크라 사이에 있는 항구에서 태어났습니다. 그리고 줄곧 마르세이유의 해안에서 살았습니다. 그 고장 사람들은 나를 폴코라고 불렀지요. 나는 한때 벨로스의 딸 디도나 트라키아의 공주 필리스처럼 애욕에 불탔었고, 테실리아의 왕이었던 에우르토스의 딸 이올레를 납치해 강제로 결혼했던 헤라클레스 못지않았습니다. 그러나 나는 이 행동들을 즐거워하기보다는 뉘우치려고 노력했지요. 하느님의 힘과 섭리를 알고 세상을 움직이는 선善을 분별할 수 있었기 때문입니다. 여기서 우리는 예술을 봅니다. 예술은 위대한 창조물들을 더욱더 아름답게 만들고 하늘 아래 세상으로 돌아가는 선을 분별합니다. 그대의 소원을 위해 한 말씀 더 드리자면, 태양이 순수한 물처럼 빛나는 이 빛 속에 누가 있는지 자세히 바라보시기를 바랍니다. 자, 여호수아의 사자들을 숨겨준 라합의 모습이 보이시나요? 비록 그녀의 신분이 창녀라 할지라도 주님께 가장 높은 계급을 책봉받았습니다. 그녀는 교황조차도 생각지 못한 선한 의지로 하느님의 영광을 도왔던 사람이기 때문입니다."

최고의 지성, 교부敎父들의 면류관

'한 분이신 성부 하느님과 성자 그리스도께서 영원한 사랑으로 물질세계와 정신세계를 지극하신 배려로 창조하셨으니, 이를 보는 자마다 그 오묘하심을 맛보지 않고는 존재할 수 없느니라.'

단테는 하느님께로 솟아오르는 신비로움과 기쁨을 만끽하면서 창조의 신비와 창조주 하느님의 위대하심을 찬양하는 시를 읊었다. 그러나, 단테는 더욱더 밝게 솟아오르는 태양 속에서 자신이 어찌하여 이곳까지 온 것인지 자세한 이유는 깨닫지 못하고 있었다.

"그대여, 천사들의 신이신 해님께 감사드리도록 하세요. 사람의 마음은 절대로 해님처럼 헌신적인 태도를 취하지 않는답니다. 그리고 빛나고 눈부신 은총으로 이곳까지 오르게 허락해 주신 삼위일체 하느님께도 감사의 기도를 드리도록 하세요."

베아트리체의 말을 듣고서야 네 번째 하늘인 태양천에 도착했음

을 깨달은 단테는 그녀가 곁에 있는 것도 잊을 정도로 열정적으로 감사의 기도를 드렸다.

그때, 말로 표현할 수 없을 만큼 찬란하게 빛나는 수많은 학자들의 영혼이 노래 부르고 춤을 추면서 내려와 단테와 베아트리체 주위에 달무리와도 같은 모양의 꽃의 면류관을 그렸다. 이 지혜로운 자들의 영혼은 두 순례자의 주위를 고정된 기둥 근처의 별처럼 세 차례 빙빙 돌다가 멈춰 서곤 했는데 그것은 흡사 뭇여인들이 한 곡의 노래가 끝나면 춤추는 행위를 멈춰 섰다가 다음에 이어질 노래를 기다리는 것과 같은 모습이었다. 이 가운데 영혼 중의 하나가 눈부시게 빛을 발하며 말을 하기 시작했다.

"오, 아름다운 분의 인도하심을 따라 도착하신 그대여, 기쁜 마음으로 두 분을 향해 환희의 표정을 짓고 있는 우리들의 정체가 궁금하신가요? 나는 성 도미네코 수도회의 수도자이자 학자였던 토마스 아퀴나스입니다. 그리고 내 오른편에서 가장 가깝게 계신 분이 나의 스승이셨던 대학자 알베르토이십니다. 이밖에도 다른 분들이 알고 싶다면 축복받은 영혼들의 빛 주위를 돌면서 시선을 옮겨 가십시오. 자, 다음에 보이는 깨끗한 빛의 꽃이 성 베네딕토회의 유명한 그라시노의 영혼입니다. 그는 '그라시안 교회법'이라고 부르는 교회에 중요한 법전을 만들어 교회에 기여한 분이지요. 또, 바로 옆에 계신 빛은 '가난한 과부와 더불어 하느님의 애긍함에 하찮은 것을 넣듯이 하노라'고 서문을 썼던 교회법집의 저자 피에트로이시며, 그 다음에 계신 빛이 다윗 왕의 아들 솔로몬 왕이십니다. 이분은 세상에서도 무척 닮고자 하는 탁월한 예지력를 담은 현자셨지요. 또,

그 옆의 분은 사도 성 바오로에 의해 개종한 뒤에 아테네에 주교로 계셨다가 순교하신 성 디오니시오이시고, 그 옆에 계신 자그마한 체구의 빛이 스페인의 바울이라고 불리셨으며 오로교도의 주장을 당당히 물리치는 저술을 남기신 파울루스 오로시우스이십니다. 그리고 그 옆의 거룩하신 영혼이 '철학의 위안'을 쓰신 성 보아테우스이시지요. 이밖에도 신학자이며 파리 성 빅토르 수도원장이셨던 리카르도, 파리 소르본느 대학교수이며 철학자인 시지에리 등의 빛나는 영혼들이 계십니다. 이분들의 빛은 지상의 불과는 달리 영원히 비추는 빛으로써 언제까지나 사라지지 않을 것입니다."

구슬을 엮어 나가듯 영롱하게 이야기하는 토마스 아퀴나스의 말을 들으면서, 단테는 영원한 노랫소리에 싸여있는 자신의 행복한 모습에 다시금 형언할 수 없는 최고의 기쁨을 느꼈다.

'오! 인간들의 무분별한 헛수고여, 그대들로 하여금 날개를 퍼덕여 떨어지려 하는 저 삼단논법이란 얼마나 결함투성이인가? 법률을 뒤따르는 자, 격언을 좇는 자, 또 더러는 사제직을 추종하는 자, 폭력이나 궤변으로 세상을 다스리는 자, 도둑질하는 무리들, 그리고 온갖 육체적 쾌락 속에 휩쓸렸던 자들이 피로에 지치고 또 안일에 몰두하는 무렵에, 나는 이러한 모든 것에서 풀려나 이토록 영광스러운 영접을 받으며 베아트리체와 함께 하늘 위에 있으니, 이 얼마나 놀라운 은총이란 말인가!'

단테의 기쁨은 어느덧 지상의 인간들에 대한 연민의 정으로 바뀌

어 탄식의 노래로 흘러나오고 있었다. 그때, 단테에게 말을 건넸던 토마스 아퀴나스의 빛이 아까보다 더 밝게 빛을 발하며 밝은 미소로 다시 말하는 소리가 들려왔다.

"하느님의 위대하신 섭리는 교회가 언제까지나 굳건하게 천국으로 향하는 이들의 훌륭한 길잡이가 될 수 있도록 좌우 양쪽에 두 사람을 도구로 선택하셨습니다. 한 분은 세라핌 천사와 같은 사랑의 열정을, 다른 한 분은 세루빔 천사의 지혜와 같이 한 줄기 광채를 드러내고 계셨습니다. 사랑의 빛과 열정을 대표하신 분은 성 프란체스코이셨고 지혜로움을 드러내는 학문의 길잡이로 선택되신 분은 성 도미니코이셨습니다. 두 분 모두 훌륭하신 분이시라 한 분만 예를 들어도 될 듯 하니 성 프란체스코에 관해서만 이야기하겠습니다. 성 프란체스코는 피에트로 베르나르도라는 부잣집의 아들로 태어나셨습니다. 하지만 그분의 성품이 청빈함을 사랑하셨기에 거리로 나가 극빈하고 청렴한 생활을 계속하면서 평생 동안 가난한 사람들을 감화시키며 사셨습니다. 그분은 순교를 무릅쓰고 이교도의 왕을 찾아가 포교를 하고 돌아오는 길에 그리스도의 오상(五傷 다섯 개의 상처), 즉 십자가에 못박히셨을 때의 두 손과 두 발의 상처와 창에 찔린 옆구리의 상처를 받았습니다. 그로 인해 성 프란체스코 수도회의 기초가 닦여진 것이지요."

토마스 아퀴나스가 말을 마치자 열두 명의 축복받은 영혼들은 그들이 이루고 있는 빛의 면류관 형태를 유지하면서 둥글게 반짝이기 시작했다. 영혼들의 빛이 한 바퀴 돌아 제자리로 돌아오기도 전에 또 다른 면류관이 그 위에 포개지고 또 포개졌다. 그 안에서 빛의 원무圓舞가 보이고 영혼들의 노랫소리가 세상 어느 음악보다 감미롭게 울려퍼졌다.

이 겹겹으로 싸인 빛의 면류관은 단테와 베아트리체의 주위를 돌면서 마치 한쌍을 이룬 듯이 조화롭게 빛났다. 그들은 사람의 눈이 소유자의 의지에 따라 떴다 감았다 하는 것처럼 한마음이 되어 움직였다. 그들의 아름다운 춤사위가 멈추기 시작할 때, 두 번째 면류관을 이루고 있던 영혼들 가운데서 한 영혼이 앞으로 나섰다.

"저는 성 프란체스코의 사랑을 담뿍 받은 사람 가운데 하나입니다. 토마스 아퀴나스께서 스승이신 성 프란체스코를 그토록 찬미하며 말씀해 주셨기에 이제 저는 토마스 아퀴나스의 스승이신 성 도미니코에 대해서 말씀드리렵니다."

그는 성 프란체스코 수도회에 속한 보나벤투라였다.

"성 도미니코는 스페인의 화창하고 경치 좋은 도시인 칼라로 태생이십니다. 그분의 심성은 태어나는 순간부터 그리스도 신앙으로 넘쳐흘렀습니다. 세상이 전하는 바에 의하면, 그분이 영세를 받아 신앙과 합치되던 날에 모친께서 꿈을 꾸셨다고 합니다. 희고 검붉은 털을 가진 개가 불덩이를 입에 물고 돌면서 세상을 불태워버리는 꿈이었습니다. 이 같은 꿈의 예언은 도미니코가 자라서 주님의 용사가 될 것임을 말해 주는 것으로써 곧 성취되었습니다. 도미니코는 굳은 신앙으로 교회를 위해 한 평생을 바칠 서원을 하고 그의 깊은 학식으로 온 세계 이교도들의 학설을 불꽃처럼 태워 격파시키셨습니다. 그런 다음, 도미니코 수도회의 기초를 다지시고 오직 그리스도의 진리를 학문으로 넓혀가는 사람들을 위한 길잡이로 남게

Madonna and Child with Sts Francis and Dominic and Angels
Giulio Cesare Procaccini 1610
Metropolitan Museum of Art, New York

되신 것입니다. 그렇기에 세상의 모든 교회는 성 도미니코와 성 프란체스코가 이루어 놓은 두 수레바퀴에 의지하면서 세계 각 나라로 복음을 전할 수 있게 된 것이지요. 그러나 지금 보면 두 분이 남겨 주신 수레바퀴의 흔적을 아는 사람이 너무나 적어서 매우 아쉽습니다."

그는 답답한 듯이 한숨을 푹 쉬고는 이야기를 계속 이어나갔다.

"저는 보나벤투라의 영혼입니다. 성 프란체스코의 제자이신 일루미나토와 아우구스티누스도 이곳에 계시며 12주교인 크리소스토모, 켄터베리 대주교 안셀무스, 로마의 위대한 문법학자 도나투스, 마인츠의 주교이며 신학자인 리바누스, 그리고 예언의 영감을 부여받았던 칼리브리아의 수도원장 지오바키노 역시 이곳에서 빛을 발하며 저와 함께 계신답니다."

보나벤투라가 말을 마치자 영혼들의 둘레를 이루고 있는 광원光圓이 다시 춤을 추기 시작했는데 그 모습이야말로 말 그대로의 장관이 아닐 수 없었다.

이와 동시에 두 원에 속한 모든 영혼들이 일제히 찬미의 성가를 불렀다. 그것은 바쿠스나 아폴론을 찬양하는 노래가 아니라, 삼위일체의 신비와 그리스도의 신성과 인성을 찬미하는 노래였다. 노래와 춤을 끝내자 그들은 다시 단테와 베아트리체를 에워쌌다. 그러고는 이미 성 프란체스코에 대해 이야기한 바가 있는 토마스 아퀴나스가 나타나 이번에는 솔로몬에 대해 이야기하기 시작했다.

"인간의 본성에 주어지는 최고의 지혜는 오직 하느님으로부터 부여되는 것임을 기억하십시오. 솔로몬의 지혜가 아무리 뛰어나다

Miracle of St Dominic
Padovanino 17th century
Basilica dei Santi Giovanni e Paolo, Venice

할지라도 첫 번째 인간이었던 아담과 그리스도를 넘지는 못합니다. 그대도 이제는 이해할 수 있을 것입니다. 죽게 되는 것보다 죽지 않는 창조물이, 거울에 반사된 성스러운 빛보다 성부와 성령으로부터 생겨난 말씀의 빛이 더 뛰어나다는 것을 말입니다. 9품 천사들의 빛도 한낱 하느님께서 이루어 놓으신 선의 이데아(Idea)가 반사된 것에 불과한 것처럼, 솔로몬의 지혜도 이와 같습니다.”

토마스 아퀴나스는 영적인 세계와 인간의 영혼에 대해 좀 더 설명해 주고는, 다시 물질의 생성원리에 대해서도 이야기하면서 하느님의 위대한 능력을 단테에게 이해시키려고 노력했다.

“만일 물질이 좀 더 안정된 곳에 있거나 하늘이 그 덕으로 움직였다면, 이데아의 빛은 온갖 사물을 좀 더 뚜렷이 비출 수 있었을 것입니다. 하지만 재주에 달통한 예술가들이라도 손이 부들부들 떨리면 작품을 제대로 만들지 못하는 것처럼, 자연이 빛을 흐리게 하면 제아무리 영롱한 빛이라 하더라도 불완전하게 반사될 뿐입니다. 이런 점에서 인간의 본성은 두 가지 인격, 즉 아담과 그리스도의 인격 중 하나를 닮는 것인데, 그렇다고 해도 그분들처럼 완전한 본성을 지닐 수는 없습니다. 그러나 창조주 하느님께서 바로 지으셨다면 완전한 것이 있을 수 있으며 그 예가 바로 동정녀 마리아이신 것입니다.”

이처럼 솔로몬의 지혜가 뜻하는 의미를 본질적인 차원에서부터 근거를 설명한 토마스 아퀴나스는 단테에게 성급한 판단보다 지혜로운 판단을 할 수 있기를 권면했다.

‘성급함은 자주 오류에 빠지고 자신이 오류를 범한 것조차 알아

St Francis
Francisco de Zurbaran 1660
Alte Pinakothek, Munich

채지 못하게 방해하기 때문에 별 생각없이 오류를 수긍해 버리는 결과를 초래한다. 진리를 구하려 제 아무리 노력해도 결국 아무 것도 찾지 못하게 되므로 성급함의 결과는 분별없는 철학자나 이단자의 말로末路나 마찬가지'라는 말이었다.

토마스 아퀴나스는 단테에게 판단을 내림에 있어서 자신을 버려서도 안 되지만, 자신의 지혜를 과신해서도 안 된다는 사실을 깨우쳐 준 것이다.

하느님의 전사, 십자군의 기사들

단테는 태양천의 빛들과 이야기를 하고 나서 잠시 동안 아름다운 하늘을 우러러보았다. 그러자 태양천의 빛들 위로 하나의 밝은 빛이 갑자기 나타났다. 그것은 마치 숯불 속의 불꽃처럼 하얗게 타오르며 다가오고 있었다.

"아, 성령의 불꽃이여!"

단테는 새로운 빛의 등장에 압도당해 자기도 모르게 이렇게 외쳤다. 그러다가 베아트리체의 미소에 힘을 얻어 다시 우러러보았을 때, 그제서야 베아트리체와 함께 태양천 보다 높은 하늘인 화성천에 옮겨 와 있음을 깨달았다.

단테는 정성을 모아 드린 번제燔祭가 하느님께 받아들여진 듯한 억제할 수 없는 환희를 느꼈다.

그러는 동안, 화성천의 빛들은 점점 한 군데로 모여 하늘 위로 커다란 십자가 모양을 이루기 시작했다. 빛들은 서로 위에서 아래로,

혹은 아래에서 위로, 아니면 오른쪽에서 왼쪽으로, 왼쪽에서 오른쪽으로 움직이고 있었고 중심으로부터 빛의 알갱이들이 부딪힐 때마다 번쩍번쩍 빛을 발산해 내고 있었다. 이윽고 빛들이 한마음으로 하느님을 찬미하는 노래를 불렀는데 단테는 감미로운 가락에 그만 마음을 빼앗겨 버렸다. 오래 가지 않아 감미로운 노래와 거룩한 현의 울림은 곧 멈추었다. 그 무렵, 고요한 밤하늘에 떨어지는 별똥별처럼 한 영혼이 십자가 형태의 발치에서 내려왔다.

영혼은 다름 아닌 단테의 고조부 카치아구이다였다.

"오, 자랑스런 나의 혈족이여, 이는 충만하신 하느님의 은총이로다. 그대 말고 하늘의 문이 두 번씩이나 열렸던 적이 있었던가?"

감격에 겨워 외치는 빛의 소리에 놀라고 당황스러워서 단테는 베아트리체를 쳐다보았다. 하지만, 그녀는 오로지 웃음만 띨 뿐이었다. 다시 단테의 고조부인 카치아구이다의 영혼이 입을 열었다.

Bernardino della Ciarda Thrown Off His Horse
Paolo Uccello 1450s
Galleria degli Uffizi, Florence

"삼위일체이신 하느님이시여. 제 자손에게 이다지도 크신 은혜를 베풀어주심에 진심 어린 감사를 드립니다. 단테여, 너는 우선 하느님의 은혜로 기쁨과 소망을 너의 조상인 내게 듣게 되었음을 감사하라. 또한 너에게 날개를 입혀 높은 곳까지 끌어올린 저 여인에게도 감사하라. 이는 하느님의 은총이자 저 여인의 덕분이기도 하다. 네게 벌어진 모든 일들을 내가 이토록 잘 알고 있는 것은 사람의 생각이 드러나는 거울을 보기 때문이다."

단테가 조심스럽게 입을 열었다.

"하느님께서 당신들에게 나타나셨을 때, 당신들의 사랑과 지혜는 하나였을 것입니다. 그러나 살아있는 인간은 당신이 알고 계시는 것처럼 의지와 생각이 서로 달라 균형을 이루지 못합니다. 때문에, 살아있는 인간인 저 역시 불균형 속에 사로잡혀있어서 어버이 같은 당신의 환대를 마음 속 깊이 감사할 수가 없습니다. 그러니 모쪼록 당신의 존함을 말씀해 주시지 않겠습니까?"

그러자 단테의 조상인 빛이 다시 입을 열었다.

"오, 나의 잎사귀여, 나는 너를 기다리는 마음만으로도 충분히 즐거웠다. 나는 너의 뿌리가 아니더냐! 나는 너의 선조이며 알리기에리는 내 아들이자 네 증조부가 된다. 너의 아비인 알리기에리는 연옥의 교만의 언덕길에서 백 년 이상이나 고행을 하고 있으니, 너의 기도로 조속히 그의 고통을 풀어주어야 할 것이다. 내가 출생한 피렌체는 옛 성벽에 둘러싸인 조용하고 평화로운 곳이었다. 화려하게 차려입은 여자는 한 사람도 없었고 허술한 신을 신었어도 모두가 열심히 일하는 고장이었다. 명문가의 귀부인까지도 부지런히 실을 뽑고 손수 짠 천으로 옷을 해 입고 외출할 정도였으니 알 만하지 않겠느냐. 그 같이 검소하면서도 서로 의가 좋았고 즐겁고 행복했었다. 나는 그러한 좋은 시절에 태어나서 세례를 받고 그리스도교 신자가 되면서 카치아구이다로 이름을 바꿨던 것이다. 그 후, 황제 쿠르라도의 시중을 들다가 기사가 되어 총애를 받았다. 그런 가운데 마호메트교 사람들이 쳐들어와서 이를 막기 위해 출전하게 되었던 것이다. 나는 최후까지 싸웠고 교황으로부터 '십자군의 기사'라는 칭호를 받았으며 결국 순교자의 영예를 안고 이 화성천에 인도되어 온 것이다."

단테는 고조부인 카치아구이다의 이야기를 듣고는 자신의 가문이 이토록 고귀한 혈통을 지니고 있음에 새삼 놀라고 감탄하지 않을 수 없었다. 지상의 인간들은 진정한 선이 무엇인지 모르기에 신앙의 발자취와 혈통이 얼마나 고귀한 것인지 알 바 없겠으나, 참사랑이 존재하는 천상에서 영원히 기릴 만한 혈통을 자기 가문에서 찾는 기쁨이야말로 진정 아름답고 숭고한 일일 터였다.

"당신께서는 제게 말할 용기를 주시고 또 저의 가문을 높여 주셨습니다. 그럼, 외람되지만 다시 여쭙겠습니다. 우리의 옛 조상은 누구였고 당신께서 간직하고 계신 추억은 어떠한 것들이 있으며 당시 우리의 고향 피렌체는 얼마나 위대한 곳이었는지, 또한 유명한 가문의 사람들은 누가 있었는지 말씀해 주실 수 있겠습니까?"

카치아구이다의 영혼이 더욱 찬란해지며 은은하고 부드러운 목소리로 자기는 1091년에 태어났다고 대답했다.

또, 두 번째 물음에 대답하기를, 자신과 자신의 윗 조상들은 피렌

The Crusaders Conquering the City of Zara
Andrea Vicentino 1660
Sala del Maggior Consiglio

체에 있는 제 6구역에서 태어났는데 이런 사실은 그저 알고 있는 것
만으로도 충분하다고 했다.

세 번째 물음에 대해서는 그가 살았을 당시의 피렌체 주민은 지
금보다 다섯 배나 적은 숫자였지만 모두 순박한 사람들이었다고 대
답했다. 그러나 점점 다른 곳에서 이주해 오는 사람들이 많아지면
서 부패해 갔고 교권과 세속권이 분쟁을 일으키자 결국 분열에 이
르게 되었다는 것이다. 도시가 이처럼 혼돈을 거듭하고 주민들의
면면이 혼잡해 짐에 따라 불행의 씨앗이 싹 튼 것이며 이와 더불어
이방인들의 세력이 강대해진 것이라고 개탄했다.

그는 단테의 네 번째 질문인 훌륭한 가문에 대해서는 운명이란
기구한 것이란 말로 답변을 대신했다.

인간에게는 종말이 있는 법이어서 혈통이 끊어진다고 해도 놀랄
만한 일은 아니다. 사람들이 인식하고 있지 못할 뿐, 인간의 종말은
필연적으로 인생행로 어딘가에 반드시 도사리고 있는 것이다. 그러
므로 달과 하늘의 운행이 끊임없이 해안에 조수를 일으키는 것처
럼, 피렌체의 운명도 기구한 것만은 아니라고 전제하면서 그는 몇
가지 대표적인 예를 들었다.

피렌체는 한때 명성이 세상에 자자했으나 지금은 멸문滅門한 훌
륭한 가문들이 많았다. 그들이 멸망한 이유 중 가장 큰 원인은 이방
인들과 섞여 살았기 때문이다. 그 대표적인 예로 부온델몬테 가문
의 사건을 들 수 있다. 부온델몬테가 자신의 딸을 정략 결혼을 시킨
대가로 아베데이에 의해 피살된 이후, 복수의 악순환이 그치지 않
고 종국엔 가문의 멸절은 물론, 피렌체의 평화의 종말에 크게 기여

를 하게 된 사건이다.

이후, 기벨리니당이 무너지고 겔프당이 들어서면서 피렌체는 유사 이래 처음으로 적에게 참패하고 분열의 소용돌이 속에서 허덕이는 비참한 지경에 이르게 되었던 것이다.

베아트리체는 단테의 감미로운 추억과 현실의 뿌리를 더듬어 캐는 노력을 만족스럽고도 은은한 눈빛으로 바라보면서 "마음이 움직이는 대로 무엇이든 서슴지 말고 물어 보십시오. 결국은 당신 자신을 위한 일이 될 테니까요."라고 격려해 주었다.

이에 힘을 얻은 단테가 다시 한 번 자신의 조상에게 질문을 던졌다.

"조상이시여, 저는 베르길리우스의 인도에 따라 지옥과 연옥을 순례하면서 어느 정도 인간의 운명과 세상이 돌아가는 이치를 깨달았다고 자부하지만 아직도 저의 운명을 어떻게 받아들여야 하는지 혼란스럽기만 합니다. 원컨대, 이에 대한 해답을 말씀해 주십시오."

카치아구이다는 단테에게 우연과 필연에 대한 운명적 문제는 오직 하느님의 섭리로부터 파악해야 한다고 말한 후, 단테의 운명을 구체적으로 예견했다.

"오, 나의 자랑스런 혈통이여, 너는 교황 보니파시오 8세를 감싸고 있는 부패한 성직자들에 의해 피렌체로부터 추방당하게 될 것이다. 네가 방황하는 동안 괴로운 삶을 피할 수는 없을 것이며 슬픔과 비애를 동시에 맛 볼 것이다. 그때, 베로나의 영주 스칼라가 너를 맞아들일 것인 즉, 화성천의 정기를 타고난 훌륭한 업적을 남기게 될 스칼라의 손길을 거부하지 말아라. 그는 많은 사람들에게 덕을 베

푸는 자이니 지체 말고 그에게로 가서 은덕을 구하라. 그러나 너에게 악을 행한 자들일 지라도 결코 미워하지 말아라. 네 생애가 저들이 받아야 할 대가보다 미래를 향하고 있음을 항상 기억하라."

단테는 조상의 조언에 진심으로 동감하면서 새로운 충고가 필요해 다시 한 번 물었다.

"존경하는 조상이시여, 제 운명이 피렌체에서 추방당하는 일이라면 이를 흔쾌히 받아들일 수 있을 뿐만 아니라, 아름다운 시로 엮어 위안을 삼을 수도 있습니다. 제가 지옥의 골짜기를 지나고 연옥의 보속하는 영혼들을 보면서, 또 천국의 빛을 순례하는 가운데 듣고 본 바를 그대로 노래한다면 진리 앞에 그 무엇이 두렵겠습니까?"

카치아구이다가 햇살을 머금은 거울처럼 찬란한 섬광을 발하면서 대답했다.

"물론 너의 시를 읽으면서도 양심의 거리낌이 없는 자들은 너를 싫어할 것이다. 하지만 결코 거짓 없이 보고 들은 그대로 떳떳하게 노래하거라. 그들의 행위가 처음에는 쓰라린 상처가 되겠지만 차츰 마음속에 생명의 영양분이 되어 자랄 것이다. 네가 시로 노래하는 사람들도 한때는 명성이 자자했던 영혼들이 아니겠느냐."

단테는 조상의 말에 달콤함과 착잡한 심경을 동시에 느끼면서 곁을 지키고 있는 베아트리체를 물끄러미 쳐다보았다.

Crusaders Thirsting near Jerusalem
Francesco Hayez 1836-50
Palazzo Reale, Turin

정의의 독수리

사람들이 덕을 쌓고 선을 행하면서 더 큰 보람을 느끼듯이, 단테 역시 하늘의 신비로움이 더해 갈수록 새로운 기쁨을 만끽했다.

단테는 이제 자신이 해야 할 일이 무엇인지 알아보고자 베아트리체를 향해 몸을 돌렸다. 그러다가 놀라울 정도로 찬란한 빛이 그녀를 둘러싼 광경을 보고 그만 압도당하고 말았다.

그러면서 부끄러움으로 빨갛게 물들었던 여인의 얼굴이 차츰 본래의 얼굴로 돌아가는 것처럼, 하늘의 빛남이 예전과 달라진 것을 눈치챘는데 그것은 단테가 이미 화성천에서 여섯 번째 하늘인 목성천으로 들어와 있기 때문이었다.

그곳에서 새롭게 빛을 발하는 별들을 자세히 쳐다 본 단테는 별들이 모두 흰빛을 발하면서 알파벳 글자 모양을 표시하고 있다는 사실을 깨달았다. 마치 기러기들이 고리를 만들거나 일직선으로 날아가듯, 빛의 무리도 노래와 함께 날면서 라틴어의 머리글자들을 만들어 내고 있었다.

'정의를 사랑하라 DILIGITE JUSTTIAM'는 글자가 하늘 가득히 수놓아지더니, 이어서 그 끝맺음으로 '땅을 심판하시는 자들이시여 QUI JUDICATIS TERRAM'라는 글자가 선명한 모습으로 나타났다.

무수한 빛의 불꽃들은 마지막 글자 끝을 알파벳 자음인 M의 형태로 유지하면서 머물렀으며, 마치 목성이 황금 글씨로 새겨진 은 성작銀聖爵처럼 보이게 만들었다.

이때, M의 형상 위로 새로운 빛들이 내려와 독수리 모양을 만들기 시작했다. 힘차고 웅장하며 위엄 있는 독수리는 시간이 흐를수록 목과 머리의 윤곽이 잡혀나갔다. 단테는 빛의 독수리를 바라보면서 이미 알고 있던 지식처럼 지상에 전투의 정신을 불어넣는 것이 화성이라면, 목성은 정의의 정신을 불어넣어준다는 사실을 확신했다.

하늘을 오르는 동안 더욱 숭고해진 단테는 인간의 정신과 능력의 근원 되시는 하느님의 정의를 흐리게 하는 자들에게 아낌 없이 벌을 내리도록 정의의 독수리를 향해 기도를 드렸다. 또한, 하느님의 선과 축복을 그릇되게 이용하거나 악용하는 썩어빠진 교회의 지체들과 타락한 성직자들이 반드시 하느님의 무서운 형벌을 받게 될 것임을 믿게 되었다. 단테는 다시 이 엄청난 죄악들이 하느님의 정의를 더럽히지 못하도록 간절한 마음으로 기도를 드렸다.

그런 단테를 축복하듯이 영혼들의 빛으로 이루어진 독수리의 형상이 보석처럼 반짝이며 그 날개를 펼치기 시작했다. 단테는 순간, 형언할 수 없는 아름다운 감정이 폭포처럼 쏟아지는 것을 느꼈다.

The Ecstasy of St Gregory the Great
 Peter Paul Rubens 1608
Musée des Beaux-Arts, Grenoble

수없이 많은 영혼들로 구성된 독수리의 형상은 마치 하나의 인격처럼 움직였고 모두의 생각을 하나의 어우러진 형태로 나타내고 있었다.

"우리들은 하느님의 정의를 사랑하고 이를 굳건히 지키면서 신앙을 지켜온 사람들입니다. 그 공으로 우리는 지금 이곳에 머물러 있는 것이지요."

독수리의 부리 부분의 형상에서 빠져나온 하나의 빛이 가까이 다가오며 단테에게 말을 건넸다.

"하느님은 우주를 창조하실 때, 인간이 깨우칠 수 있는 것과 그렇지 못한 것을 함께 마련해 놓으셨습니다. 창조된 세계 안에 그분의 생각과 힘이 다른 것보다 우월하게 나타나지 않도록 배려하신 것입니다. 그러나 루시펠은 피조물 가운데서도 창조의 절정이었고 가장 높은 지위에 있었음에도 불구하고 그분의 생각을 완전히 이해할 수 없었습니다. 그래서 하느님의 특별한 표식을 가지지 못했을 뿐 아니라, 그것을 깨우치게 하시는 하느님의 은총을 기다리지 못하고 오만한 마음에 젖어 들었기 때문에 하늘에서 추방되었던 것입니다."

"그렇다면, 다른 피조물들이야 그보다 못하니 하느님의 선을 이해 못할 수 밖에 없지 않겠습니까?"

"그렇습니다. 인간의 지성도 하느님 마음의 한 부분에 지나지 않으니 하느님을 능가할 만한 힘을 가지지 못합니다. 따라서 인간의 지성이 하느님의 정의를 투시할 수 없음은 당연한 것이지요. 이는 곧 인간의 눈이 바다의 심연을 투시할 수없는 것과 마찬가지 이치랍니다. 만일 인간의 지성이 빛을 부여받아 하느님의 정의를 이해하고 따르고자 한다면 마땅히 하느님의 계시를 따를 수 있겠지요. 하느님의 계시를 벗어나면 무지와 환영, 그리고 감성만이 있을 뿐입니다."

단테는 하느님의 정의로 빛나는 영혼들의 고백을 듣고 깊은 감동을 받았다. 하지만 아직도 마음 속 깊이 한 가지 의문이 남았다.

하느님의 정의가 진정 빈틈없으신 것이라면 신앙을 모른 채 선행을 구했던 영혼들은 '왜 벌을 받는 입장이어야 하는가'라는 점이었다. 빛의 독수리는 또 다시 입을 열어 장엄하게 하느님의 섭리를 설명했다. 단테가 하느님이 나타내시는 빛의 의미를 알지 못하듯 어둠 속에서 지루한 생활을 하고 있는 자들이 아직도 많이 존재하고 있음을 낱낱이 예를 들어 설명하면서 '인간은 신의 섭리를 반사시키는 거울 같은 존재'라고 말했다.

"만일 훌륭한 거울이라면 완전한 하느님의 정의를 그대로 반사시킬 수 있겠지만 허울 좋은 거울에 지나지 않는다면 본래의 모양마저 왜곡시켜 버리고 말겠지요?"라고 반문한 독수리는 참된 신앙에 의해서만 완전한 거울이 될 수 있다고 강조했다.

온 인류의 지도자들을 표상하는 독수리가 말을 마치자 축복 받은 빛의 무리가 더욱더 빛을 발하면서 성령을 찬미하는 송가를 부르는데, 단테로서는 그 의미조차 이해할 수 없을 만큼 어려운 노래였다. 단테가 넋을 잃고 노래에 빠져 있을 무렵, 조금 전 독수리의 부리 부분이 다시 움직이면서 입을 열었다.

"우리를 잘 살펴보시기 바랍니다. 독수리와 같은 형상의 빛남 속

에서도 한 가운데 눈이 되어 빛을 발하는 영혼이 계십니다. 이분은 우리들 중에서도 가장 고귀하신 분으로 하느님의 '계약의 궤'를 운반하신 다윗 왕이십니다. 그리고 입부리 부분에 가장 가까이 있는 분은 자식을 모두 잃은 과부를 위로해 주었던 트리야누스 황제입니다. 또, 죽음을 눈앞에 두고서 진심으로 회개하여 15년이나 더 살았던 에세키야 왕, 교황에게 자리를 양보하고 그리스로 자리를 옮겨갔던 콘스탄티누스, 그리고 정의를 앞세우며 나라를 지킨 트로이 전쟁의 영웅 리페우스 등이 보이실 겁니다."

단테는 이 말을 듣자마자 고개를 갸우뚱하며 질문을 던졌다.

"아니, 어찌하여 이분들이 천국으로 올 수 있었단 말입니까?"

빛의 영혼이 다시 기쁜 목소리로 대답했다.

"당신이 이상하게 생각하는 것도 무리가 아니겠지요. 트리야누스 황제나 리페우스 모두 그리스도 탄생 이전의 사람인 것은 사실입니다만, 믿음과 소망, 그리고 사랑을 품고 그리스도의 재림을 고대하며 외로움을 견딘 사람들은 이교도로서가 아니라 그리스도인으로서 구원 받을 수 있습니다. 천국은 인간의 열렬한 사랑과 소망에 문을 열 때가 있는데 신의 의지가 인간의 덕성에 감복하시는 경우, 그런 일이 나타나기도 합니다. 축복받은 영혼들이 볼 수 있는 하느님은 인간의 눈으로 완전히 보여 지는 것이 아니니 영혼들은 이를 판단하는 데 각별히 주의하여야 한답니다."

빛의 독수리가 설명하는 동안, 노래 잘 하는 사람에게 더더욱 감미로운 반주가 필요하듯이 트리야누스와 리페우스의 영혼에게서 예전보다 훨씬 더 찬란한 빛이 분사되고 있었다.

야곱의 무지개 사다리

이윽고 단테는 베아트리체에게 인도되어 일곱 번째 하늘인 토성천에 이르렀다. 베아트리체는 더욱더 빛나는 모습이 되었으며 휘황찬란하여 함부로 바라 볼 수 없을 정도가 되었다. 그녀는 늘 따스하게 짓던 미소를 감추고는 단테에게 말했다.

"제가 만일 웃음을 계속 보였다면 당신은 제우스에게 본래의 모습을 바라다가 한 순간에 재가 된 세멜레와 같은 신세가 되었을 것입니다. 제 빛은 당신도 보셨듯이 영원한 궁전의 층계를 오르면 오를수록 더욱 불타오르게 되고, 살아있는 당신을 번갯불에 후려맞은 잎사귀처럼 만들어 버릴 힘을 갖추게 됩니다. 자, 이제 일곱 번째 빛에 이끌려 오셨으니 부디 당신의 마음을 가다듬어 지금부터 나타나는 형상들을 잘 살펴보도록 하십시오."

단테가 눈을 들어보니 하늘에 오색영롱한 무지개처럼 아름다운 사다리가 걸려있는 모습이 보였다. 수많은 천사들이 빛나는 형상을 한 채 쉴 새 없이 사다리를 오르내리고 있었다. 마치 천국의 모든 별들이 거기로 모여 쏟아져 나오는 듯한 모습이었다.

그때, 사다리에서 내려 온 빛 중 하나가 단테의 곁으로 다가와 찬란한 광채를 발산하기 시작했다. 단테는 잠시 베아트리체쪽으로 고개를 돌렸다가 곧 그 빛을 향해 말했다.

"천국의 기쁨을 감춰두고 계신 축복받은 영혼이시여, 어인 일로 제게 오셨는지요. 또한, 다른 곳에서는 장엄하게 울리던 천국의 교향곡이 왜 이곳에서는 들리지 않는지 그 연유를 알려 주시지 않겠습니까?"

"그 이유는 당신의 눈이 그러하듯 귀 역시 살아있는 청각을 지니고 있기 때문입니다. 베아트리체가 미소 지을 수 없는 이유와 같은 연유로 이곳에는 노래가 없습니다. 당신에게 사랑과 기쁨이 항상 머물러 있기를 바랍니다. 나는 당신의 고향에서 그리 멀지 않은 곳인 아펜니노 산맥의 가장 높은 봉우리, 카트리아 산의 수도원에 있었던 피에트로 다미아노입니다. 그곳에서 나는 올리브 즙으로 만든 음식만을 섭취하며, 추위와 더위를 아랑곳하지 않고 오로지 명상과 사색에만 온 힘을 다했습니다. 이러한 생활은 견디기 힘든 인내 속에서만 가능한 것이었지요."

이들의 대화를 들으면서 보다 많은 빛들이 층층이 계단을 내려오고 있었다. 빛의 불꽃들은 빙글빙글 돌아가면서 더욱더 아름다운 모습으로 변하기 시작했다. 이들은 단테의 곁으로 와서 멈추더니 갑자기 큰소리를 질러대기 시작했다. 실로 우레와 같이 엄청난 소리였다. 단테가 깜짝 놀라 베아트리체를 바라보자, 그녀는 단테를

Landscape with the Dream of Jacob
Michael Willmann 1691
Staatliche Museen zu Berlin, Berlin

안심시키면서도 나무라듯이 말했다.

"당신이 계신 곳이 하늘나라임을 잊으셨나요? 저 함성소리가 당신을 놀라게 했지만 짐작할 수는 없으신가요? 부디 하늘나라는 온전히 성스러운 곳이며 이루어지는 모든 것들이 뜨거운 열정에서 비롯되는 것임을 깨닫길 바랍니다. 그러니 어서 눈을 돌려 되도록 훌륭한 영혼들을 많이 뵙도록 하세요."

그녀의 말을 듣고 단테가 시선을 돌리자 백 개도 넘는 작고 고귀한 빛들이 보였다. 그들은 서로가 서로를 비추며 아름다움을 더하고 있었다. 그 가운데 가장 찬란한 빛을 발하는 영혼이 단테 앞으로 다가와 말했다.

"나는 카시노 산에 있는 성 베네딕토 수도회를 창립해 갈팡질팡하는 불쌍한 사람들에게 그리스도를 전파하고 이교에 물든 영혼들을 구해낸 베네딕토입니다. 여기 저와 함께 계시는 다른 영혼들도 모두 성스러운 꽃과 열매를 낳은 뜨거운 열정으로 명상을 하던 사람들이었습니다. 내 옆에 계신 분이 이집트의 수도자 마카리우스, 그리고 그 옆이 성 로무알두스이시며, 이밖에 수도원에서 굳은 신념으로 신앙을 끝까지 지켰던 형제들이 모두 함께 계십니다."

단테가 성 베네딕토와 다른 영혼들의 찬란한 빛에 다시 용기를 얻어 그의 본연의 모습을 보게 해 달라고 간청하자 그는 "천국에서 가장 빛나는 영혼들이나 하느님께 높임을 받는 천사들도 당신의 질문에 대해서 당신을 만족시킬 수 없습니다. 당신이 묻는 것은 율법의 심연에 깊이 감추어 있기 때문입니다. 단, 그 질문은 모든 소망들이 완전해지고 무르익고 온전해지는 저 정화천에서나 이루어 질 수

있는 것입니다."라고 대답했다.

"하느님은 친히 야곱의 꿈에 나타나셔서 천사들이 하늘까지 닿는 사다리를 보여 주셨습니다. 나는 이와 같은 하느님의 뜻을 사람들에게 알리기 위해 무던히 애를 썼습니다. 하지만 지금은 사다리를 오르기 위해 발을 내딛는 사람들이 점점 줄어들고 있습니다. 그러므로 내가 힘들여 집필했던 책은 낡은 종잇조각이 되어버리고 말았습니다. 사도 베드로께서는 금도 은도 없이 교회를 반석 위에 올려놓으셨고, 나는 기도와 단식으로, 또 성 프란체스코는 청빈한 생활을 통해 수도원을 만들어 놓았건만 지금은 수도생활마저 타락되어 가고 있는 실정입니다."

성 베네딕토는 단테에게 하소연한 후, 동료들이 있는 곳으로 돌아갔다. 이윽고 그들은 다시 한 무리가 되어 회오리바람처럼 하늘 위로 휘감겨져 올라갔다. 그때, 베아트리체가 단테에게 다가와 그를 야곱의 사다리 위로 들어 올렸다. 인간의 본성을 초월하는 그녀의 힘이 그를 순식간에 빨려 올라가게 한 것이다. 그녀가 단테에게 주의를 환기시키며 당부했다.

"마지막 구원의 길에 가깝게 이르렀으니 맑고 예리한 눈빛으로 발 밑 아래를 잘 살펴 보도록 하세요. 그러면 지나온 하늘 세상이 얼마나 위대한지를 확인할 수 있을 거예요."

단테는 천사와 같은 속도로 사다리를 올라가면서 아래쪽을 내려다 보았다. 발 밑 하늘에는 이미 지나 온 일곱 개의 천구天球가 손에 닿을 듯이 펼쳐져 있었다. 그리고 바로 아래에서 하나의 땅덩어리에 불과한 지구가 더럽혀진 채 빛도 없이 천천히 움직이고 있었다.

Autumn Landscape with Rainbow
Jacob Cats 1779
Rijksmuseum, Amsterdam

구원의 열매

 여덟 번째 하늘인 항성천에 도착한 베아트리체는 열렬한 사랑으로 태양을 기다리며 새벽이 오기를 기다렸다. 그녀는 마치 둥지에서 밤을 지새운 어미새가 새끼에게 먹이를 구해다 주기에 앞서 아침을 기다리듯, 고개를 들고 주의 깊게 하늘을 응시하고 있었다. 그녀는 보름달이 뜬 깨끗한 하늘과, 하늘을 장식한 별들 사이에서 미소 짓는 달의 여신 아르테미스처럼 거룩한 행복으로 타오르는 모습이었다. 그때, 짧은 순간이었지만 동쪽 하늘이 반짝하고 빛났다. 그와 동시에 베아트리체가 소리쳤다.

 "자, 보세요! 그리스도와 그를 따르는 개선의 무리들을!"

 베아트리체가 가리킨 곳에 헤아릴 수 없이 많은 빛이 있었고 그 가운데에 그리스도가 계셨다. 그분은 모든 별의 광원光源인 태양보다 눈부시게 빛나고 계셨다. 그러면서 눈을 뜨지도 못할 정도로 밝은 한줄기 섬광이 단테의 얼굴에 투영되었는데 '이 힘을 감당할 수

Virgin and Child with Saints
Pietro da Cortona 17th
Pinacoteca di Brera, Milan

있게 만드시는 분은 오직 하느님뿐이므로 인간의 눈으로서는 어쩔 도리가 없는 눈부심'이라고 단테는 생각했다. 또, '인간에게 천국의 길을 열어주신 그리스도께서 현존하시기에 더없이 빛나는 것이고, 이 빛 속에 그분에 대한 나의 오랜 염원이 함께 녹아져 있는 것'이라고 속으로 생각했다.

"자, 눈을 떠서 저를 바라보세요. 이제 제 미소의 빛에도 이미 익숙해졌을 것입니다."

단테는 사라져버린 환상의 그림자를 떠올리기 위해 애쓰는 사람처럼 베아트리체를 바라보았다. 그런 단테를 보며 베아트리체가 다시 말했다.

"당신은 어째서 제 얼굴에 마음을 빼앗긴 나머지 그리스도의 광채 아래 꽃을 피우는 사랑스러운 정원으로 시선을 돌리지 않나요? 왜 성모 마리아의 빛이신 장미와 하느님의 말씀을 전하는 백합을 보려고 하지 않으시나요?"

베아트리체의 말대로 꽃이 만발한 초원이 하늘 아래 태양 빛을 받으며 순수하게 빛나고 있었다. 사도들의 빛 역시 그 옆에서 찬연히 빛나고 있었다. 바로 그때, 그리스도께서 단테의 시력을 회복시켜 주기 위해 정화천으로 오르셨다.

단테는 초원을 거닐다가 동정녀이신 성모 마리아의 빛을 보았다.

그분은 사도들의 영혼보다 유난히 찬란한 빛을 발하고 있었다.

잠시 후, 가브리엘 대천사가 내려와 성모 마리아를 찬미하는 노래를 부르며 그분의 둘레를 돌기 시작했다.

"나는 천사의 사랑과 드높은 즐거움으로 어머니의 주위를 돕니다. 하늘의 여왕이신 당신이 이곳을 떠나 아드님이신 그리스도를 따라가실 때까지 계속하렵니다. 그분은 이미 정화천에 오르셨습니다."

빙빙 선회하던 가브리엘 대천사가 노래를 마치자 이번에는 천상의 축복받은 모든 영혼들이 성모 마리아의 이름을 드높이 부르며 합창으로 응답하기 시작했다. 이 찬미의 노래를 들으면서 성모 마리아는 가브리엘 대천사와 함께 정화천에 올랐다. 그러나 단테는 아득히 멀리 떨어져 있었기 때문에 그들의 승천 모습을 끝까지 바라 볼 수는 없었다.

베아트리체는 승리한 영혼들을 위한 축복의 잔치상에 둘러 있는 지복자들에게 단테를 소개하고는, 그들이 마시는 하느님의 지혜의 샘에서 나는 생명수를 몇 방울만이라도 단테가 맛볼 수 있게 해달라고 요청했다.

이 행복한 영혼들은 단테와 베아트리체를 축으로 회전하면서 혜

Triumph of Christ with Angels and Cherubs
Bernardino Lanini 1480
Private collection

성과 같은 모양을 만들어냈다. 이들은 각각 다른 속도로 움직였는데, 그 가운데서 가장 찬란하게 빛나는 영혼이 앞으로 나와 베아트리체의 주위를 세 번 돌면서 너무나도 고귀한 노래를 불렀다. 빛나는 영혼은 다름 아닌 성 베드로였다.

베아트리체가 공손하게 인사를 올린 후, 빛을 향해 말했다.

"위대한 인간의 영원한 빛이시여. 주님께서 천국의 열쇠를 맡기셨던 분이시여. 당신으로 하여금 바다 위를 걸을 수 있게 하셨던 그 신앙에 대해 단테를 시험하시고 또 도우소서. 단테가 옳게 사랑하고, 옳게 바라며, 옳게 믿고 있는 것인지 당신은 잘 알고 계십니다. 부디 하느님의 왕국에서 하느님께 진정한 영광을 돌릴 수 있도록 도와주소서."

성 베드로의 빛이 단테의 이마를 높이 쳐들게 하고는 말하기 시작했다.

"그럼 말해보아라, 훌륭한 그리스도인이여, 신앙이란 과연 무엇인가?"

"당신의 사랑하는 형제 사도 바오로의 바른 붓이 적었듯이 믿음이란 바라는 것들의 실상이며 보이지 않는 것들의 확증이니, 이것이 신앙의 본질인 것으로 생각합니다."

"그렇다면 사도 바오로는 왜 이것을 실상과 확증으로 풀려고 했는지 그 이유를 아는가?"

"하늘에서 나타나는 의미심장한 신비들은 지상에서는 숨겨져 있는 것이기에, 이는 오로지 신앙을 통해서만 받아들일 수 있기 때문입니다. 그렇기에 믿음이란 신앙의 받침대이자 본질인 것이지요. 우리는 다른 어떠한 관찰력 없이 이 믿음으로 추론하고 직관해야 하는 것이므로 신앙은 그 자체가 확증이며 증명의 성격을 지니고 있는 것입니다."

"그렇다면 그대는 그대의 신앙을 잘 간직하고 있는가?"

"네, 제게 주어진 모습에 의심이 없을 정도로 순수하고 온전한 신앙을 지니고 있습니다."

"그 신앙은 어디서 유래하는가?"

"그것은 구약과 신약성서에 나타나 있는 성령에서 비롯됩니다."

성 베드로는 이와 같은 신앙의 문답을 통하여 단테의 대답에 수긍하고 나서 마지막으로 '그대의 믿음이란 어떤 것이며, 또한 무슨 이유로 그걸 믿는가?'라고 물었다.

St. Simon
Pieter Paul Rubens 1611
Museo Nacional del Prado, Madrid

단테는 조금도 망설이지 않고 믿음이란, 오직 한 분이시며 영원하신 삼위일체 하느님을 믿는 것이라고 대답했다.

그러면서 이렇게 말을 이으며 자신의 신앙을 서슴없이 고백했다.

"하느님은 결코 변하심 없이 온 세상을 사랑으로 움직이십니다. 그러기에 신약과 구약의 심오한 진리를 믿습니다."

그러자 성 베드로는 새 소식을 전한 하인이 대견스러워 그를 와락 껴안아 주듯이 단테를 세 차례나 감싸며 노래부르고 축복해 주었다.

성 베드로와의 대화가 끝나자, 베아트리체는 단테를 사도 야고보에게로 인도해 소망에 대한 대화의 자리를 마련했다. 그리고 이어서 성 요한과의 대화를 통해 사랑에 대한 대화를 나누게 했는데 단테는 특히 그 주제와 더불어 육신의 분리에 대한 심오한 대화에 관심을 기울였다. 성 요한 역시 하느님을 사랑하게 만드는 정체가 무엇인지 단테에게 최종적으로 물었다.

이에 대해 단테가 "세계의 존재와 나의 존재, 그리고 나를 살리기 위해 그분이 겪으신 죽음, 영원한 축복에 대한 소망을 가져 오신 선하심으로 인하여 그분을 사랑하게 된 것입니다."라고 고백하자마자 아주 감미로운 노래가 하늘로부터 울려 퍼지면서 베아트리체와 다른 영혼들이 모두 함께 "거룩하시다, 거룩하시다, 거룩하시도다."라고 호산나를 큰 소리로 합창하기 시작했다.

그와 동시에 눈이 더욱 밝아졌으므로 단테는 자신에게 다가오는 네 번째 불빛을 보고 화들짝 놀라 하마터면 베아트리체 뒤로 숨을 뻔했다.

불빛은 다름 아닌 아담이었다.

베아트리체로부터 그 빛의 정체가 아담이라는 사실을 재차 확인한 후, 단테는 그에게 머리를 깊이 숙여 경의를 표했다. 그 모습은 마치 나뭇잎 끝이 바람을 맞아 꺾이는 장면과 비슷했다.

하지만 단테는 인류의 조상인 그와 조금이라도 이야기를 나누고 싶은 마음에 얼른 머리를 들고 자신이 알고자 하는 의문을 풀어달라고 간청했다. 아담은 단테가 궁금한 부분을 말하지 않았는데도 질문을 벌써 알고는 이에 대한 대답을 말하기 시작했다.

"아들아, 내가 자초했던 귀양살이의 참된 원인은 열매를 맛보았기 때문이 아니라, 오직 그분의 섭리를 거역하고 뜻에 어긋난 행동을 했기 때문이란다. 나는 네 사랑하는 여인 베아트리체가 베르길리우스를 움직이게 했던 림보에서 태양이 사천삼백 두 번 회전하는 동안 오늘의 만남을 갈망하고 있었단다. 또, 내가 지상에 있는 동안에는 태양이 구백삼십 번 제 길로 다시 돌아옴을 보았단다. 내가 사용했던 언어가 송두리째 깨져버린 것은 니므롯의 족속들이 바벨탑을 짓기에 정신이 팔리기 이전이며 내가 지상낙원에 있었던 시간은 불과 일곱 시간에 지나지 않았단다."

대영광, 창조의 신비

"영광이 성부와 성자와 성령께, 처음과 같이 항상 영원토록!"

'대영광'의 노래가 온 천국에 울려 퍼졌으므로 단테는 그만 노래에 취하고 말았다.

이때, 베아트리체가 단테를 바라보면서 그를 천상에서 가장 빠르게 회전하는 아홉 번째 하늘인 원동천으로 끌어 올렸다.

단테는 베아트리체와 함께 하늘로 올라 가다가 그녀의 시선을 좇아 아주 예리한 빛을 뿜어내는 한 개의 점을 발견했는데 그 불붙듯이 강렬한 빛 때문에 애써 눈을 감아야만 했다. 그것은 바로 하느님의 빛이었다.

이 눈부신 빛을 가운데 두고 빙 둘러싼 한개의 불 테두리가 원동천보다 더 빠른 속도로 돌았다. 테두리는 또 점점 커지는 여덟 개의 다른 테두리에 의해 감싸여 있었다. 그러나 밖으로 향하는 테두리일수록 점점 더 느린 속도로 밝아지는 형국이었다.

베아트리체는 단테가 찬란하게 빛나는 빛과 그것을 둘러싸고 있는 테두리들이 무엇인지 궁금해하고 있음을 깨닫고는, 빛은 하느님이시고 그 빛에 의해 천체세계와 자연세계가 다스려지는 것이며 그 빛에 가까이 있는 세계일수록 더욱더 열렬한 사랑의 충동을 받기에 빠르게 회전하는 것이라고 설명했다.

단테는 그녀의 설명을 듣고는 천체세계와 자연세계, 즉 초감각적인 세계와 감각세계가 왜 어긋난 방향으로 도는지 모르겠다고 고백했다. 베아트리체는 단테에게 특별히 이상하게 생각할 문제는 아니라고 대답했다. 지금까지 누구도 그 문제에 대한 의혹을 제기한 사람이 없었다는 설명과 함께.

베아트리체가 말을 마치기가 무섭게 아홉 개의 테두리들은 작열하는 쇳덩이처럼 빛을 뿜어내면서 수없이 많은 반짝임을 보여 주었다.

이때, '호산나' 찬가가 한 테두리에서 다른 테두리로 이동하면서 모든 합창대들의 노랫소리가 울려 퍼졌다. 베아트리체의 설명에 따르면, 세 개의 그룹으로 구분할 수 있는 이 천사들의 합창대는 첫 번째가 하느님의 면전에서 축복을 누리고 있는 게루빔과 세라핌, 그리고 트로니 천사들로 이루어져 있고 두 번째 합창대는 주품천사와 능품천사, 그리고 힘의 천사로 구성되어 있으며 마지막 합창대는 권품천사와 대천사, 그리고 안젤리 천사들로 이루어졌는데 이 천사들의 합창이 모두 고정된 빛이신 하느님에게로 향하고 있다는 것이었다. 베아트리체가 찬란히 빛나는 하느님의 빛을 응시하더니 곧 천사들의 창조에 대해 설명하기 시작했다.

"하느님은 축복을 더 하시기 보다 당신이 지니신 선을 드러내기 위해 이곳에 천사들을 창조하셨습니다. 또, 당신을 닮은 순수한 형상인 인간과 순수한 물체인 우주를 창조하셨으며 동시에 그들의 질서를 설정해 놓으셨습니다. 그분께서는 천사들은 엠피레오에, 인간들은 지상에 두시고 형상과 물체의 본체인 천사들이 엠피레오와 지구 사이를 자유롭게 왕래하며 인간들을 도울 수 있도록 계획하신 것입니다. 단테여, 이제 영원하신 하느님의 뛰어나심과 자비로우심을 아시겠나요? 자, 보세요, 저 빛 안에 부서져서 수많은 영혼을 만드시고도 전과 다름없이 스스로 하나이시며 완전하신 분을 말입니다."

천상의 모후母后 성모 마리아

　새벽의 여명이 조금씩 밝아오자, 모든 별들이 하나씩 사라져가고 천사들의 합창대도 찬란한 하느님의 점에서 벗어나 단테의 시야에서 조금씩 멀어져 갔다. 그는 이제 아무 것도 볼 수 없을 뿐만 아니라, 행동마저 제약을 받는 몸이 되어 서둘러 베아트리체를 찾았다.

　베아트리체가 그런 단테를 물끄러미 바라보며 입을 열었다.

　"이제 우리는 천상의 가장 큰 하늘인 원동천에서 가장 순수한 빛의 하늘인 엠피레오에 왔습니다. 이곳은 실로 기쁨으로 가득 찬 진실되고 선한 사랑이며 일체의 감미로움을 초월하는 장소입니다. 당신은 이곳에서 천국을 지키는 두 개의 군대, 즉 지복자들과 천사의 무리를 보게 될 텐데, 그 영혼들은 최후의 심판 때 목격하게 될 바로 그 모습을 하고 있을 것입니다."

　베아트리체의 말이 끝나기가 무섭게 단테는 느닷없는 섬광에 눈의 감각이 마비된듯한 느낌을 받았다. 살아 움직이는 빛은 순식간

에 그를 에워싼 후, 아무 것도 느끼지 못할 빛의 너울로 그를 감싸버렸다.

"사랑의 하느님은 언제나 새로 하늘을 오르는 영혼이 이곳의 불빛에 어울릴 수 있도록 환영의 인사로 맞이하십니다."

베아트리체의 짤막한 이 한마디 말이 가슴속으로 파고들자 단테는 어떤 무한의 새로운 힘을 느끼며 그의 시력이 금세 초자연적인 힘을 얻어 그 어떠한 섬광이라도 극복할 수 있게 되었음을 깨달았다. 그리하여 단테는 찬란한 빛으로 출렁이는 강물을 보게 되었다.

영혼들의 불꽃이 하나 둘 빛의 강물로부터 나와 다시 심연으로 돌아가고 있었다. 불꽃들은 지복자의 영혼이 되었다가 또 안젤리 천사로 변모하기도 했다.

"아, 하느님의 빛이시여, 당신을 통해 진실되고 거룩한 왕국의 드높은 승리를 제가 보았으니 부디 힘을 주셔서 본 대로 말하게 하옵소서."

단테는 기쁨의 환희 속에서 절규하였고 그 모습에 환대하듯 무한한 빛들이 정화천 위에서 분사되고 있었다. 단테는 그 빛속에서 지복자의 영혼들이 장미꽃 형태를 이루고 있음을 보았다.

장미는 차츰 아래쪽에서 위쪽으로 올라왔다. 베아트리체는 단테를 장미꽃 한 복판으로 인도했다. 장미는 조금씩 오를수록 더욱 짙은 향기를 발하고 있었으며 단테는 베아트리체의 인도에 따라 장미 속으로 이끌려 들어갔다.

그러면서 단테가 궁금한 것을 묻기 위해 베아트리체를 보았다.

그러나 그녀는 온데간데없고, 대신에 흰옷을 입은 자애로운 노인

모습이 보였다. 단테가 베아트리체의 행방을 묻자 노인은 "그대의 소원을 위해 그녀가 나를 움직였네. 그대가 서있는 곳의 맨 윗 층계로부터 세 번째 둘레를 바라보면 하늘이 마련해 준 옥좌에 앉아있는 그녀를 볼 수 있을 것이네."라고 대답했다. 그제서야 단테는 하늘의 장미꽃 계단에서 찬란히 빛나고 있는 베아트리체를 볼 수 있었다.

거룩한 노인은 순례를 잘 마칠 수 있도록 시선을 저 순백의 장미에게 향하라고 일렀다. 그래야만 하느님의 빛에 더욱더 가까이 갈 수 있다면서. 그런 다음, 자기는 성모 마리아의 충실한 종 베르나르도라고 밝혔다. 단테는 그 이름을 듣자마자 경애심과 경외감을 함께 느꼈다. 이윽고 베르나르도는 장미꽃 계단에 앉아있는 축복받은 영혼들에 대해서 설명하기 시작했다.

첨단에 앉아 계신 성모의 발치 아래에 원죄의 원인이었던 이브가 있고, 그녀 밑으로 라헬과 베아트리체가 있으며, 그보다 좀 더 아래쪽에 사라와 리브가, 유딧, 그리고 다윗의 증조모인 룻, 일곱 번째 층계 아래에 히브리의 어린이들이 있다는 것이었다.

노인은 다시금 단테에게 성모 마리아의 얼굴을 바라보라고 권했다. 그때, 단테는 동정녀 마리아의 머리 위로 크나큰 기쁨이 내려오는 모습을 보았다. 그 앞에는 날개를 활짝 펼친 채 "은총이 가득하신 마리아여, 기뻐하소서."라는 찬미의 노래를 부르는 가브리엘 대천사의 모습도 눈에 띄었다.

베르나르도는 또 천사들과 함께 장미꽃 속에 있는 지복자들에 대해서도 설명했다. 성모 마리아의 왼편에는 아담이, 오른편에는 성 베드로가, 그리고 성 베드로 곁으로 성 요한, 아담 곁에는 모세가 있다는 것이었다.

　노인은 단테에게, 이제 주어진 시간이 모두 끝나려 하니 지복자들에 대한 설명은 그만 두고 하느님의 빛 안에 들어갈 수 있도록 두 눈을 들어 하느님의 빛을 바라보라고 일렀다.

　"자, 이제 저 원초적인 사랑으로 눈을 곧바로 돌리라. 그리하여 그분을 바라보면서 그대가 가능한 한 그 빛을 꿰뚫을 수 있도록 노력하라. 날개를 퍼덕이며 앞으로 나아간다고 굳게 믿으라. 행여나 그대가 뒷걸음질 칠까 염려하면서 기도하시는 성모 마리아께 은총을 간구하라. 또한 나의 언어로부터 그대의 마음이 떠나지 않도록 애정을 갖고서 나를 따르라."

　그리고는 베르나르도 역시 무릎을 꿇고 천상의 모후 성모 마리아께 기도를 드렸다.

　"마리아시여! 다른 피조물보다 겸허하시고 고귀하신 당신은 인류의 구원을 위해 예정된 분이셨습니다. 그리고 당신의 가슴 속엔 하느님과 인간들을 잇는 불같은 사랑이 있고 그 사랑의 힘으로 인해 신비스러운 장미꽃들이 피어날 수 있었습니다. 당신은 이곳 천국에서는 찬란한 사랑의 빛이시며 저기 지상에서는 마르지 않는 희망의 샘물이십니다. 오, 능하고 위대하신 동정녀시여!"

　이렇게 계속되는 기도를 통해 베르나르도는 단테가 하느님을 완전히 깨달을 수 있도록 자신이 잘 이끌 수 있는 힘을 갖게 해 달라고 마리아께 간구했다.

　마침내 그의 기도가 받아들여지면서 단테는 하느님께로 향했다.

최상의 복이신 하느님을 완전하게 인식한다는 것, 그것이야말로 단테가 지니고 있던 소망 중의 소망이었는데 그는 이제서야 비로소 소망의 실현에 직면하게 된 것이다.

　　그때, 베르나르도가 미소 지으며 '눈을 높이 떠 천상을 바라보라.'고 단테에게 말했다. 단테가 시선을 들어 하느님의 빛을 바라보았다. 바로 그 순간, 단테는 자신의 존재가 하느님의 빛 속에 들어와 있음을 깨달았다. 또, 단테가 하느님을 바라보는 동안 명상의 열정이 저절로 넘쳐나는 것을 느꼈다. 왜냐하면 의지의 목표인 모든 선이 하느님 빛 속에 모여 있었기 때문이었다.

　　'지금부터 하는 나의 말을 내 기억하는 것에 비유한다면, 어머니의 젖무덤에 아직도 제 혀를 적시는 어린아이의 것보다 더 짧으리라. 그러기에 내가 바라보던 살아 있는 빛, 언제나 예전의 모습 그대로인 그 빛, 지고하고 지순하며 깊고 투명한 본질 속에서 빛나시는 삼위일체 하느님의 신비를 어찌 다 말로 표현할 수 있으랴. 지존하신 환상 앞에서 나 비록 힘을 잃었으나, 이미 나의 열망과 의지는 같은 방향으로 움직이는 수레바퀴와 같이 해와 별들이 움직이는 사랑 안에서 새롭게 움직이고 있노라.'

The Adoration of the Shepher
Peter Paul Rubens 16
St. Pauluskerk, Antwe